AF303648

Walter W. Braun

Mein Freund der Alkohol

Kritische Betrachtung eines ambivalenten Genussmittels

*Illustration/Cover: Walter W. Braun
Original_R_K_B_by_ Petra Bork_pixelio.de*

Herstellung und Verlag: BoD - Books on Demand, Norderstedt

ISBN: 9-783-755-727-705

Vorwort

Das Verhältnis der Gesellschaft zum Alkoholkonsum darf durchaus ambivalent bezeichnet werden. Einerseits ist Alkohol in den verschiedensten Formen ein beliebtes Genussmittel. Wein wird erzeugt und getrunken seit es Menschen gibt. Wir wissen außerdem von Tieren, die einmal Erfahrung mit gärendem Obst machten und danach regelmäßig instinktiv die berauschende Quelle aufsuchten. Andererseits ist es ein von der Gesellschaft toleriertes Suchtmittel, in deren Folge schon unendlich viel Leid entstanden ist und menschliche Tragödien geboren wurden.

Sicher, wie Alkohol genutzt wird, liegt wohl alleine in der Verantwortung des Einzelnen, oft sind es aber die kleinen und großen Verführer, die sehr verlockend zu einem Gläschen einladen – und wer labil ist, landet schnell in den Fängen von Unselbständigkeit und wird zu einem bedauernswerten Opfer der Abhängigkeit.

Das Rauschtrinken, auch „Komasaufen" genannt, bleibt unter den heranwachsenden Jugendlichen zwar eher die Ausnahme und ist erfreulich gesehen rückläufig – trotzdem gibt es immer noch Tausende von Opfer. In 2015 wurden in Deutschland noch 22.000 Kinder und Jugendliche gezählt, die wegen zu viel Alkoholkonsum in Kliniken behandelt werden mussten.

Die Statistik besagt, dass von 100.000 Mädchen und Jungen zwischen 10 und 19 Jahren durchschnittlich 277 betroffen sind. Mit ein Grund oder die eigentliche Ursache dürfte sein, dass am Beispiel der Erwachsenen gerne für ein bevorstehendes gesellig es Treffen „vorgeglüht" wird und es dann aus dem Ruder läuft. Vom Spaß zum Ernst ist es nur ein kleiner Schritt.
Walter W. Braun

Bühl, Februar 2017
Überarbeitet November 2021

Inhaltsverzeichnis

1

Alkohol im biblischen Kontext und in der Antike

Die Bezeichnung „Alkohol" entstammt der arabischen Sprache und bedeutet so viel wie: „das Edelste, das Feinste". Trifft das den Kern der Sache oder ist es Übertreibung? Die Antwort wird wohl in der persönlichen Sichtweise und Bewertung des Einzelnen liegen müssen und ist zudem eine Frage des Geschmacks. Und ein tief religiöser Mensch sieht das vermutlich völlig anders als ein Lebemann oder ein Genussmensch, ein Genießer.

„Am Anfang war der Rausch. War das Staunen über die Wandlung von Traubensaft in ein gärendes Getränk, dessen Genuss die Sinne benebelte und enthemmte. Der ägyptische Dichter Nonnos besingt in seinem Epos Dionysiaka, wie Dionysos, der Sohn des Zeus, begleitet von Tigern und erregten Mänaden, von trunkenen Silenen und bocksfüßigen Satyrn gen Indien und dann gen Westen zog, um die Menschheit mit dem orgiastischen Trunk zu beglücken – und zu verführen.

Dieses narkotisierende Potenzial überraschte bereits den Kyklopen Polyphem in Homers Odyssee. Der einäugige Hirtenriese hatte Odysseus samt Gefährten in seiner Grotte am Fuße des Ätna eingesperrt und begann, die ersten Gefangenen zu verspeisen. Erst als Odysseus listig das Monstrum aus einem mitgebrachten Weinschlauch tränkte, konnte der weinunkundige Kannibale geblendet werden.

Symbol des Abendlandes

Als den ersten Betrunkenen oder sagen wir besser, dem ersten Opfer des Alkohols in der biblischen Geschichte, dürfte der biblische Patriarch Noah zu sehen sein und den Erfinder des Weinbaus. Dieser soll nach dem Verebben der Sintflut die ersten Reben gepflanzt und sich ahnungslos an seinem Eigenbau derart berauscht haben, dass er im Weinberg mit entblößtem Geschlechtsteil einschlief. Byzantinische Ikonen zeigen die Szene, wie die Söhne ihren Vater wieder schicklich bedecken.

Und noch einmal spielt der Wein im Alten Testament eine anstößige Rolle. Loths Töchter verführen nach der Vernichtung von Sodom und Gomorrha ihren durch Rebensaft enthemmten Vater zum Inzest, auf dass die Wurzel Jesse weiterblühe.

Es mögen neben pragmatischen Motiven auch solche anzüglichen Bibeltexte gewesen sein, die das Alkoholverdikt des Islam auslösten. Heute erzeugen dionysische Stammlande wie Persien (die Shiraz-Rebe stammt aus dem Iran) nur noch Rosinen. Im Judentum hingegen etablierte sich der Wein als fester Bestandteil des Kultus. Der gemeinsame Trank aus dem mit koscherem Rotwein gefülltem Kidduschbecher leitet symbolisch von der Arbeitswoche zum Feiertag des Sabbat über. Und aktuell zählen israelische Weißweine von den Golanhöhen zu den besten des asiatischen Raums.

Zu einem zentralen theologischen Symbol wertete das Christentum das Rebenblut auf. Das Standardmotiv der Girlanden mit Winzerputti in frühchristlichen Mosaiken römischer Basiliken (und Kirchenfußböden Syriens und Jordaniens) bezeugt, dass die chemische Gärung von Traubensaft zu Alkohol (Spiritus) als Symbol der Wiederauferstehung gedeutet wurde. Mystisch wird es bei der katholischen Lehre von der Transsubstantiation, der Wandlung von Wein in Christusblut im Moment der Eucharistie. Die Gleichnisse vom Weinberg des Herrn und der Weinvermehrung Christi bei der Hochzeit von Kanaa stehen für positive Gewichtung – auch wenn protestantische Theologen an dem „Luxuswunder" herummäkeln. Schließlich war der Christuswein wohlschmeckender als der, der ursprünglich den Gästen eingeschenkt wurde. War Jesus etwa ein Gourmet oder ein vom Himmel gesandter Sommelier?

Ein rituelles gemeinsames Mahl mit Weingenuss gilt als Bekräftigung des christlichen Glaubens. Vielleicht auch deswegen, weil Keltern früher ein archaisches dörfliches Gemeinschaftserlebnis war, an das Religion anknüpfen konnte? Die riesigen Torkeln und Pressen (wie sie noch heute in einigen Bodenseedörfern stehen) ließen sich nur im Kollektiv bedienen. Das gemeinsame Stampfen der Reben, wie man es mit Glück in abgelegenen griechischen Inseldörfern auf Lefkada erleben kann, erinnert von fern an die wilden Erntedankfeste der archaischen Gesellschaft, die mit ihren berauschten Chören die Entwicklung des europäischen Theaters, der Tragödie und Komödie auslösten.

So haftete dem Weingenuss a priori etwas Göttliches, Kosmisches, Ekstatisch-Entrücktes an. Sicher, die antiken Griechen hatten die Abgründe des Alkoholismus geahnt, stritten sich, ob Dichter fantasiereicher seien, wenn sie Wasser oder Wein tränken. Hellenen mischten den Wein im Krater mit Honig, Kräutern und Wasser zum wermutartigen Mix. Vasenbilder von Symposien mit ihren ausgelassen Weintropfen umherschnippenden Zechern zeigen ebenso wie archäologische Grabungen: Wein wurde in der Antike zum mediterranen Alltagsgetränk, nicht nur zum Gegenstand horazischer Oden. Den römischen Legionären stand ihre tägliche Ration zu.

Trinkfreuden im Alltag

Durch das önologische Erbe der Antike, durch die christliche Pflicht, Messwein zu produzieren, wurde Weinbau zum identitätsstiftenden Symbol des Abendlandes. Zu den Provinzen des einstigen Imperiums Romanum, wo er klimatisch möglich war, zählten nun auch Frankreich und Germanien. Im Mittelalter müssen die hierzulande bestellten Flächen enorm, der Konsum gewaltig gewesen sein. Wer es sich leisten konnte, trank aus hygienischen Gründen täglich literweise Wein. Dem Brunnenwasser misstrauten die meisten – ähnlich wie heute indischem Leitungswasser. „Hübsche Frauen gestehen, dass ihre Kinder mit der Mutterbrust zugleich Wein genießen", notiert noch Goethe beim Bingener Rochusfest. Doch der Wein der Vergangenheit dürfte ein leichteres Getränk gewesen sein als die hochgezüchteten Prädikatstropfen der Gegenwart. Dünn, alkoholarm wie portugiesischer Vinho Verde, oft gefürchtet sauer, nicht selten zu Essig kippend. Es geht das Gerücht, dass im 15. Jh. der Mörtel für den Turm des Wiener Stephansdoms mit überschüssigem Wein angerührt wurde. In Shakespeares Richard III. wird der Herzog von Clarence stilecht in einem Weinfass voll süßen Malmsey aus der Ägäis ersäuft.

Der Herrgott hat dich nicht zum Weinschlauch geschaffen, wetterte der durchaus trinkfreudige Luther. Doch Trinken hatte in der vorindustriellen Gesellschaft einen anderen Charakter als heute. Wein war Alltagsbegleiter, der Rhythmus des Rausches wechselte mit dem Takt der Arbeit. Seit einigen Jahren haben italienische Werbestrategen den Terminus Vino da meditazione für hochprozentige Barrique-Rotweine geprägt. Umgekehrt könnte man traditionelle leichte Alltagsweine wie Elbling oder immer rareren hellroten Südtiroler Grauvernatsch als Vino da lavoro bezeichnen: Wein, den man auch vormittags zur Arbeit schon verträgt. Oder vertrug, als diese noch hauptsächlich manuell war.

Dieser Wandel lässt sich an der Gefäßkultur ablesen. Die überdimensionierten Kannen und Humpen, die man in Schatzkammern und als Ratssilber bewundern kann, scheinen einer vergangenen Epoche zu entstammen. Die Halbliterweingläser auf Pfälzer Volksfesten gelten allmählich ebenso als Exoten wie österreichische Dopplerflaschen oder Maßkrüge im Alltagswirtshaus. Glasmanufakturen und Spitzenwinzer verdanken ihr Geschäft nebenbei den Punktesammlern von der Flensburger Verkehrssünderkartei. Der führerscheinerhaltende Zehntelliter im Degustationsglas hat fast vollständig den Viertel-Schoppen im Römer verdrängt. Angesagt ist Null-Eins im schlanken Riedelglas.

Der sorgenlösende Wein, das Geschenk des Dionysos, ist in der Moderne angekommen. Nicht mehr dörflicher Erntedankrhythmus, sondern die Bedürfnisse der städtischen Arbeitswelt und das Ideal permanenter Fitness bestimmen seinen Konsum. Sommeliers, die Geschmacksnuancen deskriptiv herausfiltern; Etiketten, die Alkoholgehalt, Abfüllungsjahr und Rebsorten beschreiben, führen zur ampelografischen Intellektualisierung, ja partiellen Informationsüberfrachtung beim Weingenuss. Das ganze Outfit der Weinwelt zielt immer mehr auf den apollinischen Ästheten als den dionysischen Zecher.

Unbestritten: Wein ist edler, feiner, raffinierter geworden, aber auch gentrifiziert und gesitteter. Am ehesten schwingt beim Anstoßen mit seinem feudaleren Spross, dem Champagner aus der korkenknallenden Bouteille, noch etwas vom anarchisch-erotischen Urpotenzial des Göttertrankes mit. [1]

Unbestritten ist, alkoholische Getränke kennt die Menschheit seit Ackerbau betrieben wird. Funde, wie eine 8000 Jahre alte Weinkelter aus Assyrien zeugen davon, ebenso über 6000 Jahre alte Bildnisse der Ägypter.

Die Ägypter kannten fundierten Überlieferungen zufolge neben dem Weinbau auch Bier als Getränk. Es wurde unter Verwendung von Hopfen, Gerste und dem Urgetreide Emmer hergestellt. Das Gebräu wird zwar eher mit Malzbier vergleichbar gewesen sein und dürfte geschmacklich wenig mit den uns heute bekannten Bieren zu tun gehabt haben. Für die Bevölkerung war es ein Grundnahrungsmittel und es stand sogar den Sklaven zu. Natürlich bekamen auch Kinder eine bestimmte Menge Bier zu trinken, was wiederum hygienische Gründe gehabt haben dürfte.

Der ständig forschende und suchende Mensch mag ursprünglich rein zufällig auf die berauschende Wirkung bestimmter Stoffe gekommen sein. Es erging ihm nicht anders als bestimmten Tierarten, von denen wir heute wissen, sie futtern gärende Früchte und sind hinterher berauscht.

---

[1]) Rotary Magazin 12.2012 - Die Zähmung des Dionysos - Peter Peter
    14.09.2012

Das Erlebnis schreckte die Tiere keinesfalls ab, im Gegenteil. Aus Afrika sind Elefanten- und Affenherden beobachtet worden, die regelmäßig zu bestimmten Bäumen pilgerten, deren hochreife Früchte zu Boden gefallen und durch den hohen Zucker- und Wassergehalt in Vergärung übergegangen sind. Die gemachte Erfahrung, die daraus gewonnene Information, wurde flugs den eigenen Nachkommen weitervermittelt, und so suchten die Tiere seither bewusst das ihnen offensichtlich Vergnügen bereitende berauschende Mahl.

Denkbar ist, so war es bestimmt einst auch beim Homo sapiens oder dessen noch älteren Vorfahren der Gattung Homo, dass sie nach dem Verzehr bestimmter Früchte eine nicht unangenehme Veränderung feststellten und dann fortan gezielt den berauschenden Zustand suchten.

Daraus entwickelten sich mit der Zeit immer mehr verbesserte Verfahren zur Herstellung eines Getränks, das sie in Zusammenkünften und bei Siegesfeiern stimmungsfördernd oder in der Trauer tröstend begleitete. Die Gründe für den bewussten Alkoholgenuss mögen vielfältig gewesen sein, er hat sich dann kultiviert, und so ist es bis zum heutigen Tag geblieben.

Alleine die Bibel nennt das Substantiv Wein in vielen Textstellen. Forscher, die es genau wissen wollten, zählten einmal nach und kamen auf 176 Hinweise. Ergänzt mit weiterem, was irgendwie im Zusammenhang mit Wein erwähnt wird, finden sich sogar 513 Stellen, bei denen das Sinnbild Wein oder der Weinstock Erwähnung fand. Nicht unerwähnt bleibt da und dort die Erzählung von unerwünschten Folgen, die der Genuss von Wein oder allgemein Alkohol so mit sich brachte.

Die Bibel berichtet in 1. Moses 9.20. ff. auch erstmals vom übermäßigen Alkoholgenuss und dessen dramatischen, nachhalligen Folgen, wie oben schon erwähnt. Da lesen wir: „Noah aber, der Ackermann, pflanzte als Erster einen Weinberg. Und da er von dem Wein trank, ward er trunken und lag im Zelt aufgedeckt. Als nun Ham – Kanaans Vater – seines Vaters Blöße sah, sagte er's seinen beiden Brüdern draußen. Da nahm Sem und Jafet ein Kleid und legten es auf ihrer beiden Schultern und gingen rückwärts hinzu und deckten ihres Vaters Blöße zu; und ihr Angesicht war abgewandt, damit sie ihres Vaters Blöße nicht sähen."

Infolge dieses Ereignisses fluchte Noah seinen Enkel Kanaan, den Sohn Hams und Stammvater eines Volkes südlich Ägypten: „Er sollte fortan seinen Brüdern ein Knecht aller Knechte sein." Bemerkenswert ist, die Strafe traf im Kontext damaliger Ehr- oder Moralauffassung nicht den eigentlichen Übeltäter Ham, sondern dessen Sohn und Enkel Noahs.

Das erwähnte Ereignis soll später zur christlichen Rechtfertigung für eine Versklavung der afrikanischen Bevölkerung durch die Europäer und Amerikaner geführt und gegolten haben. Im farbigen oder dunkelhäutigen Menschen sah man eine mindere Rasse, die es zu verfolgen und zu versklaven galt. Somit erfüllte sich, mit weitreichenden Folgen für Millionen Menschen, der Fluch über das frevelhafte Verhalten eines der Söhne von Noah.

Gewissermaßen zu einem Mahnruf wurde „das Menetekel". Gemeint ist eine Schrift, die der Prophet Daniel einst dem König Belsazar deuten musste. Dieser mächtige König hatte an der Wand eine geheimnisvolle Schrift gesehen und las die Worte: „Mene mene tekel u-pharsin", verstand dessen Sinn aber nicht. Der seherische Prophet offenbarte sie ihm – auf seinen Befehl hin – sinngemäß so: „Gewogen und zu leicht befunden", und „Gott hat die Tage deiner Herrschaft gezählt."

Diesem biblisch geschilderten Ereignis ging eine – im Sinne jüdischer Gesetze – gotteslästerliche Tat voraus: Der König hatte im Rausch die silbernen und goldenen Kultgefäße entweiht, die einst sein Vater König Nebudkadnezar hatte aus dem Tempel in Jerusalem rauben lassen. Auslöser für Belsazars unheilvolle Tat war ein großes Gelage mit rund 1000 Gästen. Dazu ließ der König die gestohlenen Gefäße herbeischaffen und spottend trank er daraus Wein, um seinen Frauen und Nebenfrauen damit zu imponieren.

Die Erfüllung der göttlichen Botschaft ließ nicht lange auf sich warten. Unmittelbar darauf starb der Schänder. Sein Reich wurde bald danach geteilt und zerfiel.

Daniel lebte dagegen konsequent nach seinem von den Vätern überlieferten Glauben und folgte den damit verbundenen strengen Gesetzen und Ritualen. Er und seine Freunde weigerten sich in der Jugendzeit und Gefangenschaft am Königshof in Babylon, die fremden Speisen zu essen und vom Wein zu trinken. Die Weigerung hätte sowohl für die jungen Männer, als auch für den Speisemeister, den Tod bedeuten können. Dagegen wurde Daniel für seine Standhaftigkeit von Gott mit besonderen Fähigkeiten gesegnet und errang später eine herausragende Stellung im Königreich.

Allgemein bekannt ist in der Christenheit auch der biblische Bericht über den Auszug der Israeliten aus der ägyptischen Gefangenschaft. Zwölf Botschafter des Volkes hatten auf Weisung Moses das verheißene Land Kanaan erkundet. Nach der Rückkehr berichteten zehn von ihnen mit Furcht erfüllt von Riesen in diesem Land, aber auch von großer Fruchtbarkeit der Felder. Zum Beweis hatten sie ungewöhnlich große Trauben mitgebracht.

Das war ein eindeutiger Beleg dafür, dass die Bewohner des fruchtbaren Landes Kanaan, in dem nach der göttlichen Verheißung Milch und Honig fließen soll, den Weinbau schon kannten und erfolgreich für sich genützt hatten.

Zunächst noch wird der Wein, der praktisch überall im Lande gedieh, als Gottesgabe verstanden. Der biblische Stammvater Isaak lässt sich, bevor er seinen Sohn Jakob segnete, mit Wein bewirten, und in seinem Segenswunsch wird der Wein ausdrücklich erwähnt. „Gott gebe dir vom Tau des Himmels und von der Fettigkeit der Erde und Korn und Wein die Fülle" (1. Mose 27.28).

Alkoholische Getränke spielten im Alltag für die Israeliten somit eine bedeutende Rolle. Vornehmlich war es Wein, mit dem sich die Bevölkerung ausreichend Flüssigkeit zuführte. Dies war in einem Land mit großer Hitze überlebenswichtig. Der Wein als Getränk hatte somit nicht nur liturgische Gründe und war fester Bestandteil des kulturellen Lebens, er war vornehmlich ein wichtiges und aus hygienischen Gründen unentbehrliches, unbedenkliches Lebensmittel. Wein wurde zu jeder Mahlzeit gereicht und selbstverständlich jedem Gast dargeboten.

Wein durfte bei keiner Feier fehlen, und sollte er dem Gastgeber einmal bei den ausschweifenden, manchmal mehrere Tage andauernden Veranstaltungen ausgehen, kratzte das sehr an seinem Ansehen. Nicht ohne Grund hat deshalb Jesus Christus in seinem ersten bekannten, öffentlichen Wunder – während der Hochzeit zu Kana – aus Wasser Wein gemacht. Und wie der verantwortliche Speisemeister dann verwundert bestätigte, nicht den schlechtesten. Er drückte das sinngemäß so aus. Normalerweise bietet man den Gästen anfangs den guten Wein und wenn alle schon etwas berauscht sind, dann den qualitativ schlechteren. Bei diesem Wunder war es offensichtlich umgekehrt.

Einen oder mehrere Weinberge zu besitzen bedeutete im Altertum hohes Ansehen und großen Reichtum. Das Getränk Wein war wertvoll, weil er das ganze Jahr über besonderer, intensiver Bearbeitung und Pflege bedurfte.

„Der Wein erfreut des Menschen Herz" lesen wir in den Psalmen 104.15. Wein war überdies nicht nur eine Freudenquelle, er wurde gezielt als Medizin empfohlen, wie es Paulus seinem Freund und Schüler Timotheus riet: „Trink nicht nur Wasser, nimm ein wenig Wein um deines Magens willen!" (1. Timotheus 5.23)

Dieser fürsorgliche Rat des Paulus erstaunt umso mehr, da er eigentlich ein strikter Gegner von Alkohol war. Vielfach werden sinngemäß seine Warnungen zitiert: „Sich besser vom Geist Gottes berauschen zu lassen, als vom Wein." Gerade Paulus gilt als Vorbild in der christlichen Enthaltsamkeit. Wie ein griechischer Wettkämpfer beherrschte er vollkommen Körper und Geist.

Jesus Christus machte Brot und Wein zur unabdingbaren Voraussetzung für das von ihm eingesetzte Abendmahl, der Eucharistie als sakrale Handlung. Nach Matthäus kündigte er in der Abschiedsrede seinen Tod mit den Worten an: „Non bibam a modo de hoc genimine vitis, usque in diem illum cum illud bibam vobiscum novum in regno patris mei" (Matthäus 26. 29). In der Lutherbibel von 1984 ist das so übersetzt: „Ich werde von nun an nicht mehr von diesem Gewächs des Weinstocks trinken bis an den Tag, an dem ich von neuem davon trinken werde mit euch in meines Vaters Reich."

Strittig – oder zumindest nicht eindeutig geklärt – ist allerdings, das muss in diesem Kontext erwähnt werden, ob es sich bei dem Wein um ein alkoholisches Getränk handelte oder nur um den Saft der Trauben, also harmloser, unvergorener Traubensaft.

Wiederum andere Bibelstellen warnen deutlich vor dem Weingenuss: „Der Wein macht Spötter und starkes Getränk macht wild; wer davon taumelt, wird niemals weise", können wir in Sprüche 20.1 lesen oder: „Hurerei, Wein und Most nehmen den Verstand weg", in Hosea 4.11.

In Sprüche 23.20-35 finden wir den Zustand eines Betrunkenen und die Folgen von Sauferei drastisch geschildert. So folgern konservative Christen daraus, dass Alkohol zu verbieten sei und beziehen sich auf Galater 5.21, wo es wiederum Paulus ist, der warnt: „Neid, Saufen und Fressen und dergleichen, davon habe ich euch vorausgesagt und sage es noch einmal voraus: Die solches tun werden das Reich Gottes nicht erben." Für Paulus ist solches Tun schlichtweg „Satanswerk" oder anders bezeichnet: „das Werk des alten Adam (Menschen)."

Geradezu lasziv liest sich die Geschichte nach 1. Mose 19.30.ff. nachdem Lots Töchter in Sodom und Gomorrha ihren Vater bewusst betrunken gemacht haben, um ihn dann enthemmt zum Inzest zu verführen: „auf dass die Wurzel Jesse weiter blühe." Durch ihre listige Verführung und weibliche Initiative wurden sie tatsächlich schwanger und Lot so zum Stammvater der Moabiter und Ammoniter.

Bei näherer Betrachtung muss man sich aber bewusst machen, Ehen unter Geschwistern waren seit Adam und Eva gang und gäbe, ja zur Entwicklung der Menschheit geradezu unabdingbar.

Oft wird beim Lesen der Schöpfungsgeschichte und der Betrachtung von Kain und Abel nach 1. Mose 4.1-16 übersehen, dass Kain der Ältere und Abel der Zweitgeborene jeweils eine ihrer Schwestern zur Frau nahmen und so für Nachkommenschaft sorgten. Denn zu Urmutter Eva gibt es nur den kurzen Hinweis: „Sie gebar Söhne und Töchter". Frauen wurden aber in der archaischen Welt nicht explizit, oder wenn, dann nur am Rande erwähnt.

Erst unter der Ägide Moses gab Gott dem Volke Israel ein Gebot, nachdem eine Vermählung unter Geschwistern in direkter Linie nicht mehr sein durfte. Dies war vermutlich einerseits zur Bevölkerungsentwicklung nicht mehr nötig, andererseits ging inzwischen der Nachteil für die menschliche Entwicklung in eine negative Richtung und führte durch die enge Vermischung eher zu erblichen Schäden.

Andere Völker und Religionen der Antike verehrten keinesfalls weniger alkoholische Getränke. An erster Stelle sei Met genannt, aus Wasser und Honig hergestellt. Met ist ein Name, der aus dem indogermanischen Sprachraum entstammt. Mit Kirschen vergoren oder mit Kirschensaft gemischt, wurde Met Wikingerblut, Odinsblut oder Drachenblut genannt.

Der Honigwein wurde bei Feiern nicht nur in großen Mengen getrunken, sondern er diente vornehmlich als Trank der Götter zu kultischen Handlungen. Es wird vermutet, die Met-Gewinnung hat sogar noch eine ältere Tradition wie der Weinbau. Bekannt ist außerdem, dass Karl der Große ein großer Förderer der Met-Herstellung war.

Doch die Gewinnung von Bier im Norden und Wein im Süden drängte später Met zunehmend zurück, zumal das Naturprodukt Honig zum Zweck der Konservierung von Lebensmitteln und als Nahrungsmittel viel wichtiger und wertvoller war, als nur ein süffiges Getränk.

Die Genussmittel Met, Wein und Bier kannte man also schon seit Jahrtausenden. Der nächste Schritt in der Entwicklung des Alkohols folgte zwischen dem 9. und 12. Jahrhundert. Durch arabische Alchimisten entwickelte sich die Destillation. Die Herstellung war jedoch sehr kompliziert und erforderte reichlich Fachwissen und Erfahrung. Dafür war das gewonnene Erzeugnis hochprozentig und dadurch in erster Linie sehr lange haltbar. Noch war es aber zu teuer für den allgemeinen Gebrauch. Das „aqua vitae" (Lebenswasser) diente eher noch zu medizinischen Zwecken.

Außerhalb den biblischen Überlieferungen kannten und beherrschten die Ägypter schon seit etwa 3500 vor Christus die Weinherstellung. Eines der frühesten bekannten Beispiele für einen Fall von exzessivem Alkoholkonsum wird um 3000 vor Christus aus Ägypten berichtet. An den Wänden eines der Gräber der Könige von Memphis steht geschrieben: „Seine irdische Wohnstätte war von Wein und Bier gepachtet und zerschlagen worden und sein Geist flüchtete, bevor er gerufen wurde." [2])

Alexander der Große hatte den Ruf weg: „Der größte Säufer aller Zeiten zu sein". Der Wahrheitsgehalt dieser Aussage wird jedoch heute kontrovers diskutiert.

Alle Völker hatten so ihre geliebten und liebgewonnenen Spezialitäten. Sie sollten dem Menschen den beschwerlichen Tag ein wenig erleichtern und verschönern. Die Griechen verehrten unter ihren vielen Göttern explizit einen Weingott. Nach Vorstellungen der Griechen hatte „Dionysos" den Weinbau erfunden. Die Römer kannten den gleichen Gott, nannten ihn aber „Bacchus". Dionysos vs. Bacchus war in der Zeit um Christi Geburt nicht ohne Grund der wohl populärste Gott im griechisch-römischen Raum.

Und noch eine Sage aus der Antike soll in diesem Zusammenhang erwähnt werden: „Der einäugige Hirtenriese hatte Odysseus samt Gefährten in seiner Grotte am Fuße des Ätna eingesperrt und begann die ersten Gefangenen zu verspeisen. Erst nachdem es Odysseus listig gelungen war, das Monstrum aus einem mitgebrachten Weinschlauch trinken zu lassen, konnte der, der Wirkung des Weins unkundige Kannibale außer Gefecht gesetzt und zum Schluss geblendet werden."

Selbst dem sagenhaften Volk der Inkas in Bolivien war Alkohol nicht unbekannt und sie pflegten damit eine lange Tradition. Die Inkas stellten mit Chicha ein erfrischendes Alkoholgetränk aus Mais her. Sie gaben dem Getränk einen schlichten Namen, denn in ihrer Sprache bedeutet es nicht anderes wie: „Flüssigkeit".

---

[2]) aus: Ist Sucht eine Erfindung der Moderne? Zur Geschichte von Opium und Alkohol

Und schließlich, der Bönnigheimer „Schnaps-Guru" Sartorius erwähnte in einem spannenden Vortrag einmal Empedokles, einen griechischen Philosophen. Dieser habe im 5. vorchristlichen Jahrhundert gelebt und die Lehre von den vier Urstoffen des Lebens – Erde, Feuer, Luft und Wasser – begründet. Seine Lehre sei für das naturwissenschaftliche Weltbild der Antike maßgeblich geworden und hat die Medizin nachhaltig beeinflusst.

Durch die Alkoholgewinnung und Herstellung eines brennbaren Wassers sei es plötzlich gelungen, eines der Elemente, nämlich das Wasser, in ein anderes, das Feuer, zu überführen. Das war revolutionär und bedeutete einen deutlichen Fortschritt in der bis dahin bekannten Wissenschaft.

Tatsächlich hat es das damalige Weltbild ganz schön durcheinander gebracht. Die ersten Rezepte der Alkoholgewinnung waren noch mit einem Schleier des Geheimnisses umgeben, wohl auch deshalb, weil Alkohol zunächst nur als Heilmittel Anwendung fand. Ursprünglich – so der Referent weiter – sei Branntwein, wie schon der Name sagt, nur aus Wein hergestellt worden. Erst viel später habe man erkannt, dass auch andere zuckerhaltige Stoffe, wie Obst, zur Alkoholgewinnung taugten. [3]

Seit dem 13. Jahrhundert verbreitete sich dann die Destillation in ganz Europa. Aber erst im 16. Jahrhundert begann der Siegeszug des auf diese Weise gewonnenen Branntweins als Genussmittel. Der Ausbau von Handels- und Verkehrswegen beschleunigte die Verbreitung. Später bekamen Soldaten einen Teil ihres Soldes in Form von Alkoholrationen vergütet. Das hatte zur Folge, dass während des 30-jährigen Krieges von durch Europa ziehenden Soldatenheeren der Alkohol in Form von Branntwein schnell in vielen Ländern bekannt wurde.

Es gäbe noch unendlich viele Beispiele zur Geschichte und dem Thema Alkohol anzuführen. Lassen wir es dabei bewenden. Wer sich

---

[3]) aus Bietigheimer Zeitung

mehr dafür interessiert, für den könnte folgende Internetadresse eine ergiebige Quelle sein: [4]

Wohl nicht ohne Grund gibt es zu allem rund um das Thema Alkohol eine Unzahl humorvoller Witze und noch mehr Sinnsprüche. Ich will nur ein paar wenige zitieren:

Einer der bekanntesten Sprüche geht so: „Das Wasser gibt dem Ochsen Kraft, dem Menschen Bier und Rebensaft. Drum danke Gott als guter Christ, dass du kein Ochs geworden bist."

Ein anderer besagt: „Wird einer früh vom Tod betroffen, heißt's gleich, der hat sich tot gesoffen. Ist's einer von den guten Alten, dann heißt's, den hat der Wein erhalten." (Volksmund)

Aber auch: „Der Wein, der gilt als Sorgenbrecher, doch lediglich für frohe Zecher. Denn wer ihn baut und will verkaufen, kann öfter sich die Haare raufen."

Von Wilhelm Busch (1832-1908) stammen die Sprüche: „Es ist ein Brauch von Alters her, wer Sorgen hat, hat auch Likör."

Ich halte mich aber mehr an den Spruch, der ebenfalls Wilhelm Busch zugeschrieben wird: „Rotwein ist für alte Knaben eine von den besten Gaben."

Und noch einer aus mir unbekannter Quelle: „Der größte Feind des Menschen wohl, das ist und bleibt der Alkohol. Doch in der Bibel steht geschrieben: Du sollst auch deine Feinde lieben."

---

[4] www.geschichte-lernen.net/geschichte-des-alkohols-antike-bis- weimarer-republik/vielfältige wissenschaftliche und andere Literatur.

Bacchus...

Dionysos, der Gott
des Weines.

Beide Skulpturen
stehen in Offen-
burg und sind Stif-
tungen von
Senator
Dr. Franz Burda

2

Alkohol zu hygienischen und anderen Zwecken

In der Bevölkerung ist Alkohol als Genussmittel seit alters in allen Schichten anzutreffen, geschätzt und höchst willkommen. Die Erzeugnisse dienten und dienen vornehmlich dazu sich zu berauschen und sie sollen der Geselligkeit, den Festen und Feiern einen gewissen leichten Rahmen verleihen oder sie einfach verschönern. Ein Gläschen soll für Stimmung sorgen oder eine solche nachhaltig auflockern und dem Fest einen gewissen Glanz geben.

Natürlich gab es durchaus auch noch viele andere Gründe. Da wäre in erster Linie der Zwang zu nennen, die nachvollziehbare Notwendigkeit, dem Körper eine hygienisch unbedenkliche Flüssigkeit in ausreichender Menge zuzuführen.

Die meisten misstrauten aus gutem Grunde allgemein dem Brunnenwasser, das durchweg ähnlich bedenklich dem heutigen indischen Leitungswasser war, und das somit zu Recht. „Hübsche Frauen gestehen, dass ihre Kinder mit der Mutterbrust zugleich Wein genießen", notiert noch Goethe beim Bingener Rochusfest.

Doch der Wein der Vergangenheit dürfte ein leichteres Getränk gewesen sein als die hochgezüchteten Prädikats-Tropfen in unserer Gegenwart. Dünn, alkoholarm wie portugiesischer Vinho Verde, oft gefürchtet sauer, nicht selten zu Essig kippend. Es gibt das Gerücht, dass im 15. Jahrhundert der Mörtel für den Turm des Wiener Stephansdoms mit überschüssigem Wein angerührt wurde. In Shakespeares Richard III. wird der Herzog von Clarence stilecht in einem Weinfass voll süßem Malmsey aus der Ägäis ersäuft. [5]

---

[5]) Rotary Magazin 12/2012

Fakt ist, viele Brunnen, Bäche, Flüsse und Seen waren in alter Zeit nicht so sauber, wie wir uns das heute in der allgegenwärtigen Diskussion zur Umweltverschmutzung vorstellen. Nicht nur die Abwässer verschmutzten in einer unglaublichen Weise die Städte, Dörfer und Bäche, sondern zusätzlich noch die Kadaver oder Fäkalien durch Wild und Tiere in der bäuerlichen Viehhaltung. Hinzu kam, die gängigen Aufbewahrungsbehältnisse aus Fell, Holzfässer, Ton und Glas wurden selten ausreichend und penibel genug gereinigt. So entstanden die verheerenden Krankheiten durch verunreinigtes Trinkwasser, wie die Cholera und andere Seuchen.

Erst seit rund 400 Jahren gibt es Wein in Flaschen. Die Römer kannten zwar schon das Glas. Das wäre aber rein zur Weinabfüllung viel zu teuer geworden. Gelagert und transportiert hat man den Wein überwiegend in Fässern oder Amphoren. Heute dienen Flaschen in vielfältigsten Formen und Farben nicht nur einer langen Lagerfähigkeit von Flüssigkeiten, wie Wein, Bier und anderen Spirituosen, sie sind überdies noch mehr ein variables Marketinginstrument, um den Verkauf zu fördern oder dem Produkt eine Exklusivität zu geben, kurzum es vom Wettbewerb abzuheben. Nehmen wir beim Wein nur das Beispiel der Flasche mit einem Affensymbol, das Markenzeichen der Affentaler Winzergenossenschaft in Bühl.

Je teurer die Spirituosen verkauft werden sollen, desto aufwendiger müssen das Glas der Flasche und das individuell gestaltete Etikett sein. Beim Wein kann die Form des Glases auch noch ein Gebietsmerkmal sein, wie zum Beispiel der Bocksbeutel für die Weinbauregion Franken. Diese Flaschenform darf in Baden, aus alter Verbundenheit mit dem Ursprung und aus einer 200-jährigen Tradition, nur noch in Neuweier, Steinbach und Umweg – das sind Stadtteile von Baden-Baden – vermarkten werden.

Das Element Wasser erwies sich aus hygienischen Gründen vielerorts als ungeeignet. Um den täglichen Flüssigkeitsbedarf zu decken, bedurfte es mehrere Liter zu konsumieren. Deshalb tranken die Menschen entweder dünnes Bier oder sie tranken Wein, der sicher eher mit Essig vergleichbar war.

Sowohl im Schwarzwald und auch bei den Schwaben ist bis heute der Most weit verbreitet – oder Französisch Cidre – und wird aus Äpfeln und Birnen gewonnen. Das war und ist eine preisgünstige Alternative. Die Mengen des benötigten Obstes gedeihen seit alters her reichlich auf den eigenen und heute wieder geschätzten und gepflegten Streuobstwiesen. Seit Generationen und über die Jahrzehnte werden die Bäume gehegt und dann an die Nächsten weiter vererbt. Heute weiß man das wieder mehr zu schätzen und besinnt sich im Trend auf die alte Tradition: hin zur Region und ortsnah dieses Schatzes vor der eigenen Haustüre.

Neuzeitliche Obstplantagen in Reih' und Glied mit nur mannshoch wachsenden Turbobäumen waren früher unbekannt. Doch „Gott sei Dank", man erinnerte sich noch gerade rechtzeitig der alten Sorten, kultiviert und pflegt die Bäume wieder mit viel persönlichem Engagement und hohem zeitlichen Einsatz. Die robusten alten Obstsorten liegen voll im Trend. Vom Biobauern werden sie nicht gespritzt, sie sind länger haltbar und besser lagerfähig, viel aromatischer und deshalb populär, sowie stark im Kommen. Der nicht unwesentliche positive Nebeneffekt: Die alten Apfelsorten beinhalten keine der aggressiven Allergene so wie die neueren Sorten, die vielen Menschen Beschwerden bereiten. Auf der aktuellen Welle: „Zurück und hin zu regionalen Produkten", geht der Trend inzwischen zunehmend zu den aus Apfelmost veredelten und gewonnenen Spezialitäten, wie Sekt – auch Apfelschaumwein genannt. Der Cidre, wie ihn die Franzosen bezeichnen und schätzen, wurde schon erwähnt.

Eine beliebte Eigentümlichkeit sind in diesem Zusammenhang die Vielzahl an Pralinen-Kreationen, die alkoholisch verfeinert wurden, so wie die sagenhafte „Moospfaffkugel" der Nordracher Schocolaterie Chocho L, um nur ein Beispiel aus einer Reihe von zahlreichen Spezialitäten und zu nennen. Vermutlich hat so jede Region ihre eigenen Spezialitäten. „Mon Chéri" und andere süße Verführungen haben eh einen festen Liebhaber-Stamm.

Und wer kennt nicht die edlen Brände aus Steinobst, Apfel, Birne und Getreide. Wieder im Kommen ist die uralte Spezialität Zibärtle, eine schon in der Jungsteinzeit kultivierte Wildpflaumenart, vergleichbar mit der Schlehe. Der Ertrag aus der Frucht ist gering und deshalb der edle Schnaps teuer. Selbst der ordinäre Rossler oder Topinambur – eine mit der Kartoffel verwandte Art – erfährt gegenwärtig eine Renaissance. Diesem Schnaps wird sogar eine positive Wirkung für Diabetiker nachgesagt. Immer vorausgesetzt natürlich, der Genuss hält sich in Grenzen.

Im Mittleren Schwarzwald ist seit alters her die Schnapsbrennerei in der Landwirtschaft eine wichtige zusätzliche Einkommensquelle, und das Brennrecht wird von Generation zu Generation vererbt. Das deutsche Branntweinmonopol sicherte in den letzten 100 Jahren den Kleinbrennern die vollständige Abnahme des gewonnenen Alkohols bis zu 300 Litern, und das zu einem lukrativen Preis, egal wie die Qualität ausgefallen ist. Der Staat selbst vermarktete dieses Quantum als Industriealkohol. Dieser für die Kleinbrenner wichtiger Absatzweg gibt es inzwischen aber zu deren Bedauern nicht mehr. Sie müssen seither selber sehen, wie sie ihre Erzeugnisse zu einem guten Preis auf dem Markt loswerden.

Kreative Bauern haben aber auch so längst schon weitere Möglichkeiten erkannt, und wie in Nordrach nutzen sie die zusätzlich gebotenen touristischen Möglichkeiten. Im Jahr 2009 eröffnete das Dorf den „Obstbrennerweg“. An dem gut ausgeschilderten und entlang des über 20 Kilometer verlaufenden Wanderweg zeigen stattliche alte Bauernhöfe die traditionelle Schnapsbrenntechnik. Natürlich gibt es die Erzeugnisse vor Ort gleich auch zum Verkosten. Zu viel davon sollte allerdings nicht probiert werden, sonst werden bei der Fortsetzung der Wanderung auf dem Weg die Füße schwer.

Informationstafeln beschreiben ausführlich die Besonderheiten der Erzeugnisse und erklären die vorherrschenden Sorten, sowie den Ursprung. Sie geben zusätzliche Einblicke zur Geschichte und den Besitzverhältnissen des beschriebenen Gehöftes.

Von der Milchwirtschaft alleine könnten die Schwarzwälder Bauern längst nicht mehr leben. Und alleine die Erträge, die der Wald bietet, würden nicht lange ausreichen und irgendwann in eine Sackgasse führen, wenn der Besitzer nicht nachhaltig wirtschaftet.

Viele clevere Bauern haben sich neuerdings aus diesem Grund auf spezielle Brände, bis hin zu Whisky spezialisiert und vermarkten – wie die Nordracher – ihre veredelten und prämierten Erzeugnisse sehr erfolgreich.

Geradezu legendär ist der Äppelwoi in Hessen, was auch nichts anderes ist, als unser ordinärer „Moscht" in Baden, dafür ist er populärer. Rund um Frankfurt wird der Äppelwoi aus dem Bembel – ein blaugrauer Steinkrug – in den urigen Gassen, traditionellen und schummrigen Kneipen oder schattigen Hinterhofgärten kredenzt und ist ein ausgesprochenes Kultgetränk. Wenn noch „Handkäs mit Musik" dazu serviert wird, geraten die Hessen nicht erst seit Heinz Schenk – dem hessisch babbelnden, singenden Fernsehwirt – geradezu ins Schwärmen.

Im norddeutschen Bereich ging die Entwicklung hin zu Korn und Aquavit, ansonsten aber auch noch in eine andere Richtung. Aus der schon geschilderten Notwendigkeit, unbedenkliche Flüssigkeiten zu sich zu nehmen, entstand die Tradition des gepflegten Teetrinkens. Dabei wurde und wird das Wasser abgekocht und zumindest so keimfrei gemacht. Eine echte Teezeremonie der Ostfriesen ist inzwischen die gekonnte Inszenierung gelebter Trinkkultur und für Außenstehende ein zelebriertes Erlebnis.

Historisch belegt ist, dass der Wein schon mit den römischen Legionen nach Süddeutschland gekommen ist und der Anbau sich bis an die Mosel und den Mittelrhein ausbreitete. Jeder Soldat hatte Anspruch auf seine tägliche Ration, und auch das hatte durchaus berechtigte Gründe. Der Wein diente einmal als Nahrungsmittel und dann zur notwendigen Flüssigkeitssubstitution. Etwas angeheitert und benebelt gingen die Soldaten im Kampf enthemmter, vielleicht auch aggressiver und mutiger vor. So diente der Wein zusätzlich als Dopingmittel.

Dies war außerdem umso bedeutsamer, damit die Truppe einerseits bei Laune blieb und andererseits auf den langen Märschen und beim Dienst am Limes mit einer unbedenklichen Flüssigkeit ausreichend versorgt war.

Da es anfangs in den eroberten und besetzten Ländern nördlich der Alpen – den Provinzen Germanien und Frankreich im Imperium Romanum – noch keinen eigenständigen Weinanbau gab, wurde er anfangs noch in Fässern auf Wagen und mit Schiffen über die Flüsse hierher transportiert. Bildhafte Zeugnisse und Funde der Archäologen berichten anschaulich davon.

Die christliche Kirche, und da war die katholische Kirche anfangs noch alleine auf weiter Flur, mag mit dem Gebrauch von Wein in der Eucharistie gleichermaßen ihren gewichtigen Teil beigetragen haben, dass Wein als Getränk in unseren Breiten gesellschaftsfähig wurde.

Bis Mitte des 15. Jahrhunderts war es noch ausschließlich Rotwein, der den Geistlichen als Messwein diente. Dann wurde durch Papst Sixtus IV zum ersten Mal Weißwein zugelassen. Die Pflicht zur Produktion von Messwein dürfte im Land einen mächtigen Impuls gegeben haben, den Weinanbau großflächig zu fördern und zu betreiben. Das Wissen darum lag zuerst vorwiegend bei den Mönchen in Klöstern.

Mönchtum und Wein gehörten immer schon eng zusammen. Die frühmittelalterlichen Klöster trafen an Rhein, Mosel und Main auf eine alte Weinbautradition und trugen fortan ihren wesentlichen Teil zur Entwicklung und beim Ausbau bei.

Nebenbei sei erwähnt, seit 1994 ist es sogar im Ausnahmefall und nach ausdrücklicher Erlaubnis durch den Bischof zulässig, statt Messwein Traubenmost in der Eucharistie zu verwenden. Voraussetzung ist, dass der Priester nachweislich aus gesundheitlichen Gründen keinen Wein trinken darf. [6]

Viele Weingüter bieten übrigens den Kirchen auch heute noch Rabatt beim Kauf von Messwein, auch wenn dieser vielleicht im Privatkeller des Geistlichen verschwindet.

Wer es sich leisten konnte, trank damals mehrere Liter am Tag, wie wir vom berühmten Zeitgenossen Goethe wissen. Und Goethe soll auch gesagt haben: „Hübsche Frauen gestehen, dass

---

[6]) Wikipedia

ihre Kinder mit der Mutterbrust zugleich Wein genießen." Zur Relativierung ist zu bedenken, Wein im Mittelalter wird nicht den Alkoholgehalt von durchschnittlich 12 Prozent aufgewiesen haben, wie es heute gängig ist. Doch auch ein Alkoholgehalt von rund 4 bis 5 Prozent, vergleichbar mit Bier oder leichtem Apfelmost, erzeugt schnell eine benebelnde Wirkung.

Auch das Bier wurde in unseren Breiten ursprünglich zuerst in Klöstern hergestellt und diente alleine den Mönchen als Getränk. Die heutige Qualität, nach dem deutschen Reinheitsgebot ausschließlich aus Wasser, Gerste, Hopfen und Malz hergestellt, hatte es im früheren Mittelalter sicher so nicht gegeben. Seit irgendwann der Hopfen dazu kam, diente diese Zugabe nicht nur als Bierwürze, sondern speziell der Haltbarkeit.

Im Mittelbadischen Raum und Schwarzwald war Bier teurer als Wein, wie uns Heinrich Hansjakob in den Überlieferungen in seinen Büchern zum Brauchtum anschaulich schildert. Der Heimatschriftsteller aus dem Kinzigtal war ein exzellenter Kenner der badischen Heimat, des Schwarzwaldes, und berichtet selbstverständlich auch von den Trinkgewohnheiten der Bauern auf ihren Höfen, den Knechten und Mägden, sowie dem Leben an den heimischen Stammtischen, in den damals florierenden Wirtschaften. Die treue und immer durstige Kundschaft bescherten den Wirten satten Reichtum und hohes Ansehen. „Wer nichts wird, wird Wirt", ließ sich da sicher nicht behaupten.

Wer damals im Schwarzwald Bier brauen wollte, ging meist zuerst erst nach Bayern und dort bei den berühmtesten Bierbrauern ihrer Zeit in die Lehre. Brauten sie später in der Heimat eigenes Bier, war das für die Bevölkerung eine Spezialität und nur gutbetuchte Bürger konnten sich dieses Getränk überhaupt leisten.

Nach Heinrich Hansjakobs Schilderungen wurde im Kinzigtal bis ins 19. Jahrhundert alltäglich hauptsächlich Wein getrunken. Vielleicht meinte er damit auch Apfelwein oder Most. Die eigene Most-Herstellung war natürlich die viel billigere Variante – und vermutlich für normale Bürger die einzig bezahlbare. Bier gab es allenfalls – und wenn überhaupt – vom Fass im Ausschank in den Gasthäusern. Und selbst da wurde neben Bier, Wein und viele Sorten Schnaps selbstverständlich alternativ der Apfelmost angeboten und ausgeschenkt.

Sicher überliefert ist, dass es im 19. Jahrhundert noch bis Schnellingen nahe Haslach im Kinzigtal Rebberge gab und Weinstöcke an den steilen Hängen standen. Demzufolge wird Hansjakob sehr wohl guten Wein getrunken haben, denn er zählte zu den begüterten Zeitgenossen im zu Ende gehenden 18. Jahrhundert und anfangs des 19. Jahrhundert. Er war nicht nur Pfarrer, sondern ein sehr erfolgreicher Schriftsteller und Bestseller-Autor, war Abgeordneter im badischen Landtag und auf diversen anderen Feldern aktiv.

In Hagnau am Bodensee, wohin er wegen seiner progressiven Haltung innerhalb der Katholischen Kirche strafversetzt worden ist, gründete er die erste Weinbaugenossenschaft. Die Hagnauer danken es ihm noch heute. Demzufolge wird er sich wohl einen qualitativ guten Wein habe leisten können. Ein Pfarrer verfügte nebenbei über das Privileg Messwein zu haben und zu trinken. Bekanntermaßen war ein solcher noch nie der Schlechteste.

Der Weinanbau kam leider im Kinzigtal, wie in vielen anderen kargen Regionen auch, durch die verheerende Reblaus zum Erliegen. Später wurde der Weinanbau, nach dem Aufkommen resistenter Reben, in den entlegenen Seitentälern des Schwarzwaldes und an dessen steilen Hängen nicht wieder aufgenommen. Es rentierte sich einfach nicht mehr und die Arbeit in den Steillagen war auch damals den Bauern zu beschwerlich.

Selbst wenn in früherer Zeit die Getränke noch alkoholarmer genossen wurden, wie das heute der Fall ist, so hat der tägliche Genuss mit absoluter Sicherheit dazu beigetragen, das harte und für manche Menschen entbehrungsreiche Leben etwas erträglicher zu machen. Bei eintönigen, stupiden Tätigkeiten waren Kraft und Ausdauer nötig, nicht aber ein klarer Verstand. Möglicherweise hat man das harte Los auch nur mit benebeltem Kopf einigermaßen würdig ertragen können.

Keine Bauern und keine Arbeiter aus den Dörfern und Tälern des Schwarzwaldes begaben sich aufs Feld oder zur Waldarbeit, ohne, neben Wurst, Speck und Brot, eine gut gefüllte Gutter (Glasgefäß) Most dabeizuhaben. Bei der knochenharten Beschäftigung in Feld, Flur und Wald benötigte der Körper viele Kalorien und ausreichend genug Flüssigkeit.

Schon seit alten Zeiten hing an der holzgetäfelten Wand in den Schwarzwälder Bauernstuben ein aufwendig geschnitztes, reich verziertes und im Bauernstil bemaltes Schränkchen, das eine oder mehrere Flaschen hochprozentiges Kirschwasser, Zwetschgenwasser, Mirabelle, Obstler oder Zibärtle bevorratete. Das war sozusagen das Schatzkämmerchen des Bauern, zu auch nur er alleine Zugang hatte. Den Schlüssel dazu trug er mehr zum Schmuck als zur Sicherheit an einer kostbaren Kette seines Wamses (Frühstadium der heutigen Weste). Kamen Hausierer ins Haus, arbeitete der Schuhmacher oder Schneider in der Stube – was immer nötig wurde, wenn neue Schuhe, ein neues Kleid oder Gewand fällig waren – dann bekam der Gast selbstverständlich ein oder in der Regel mehrere Gläschen vom Hausbrand kredenzt.

Noch ein schwergewichtiger Grund mag den Alkoholkonsum in den entlegenen bäuerlichen Anwesen angeheizt haben. Nach damaliger Sitte der Erbfolge erbte einzig der jüngste Sohn den Hof. Auf diese Weise sollte die Versorgung der Eltern bzw. des Altbauern bis zum Lebensende gewährleistet sein. Versetzen wir uns nun kurz in die Gemütslage eines Knechtes, der als älterer Bruder dem jüngsten Sohn des Bauern dienen musste. Der Frust wird nur mit täglich vielen Gläsern Most und Schnaps einigermaßen erträglich gewesen sein. Die Alternative war wegzugehen, auszuwandern oder anderweitig Arbeit suchen. So betätigten sich manche als Uhrmacher oder gingen in andere Berufe. Sie suchten Arbeit in der aufkommenden Industrie in der Fabrik. Die Textilindustrie von Waldkirch und im Südschwarzwald bot beispielsweise begehrte Arbeitsplätze.

Böswillige Zungen erzählten von überdurchschnittlich vielen geistig behinderten Kindern, die in den weit abgelegenen Tälern und auf den einsamen Höfen im Schwarzwald zu finden waren. Die Ursache wurde dem im Babyalter verabreichten Alkohol zugeschrieben.

Die wahre Ursache dürfte vielmehr in der praktizierten Inzucht zu suchen sein, da die reichen Bauern ihre Höfe ungern in Händen außerhalb der eigenen Sippe sehen wollten. Wenn es aber zum Alkohol eine Verbindung gab, dann allenfalls darin, dass das Kind nicht im nüchternen Zustand gezeugt wurde – doch lassen wir es, weiter über dieses Thema zu philosophieren.

Definitiv belegt ist, dass bis in die Mitte des 20. Jahrhunderts die hart in der Landwirtschaft mitarbeitenden Mütter ihren Kindern gerne den Schnuller in Kirsch- oder Zwetschgenwasser tauchten und dann dem Baby zum Nuckeln in den Mund steckten. Das Kind wurde schnell ruhig, schlief ein und lange durch. So konnte die Mutter beruhigt ihrer weiteren Arbeit nachgehen.

Oben: Sasbachwaldener Bacchus beim Umzug
Unten: Affentaler Weinkönigin Bühl 2016

3

Eigene Erfahrungen im Umgang mit Alkohol

In meinen Kindertagen in Nordrach, dem Ort, indem ich aufgewachsen bin, lagerten im dunklen, kühl-feuchten Keller unserer Wohnung „am Schrofen", sowie ab 1954 im Keller einer deutlich komfortableren Wohnung „auf der Bind", übers Jahr immer drei Fässer Most. Eines fasste 200 Liter, dazu gab es noch ein kleineres mit 100 Liter Inhalt Fassungsvermögen. Der Inhalt beider Fässer diente überwiegend als Trinkvorrat für den Vater und musste bis zur nächsten Ernte ausreichen.

Immer wenn im Herbst reife Äpfel und Birnen an den Bäumen hingen, kaufte der Vater von einem Bauern ein paar Zentner und einer unserer Nachbarn presste das gemahlene Obst, die Maische, mit seiner Trotte nach altem Rezept aus etwa 80 Prozent Äpfeln und 20 Prozent Birnen zu Saft. Natürlich waren wir Buben bei diesem Vorgang vornean mit dabei und halfen. Schon während der Arbeit durften wir einige Gläser von zu diesem Zeitpunkt noch dem süßen Saft trinken. Die nachteiligen Folgen waren, wir hatten an den nächsten zwei Tage heftigen Durchfall. Der Saft hatte wahrlich durchschlagende Wirkung. Der gepresste Saft kam in die Fässer und durfte dann im eigenen Keller gären und reifen, was eine Weile dauerte, bis es fertiger Most war und trinkfähig. Zuvor musste sich die Hefe vorher erst absetzen. Für diese Behandlung war durchaus Erfahrung notwendig, die auf dem Dorf von Generation zu Generation weitergehen wurde, sonst wurde das nichts oder das Ergebnis keinem zur Freude und einem Genuss.

Das dritte Fass, das auch 100 Liter fasste, wurde mit Saft aus Heidelbeeren und Brombeeren gefüllt und daraus ein Most bereitet. Die reifen Beeren hatten wir Buben mit der Mutter während der Saison in den Wäldern rund um das Tal und auf den Höhen mühsam geerntet. Den allergrößten Teil unserer Ernte haben wir noch im Wald und in der Nähe der Fundstellen an einen Händler abliefern und verkaufen können und da waren wir in den 50er Jahren des letzten Jahrhunderts nicht die einzigen, die sich so ein Nebeneinkommen erwirtschafteten. Einen kleinen Teil zweigten wir für unser Getränk ab. Der Beerenmost war – zumindest in den ersten Wochen – eher mit süßem Saft vergleichbar und entwickelte weniger Alkohol. Sowohl der Mutter als auch uns Kindern schmeckte so ein Most wesentlich besser, wie der übliche „arg sure Moscht" (sehr herbe) aus Äpfeln.

Ohne Frage durften wir Kinder hin und wieder auch den herkömmlichen Most trinken, vornehmlich dann, wenn der Krug mit dem Beerenmost schon ausgetrunken war und keiner von uns in den Keller wollte – oder spätestens dann, wenn unser Fass geleert war. Und das dauerte allgemein kein halbes Jahr. Bei den Arbeiten mit den Bauern auf dem Feld gab es sowieso nur den herkömmlichen Most.

Um für uns Kinder die alkoholische Wirkung etwas abzumildern, wurde entweder Leitungs- oder Brunnenwasser beigemischt oder – was seltener vorkam – Sprudel (Mineralwasser) und damit etwas verdünnt. Auf diese Weise war das Traditionsgetränk für uns Kinder genießbarer. Überdies war es bei Hitze süffiger und bekömmlicher als herkömmlicher Saft oder andere gesüßte Flüssigkeiten, die nur wieder zusätzlichen Durst erzeugten.

So etwa mit dreizehn Jahren engagierten mich öfters Kegelbrüder, damit ich ihnen beim Spiel auf der Bahn die Kegel aufstellte und die Kugel zurückrollen ließ. Automatische Kegelbahnen oder Bowlingbahnen, wie wir sie heute kennen, gab es damals bei uns im Dorf noch nicht. Bei diesem Engagement fielen in der Regel 50 Pfennig ab und wenn es ganz gut lief und die Kegler spendabel waren, sogar auch schon einmal eine Mark. Und mit der fortgeschrittenen Zeit beim Spiel und durch den angehobenen Alkoholspiegel aufgeheiterte Stimmung, wenn schon einige Schnapsrunden ausgespielt und konsumiert worden waren, dann gönnten sie mir übermütig auch schon mal ein Glas Bier. Es kann allerdings gut sein, dass ich es mir erbettelt habe. Man wird sich wohl einen Spaß daraus gemacht haben, mir von der Bedienung dann ein Bier bringen und geben zu lassen und sie freuten sich dann aus Schadensfreude diebisch, wenn es bei uns seine Wirkung zeigte.

Gelegentlich nahm mich der Vater in die Wirtschaft mit und stolz saß ich dann mit ihm bei den Alten am Stammtisch. Für mich war etwas Besonderes, im Kreis der Großen dabei sein zu dürfen. In der Regel bekam ich eine Flasche süßen Sprudel vorgestellt. War der Vater einmal gut gelaunt oder es ergab sich so in der geselligen Runde, durfte ich den Schaum von seinem Glas schlürfen und auch noch einen kräftigen Schluck trinken. Später amüsierten sie sich am Tisch, wenn ich durch das Bier meine Hemmungen verlor, drauflos plapperte und mich altklug gab. Sie konnten dabei ihre Witze reißen und sich lachend auf die Schenkel klopfen.

Mitte der 1950er Jahre sah das in der Bevölkerung eines Schwarzwalddorfes niemand so eng, wenn auch Kinder Alkohol tranken. Es war – zumindest in geringem Maße – nie wirklich ein Tabu. Überall und alle Tage hatte man sowieso Most getrunken. Das war gewissermaßen ein Grundnahrungsmittel. Der gefüllte Krug stand in so gut wie in jedem Haushalt bei den Mahlzeiten auf dem Tisch, aber auch nicht nur beim Essen. Most gehörte schlichtweg zum Vesper und Essen und erst recht bei allen Tätigkeiten auf den Wiesen und Feldern im Tal. Da machte es keine Ausnahme, ob ich mit der Mutter auf den von uns selber bearbeiteten Äckern helfen musste oder beim Emil-Sepp und anderen Bauern mitarbeitete.

Speziell der Emil-Sepp beschäftigte mich an vielen Tagen im Jahr, sei es beim Umsetzen von Baumsetzlinge, bei nötigen Pflegemaßnahmen in seiner Pflanzenschule, beim Heu machen, Brennholz stapeln oder trotten. Zwischendurch mussten tageweise Unkraut und Dornen in seinen Weihnachtsbaumkulturen mit der Sense und Sichel entfernt werden. Bei solchen Beschäftigungen verdiente ich mir regelmäßig das nötige Geld und nicht nur ein Taschengeld. Nur auf diese Weise war es mir möglich, Kleidung, Schuhe und Schulsachen zu kaufen oder gelegentlich zu meinem Vergnügen spezielle Bonbon, ein Eis oder anderes süßes zum Naschen. Damit konnte ich meine Eltern entlasten, die sparsam haushalten und leben mussten. Nebenbei sparte ich ein paar Jahre für ein Fahrrad, und ich kaufte mir später mit dem ersparten Geld einen maßgeschneiderten Anzug zur Konfirmation, den mir ein Schneidermeister im Dorf speziell anfertigt hatte.

Schon mit acht Jahren verkaufte ich fein riechende Seifen, abwaschbare Tischdecken und andere nützliche Dinge den Frauen im Dorf und auf den weit abseits liegenden Bauerngehöften. Zusätzlich lieferte ich der Kundschaft die bei meiner Mutter vorbestellten Nudeln, Dauerwurst und Dosenfisch zu. Sie betrieb eine kleine Vertretung für dauerhafte Lebensmittel und verdiente damit ein Zubrot zum Familieneinkommen, worauf wir, wie damals viele Menschen im ländlichen Raum auch, angewiesen waren. Und wöchentlich stellte ich den Abonnenten diverse Zeitschriften zu, sowie später, nun schon dreizehn, verkaufte ich sonntags die „Bild am Sonntag" im Tal.

Da und dort bekam ich einige Pfennige Trinkgeld, eher aber ein dick mit Butter und Honig oder Schlecksel (Marmelade) bestrichenes Bauernbrot, was es nicht alltäglich bei uns zum Essen gab. Zu besonderen Gelegenheiten drückte mir eine der Bäuerinnen auch schon einmal ein Stück Speck, einen Ring Schwarzwurst oder Leberwurst in die Hand und wenn Hausschlachtung stattgefunden hatte, eventuell sogar beides und zusätzlich noch ein schönes Stück Kesselfleisch, das ich dann stolz zu Hause ablieferte. Solche Mitbringsel erfreuten wiederum meine Mutter und bereicherten unseren Tisch.

Die Wege zu den Höhenhöfen waren steil und oft kilometerweit. Kam ich verschwitzt an, schenkte mir an heißen Tagen die Bäuerin oder Hausfrau schon mal ein Glas Most ein. Doch nicht jeder war süffig, wirklich nicht, um nicht ungenießbar zu sagen. Der Eingeschenkte war nicht selten einfach nur sauer, sondern schmeckte wegen Überlagerung manchmal muffig oder hatte einen unangenehmen Beigeschmack. Das kam daher, weil viele vor der Füllung die Fässer nicht ausreichend gut gereinigt hatten oder das Fass war alt und ungepflegt, vielleicht lag es auch einfach an der Herstellung. Wer eine gute Qualität wollte, hatte vor dem Trotten schon angefaulte Äpfel aussortiert. Andere verwertete sie mit. Die Vorgehensweisen und Ansichten waren so verschieden wie die Geschmäcker und Vorlieben auch.

Was immer auch der Grund gewesen sein mag, wenn der Most nicht meinem Geschmack entsprach, Leitungswasser vom Hofbrunnen schmeckte mir da ehrlich gesagt deutlich besser. Und ich muss gestehen, unser Most zu Hause war auch einfach genießbarer, als so mancher Simsegräbsler (alemannische Bezeichnung für sauren oder schlechten Wein), den die sparsamen Bauern ausschenkten, die gerne zu Geiz neigten.

 Gingen die Bauern mit Knecht, Magd und Tagelöhnern zur Arbeit auf die Felder, hatten sie stets auch eine gefüllte Gutter mit Most dabei. Fand sich in der Nähe von Wiesen und Feldern ein kühler Tümpel oder ein kleines Gewässer, ein Rinnsal, das vom Berg herunter floss, wurde die Gutter zur Kühlung ins Wasser gestellt und blieb so den Tag über erfrischend.

Setzten wir uns nach Stunden Arbeit zum Vesper nieder, wurde der Most geholt und alle füllten sich die Gläser. Ich kann mich nicht daran erinnern, dass auch nur irgendjemand reines Wasser aus dem Bach getrunken hätte und Mineralwasser, das hatte selten einer dabei, das war nicht üblich.

Most mit Wasser verdünnt war dagegen gerade an heißen Tagen sehr erfrischend. In diesem Zusammenhang denke ich spontan an Jesu auf Golgatha und dem Kreuzigungsbericht in der Bibel. Im Religionsunterricht wurde uns Kindern bildhaft folgendes geschildert: Jesus litt Durst am Kreuz, ein römischer Soldat ging hin, tränkte einen Schwamm in Essig und befeuchtete dem Gekreuzigten die Lippen. Das erschien mir eine arge Boshaftigkeit und zusätzlich schlimme Tortur. Tatsächlich war es in jener Zeit aber durchaus üblich, Wasser mit etwas Essig verdünnt gegen den Durst zu trinken.

Rückblickend und zusammenfassend lässt sich zur Zeit meiner Kindheit sagen: „Im Most sah niemand Alkohol. Er gehörte als Getränk im Alltag einfach dazu und war sozusagen ein Grundnahrungsmitteln."

Die Wirkung des Alkohols durfte man bei Most aber nicht unterschätzen, besonders nicht an heißen Tagen, wenn wir wegen des Durstes mehr trinken mussten. Das galt in erster Linie für uns Kinder. Eine gewisse Vorsicht im Umgang war durchaus geboten. Bei der harten körperlichen Arbeit, in Verbindung mit höheren Temperaturen, war der Flüssigkeitsverlust deutlich größer, und das Durstgefühl drängte zum häufigeren Trinken. Wir Kinder erkannten auch nicht das Phänomen, dass je mehr man trinkt, es desto besser schmeckte und das an sich herb-bittere Bier oder der saure Most mundeten plötzlich. Die Wirkung des Alkohols entfaltete sich leider erst mit einer gewissen Verzögerung. Von unerwünschten Nebenwirkungen blieb ich keinesfalls verschont und ich machte bereits im Alter von dreizehn die erste nachdrücklich negative Erfahrung, ich war betrunken.

Mindestens ein halbes Dutzend Frauen und Mädchen – die jüngste von ihnen war vielleicht 16 oder 17 – arbeiteten regelmäßig auf den Feldern beim Emil-Sepp. Wieder waren wir an einem sehr heißer Sommer auf einem Feld beschäftigt und dabei, Jungpflanzen in ausgehobene Gräben und Zeilen in Reih und Glied einzulegen.

Nach der Aussaat wuchsen aus dem Samen anfangs die kleinen Schösslinge in Büscheln von Tannen, Fichten oder Laubbäumchen heran. Im nächsten Schritt wurden sie dem ursprünglichen Standort entnommen und nun einzeln in einem gewissen Abstand in Reihen umgepflanzt. So konnten sie weiter wachsen und sich besser entwickeln. Dafür wurde zuerst eine zehn Zentimeter breite und tiefe Furche ins Erdreich gezogen und dann jedes Pflänzchen exakt am hölzernen Maßbrett eingelegt, anschließend der Graben wieder mit Erde verfüllt.

Anstrengend denken musste bei dieser Arbeit niemand. Stattdessen wurde während der Tätigkeit viel gescherzt, Witze und Anekdoten erzählt, und der Dorfklatsch kam auch nicht zu kurz.

Kurzum, es ging kurzweilig zu. Zwischendurch wurde gerne eine der jungen oder älteren Frauen gefoppt. Der Emil-Sepp war ein arger Filou und hatte es gerne auf die Weiblichkeit abgesehen. Dabei hatten alle – außer der direkt Betroffenen natürlich – ihren Spaß. Schadenfreude ist bekanntlich die größte Freude.

Nur eines von vielen Beispielen: Viele Frauen trugen damals bei der Arbeit auf dem Feld lange Röcke, hatten meist aber nichts darunter an. Das reizte einmal den Emil-Sepp, einer der Frauen den Rock zu heben und über dem Kopf mit einer Schnur zu verbinden. Die Arme stand unten blutt (nackt) da und die anderen grölten vor Freude.

Je öfters wir pausierten, desto mehr wurde über den Tag Most getrunken und umso lockerer und frivoler gestalteten sich die nicht immer jugendfreien Gespräche und die Witze deftiger. Das war durchaus ein gewollter Nebeneffekt. Nur so machte die Arbeit allen mehr Spaß. Und der Emil-Sepp verstand es in seiner verschmitzten Art prächtig, die Frauen zu unterhalten, mit ihnen zu scherzen und er trieb so manchen Schabernack. Bei seinen Witzen ging es überwiegend – um was wohl – natürlich um Sex, wobei dieses Wort damals in unseren Kreisen noch nicht bekannt war. Dafür hatte man umgangssprachlich andere, derbere Wörter. Und der Emil-Sepp konnte mit amourösen Abenteuern mächtig aufschneiden. Kein Rock schien vor ihm sicher gewesen zu sein, dabei war er da schon jenseits der sechzig.

Mit den anderen hielt ich beim Trinken durchaus mit. An dem besagten heißen Tag wurde ich im Verlauf vieler Stunden jedoch ungewollt unvorsichtig. Bald hatte ich mehr getrunken als ich in diesem Alter vertragen konnte, wurde übermütig und aufgekratzt. Das anfangs als herb empfundene Getränk schmeckte mir plötzlich. Bis zum Feierabend war ich betrunken, redete dummes Zeug, ärgerte die Frauen, reizte und foppte ein Mädchen, das bald genervt und vor Wut laut heulte.

Nachdem mich später der Emil-Sepp nach Hause gefahren hatte, wollte ich schleunigst nur noch ins Bett. Längst war es mir speiübel und im Stundenrhythmus musste ich mich übergeben. Mein

Magen rebellierte und das dauerte die ganze Nacht über, ja selbst noch tags darauf. In die Schule gehen war unmöglich. Bis weit in den Nachmittag hinein hielt die Übelkeit an und mir war sterbensschlecht. Zwar nahm ich mir vor, zukünftig beim Most trinken etwas vorsichtiger zu sein, unbedingt klüger bin ich trotzdem nicht geworden.

Wie es im Leben leider häufig so geht, gerät jedes negative Erlebnis irgendwann wieder in den Hintergrund und relativiert sich im Nebel des Vergessens. Wieder einmal hatte mich der Emil-Sepp engagiert, ich sollte ihn den Tag über begleiten und bei einer wichtigen Arbeit helfen.

Es war an einem kirchlichen Feiertag und somit hatte ich schulfrei. Wir konnten daher früh am Morgen aufbrechen. Diesen Tag wollte er nützen und in einer seiner nahe dem Nachbarort Zell am Harmersbach liegenden Weihnachtsbaum-Kulturen Dornen und Unkraut zwischen den Jungpflanzen entfernen.

Der Baumschul-Besitzer besaß hier, wie auf vielen anderen Flächen im Tal, größere Nordmannstannen-Plantagen. Die Edeltannen durften etwa 10 Jahre wachsen, wurden dann je nach gewünschter Größe geschlagen und ab Mitte November als begehrte Weihnachtsbäume an Händler oder direkt auf den Märkten der Umgebung verkauft.

Schon ab den 1950er-Jahren verkaufte Josef Ficht – wie er mit bürgerlichem Namen hieß – züchtete er diese Edeltannen und schon damals verkaufte er vornehmlich die noch nicht allgemein bekannten Nordmannstanne aus eigener biologischer Aufzucht. Sie waren um einiges teurer, im Vergleich zu den schlichten Fichten oder den üblichen Tannenbäumen. Diese Baumart bietet aber die Vorzüge, im Wohnzimmer viel länger grün zu bleiben und es fielen selbst nach Wochen die Nadeln nicht ab. Die Nordmannstannen sind gleichmäßiger gewachsen, somit schöner und zeichnen sich durch mehr Volumen aus bei gleichmäßigem Wuchs.

Wir fuhren die rund fünf Kilometer mit dem „Kuli" zum Feld und unterwegs kaufte er beim Metzger im Dorf noch einen Ring Lyoner-Wurst und nahm in der Bäckerei „Erdrich" auch einen Laib Brot mit. Das war beim 9-Uhr-Vesper und auch mittags unser Essen. Und zum Trinken hatte er natürlich eine gefüllte Gutter Most dabei.

Der Tag mitten im Frühlingsmonat Juni war um diese Jahreszeit schon ungewöhnlich warm, die Sonne brannte ungehindert vom wolkenlos azurblauen Himmel und um die Mittagszeit empfanden wir es sogar brüllend heiß. „Da hört man sogar die Schnecken bellen", sagte der Emil-Sepp gerne bei solchen Gelegenheiten und schmunzelte verschmitzt. Und da wo wir arbeiteten war weit und breit war kein Schattenplatz, der uns zwischendurch etwas Kühlung geboten hätte.

Entsprechend anstrengend und schweißtreibend erwies sich unsere pflegerische Tätigkeit in den Kulturen. Leger mit einer kurzen Hose arbeiten oder mit freiem Oberkörper, das war nicht möglich. Da waren zu viele Dornen und noch schlimmer störten die blutsaugenden Bremsen. Darum lief mir der Schweiß vom Kopf über den Rücken bis in die Schuhe. Um keinen Sonnenstich zu bekommen, tauchten wir zwischendurch Kopf und Arme ins klare Wasser des vorbeifließenden Gewässers, der Nordrach und kühlten uns so etwas ab. Das sorgte für eine kurze Zeit für ein wenig Erfrischung.

Mit Sichel und Sense entfernten wir mühsam auf dem mehrere Hektar großen Gelände wild wucherndes Gras, das drohte in die Zeige der aufwachsenden jungen Bäumen zu wachsen und wir schnitten die meterhoch rankenden Dornen zurück. Sicher um mich zwischendurch zu motivieren und bei Laune zu halten versprach mir der Emil-Sepp: „Auf der Heimfahrt kehren wir beim Mesner im Dorf ein und trinken dort eine Flasche Bier." „Emil-Sepp, des i'sche Word, dess moche'mer, triumphierte ich. Eine Flasche Bier nur für mich, das war doch was.

Gemeint war eine Familie im Dorf, die direkt an der Durchgangsstraße wohnte. Das Ehepaar versah nicht nur den traditionellen Mesnerdienst in der katholischen Kirche, sorgte für das Geläut, richtete dem Pfarrer die passende Kleidung, kümmerte sich um die Gerätschaften und was es zum kirchlichen Dienst sonst noch zu tun gab. Sie betrieben nebenher auch noch eine Flaschenbierhandlung und verkauften Bier über die Straße.

In jenen Jahren war es noch nicht gängig, einfach einen Kasten Bier im Getränkemarkt zu kaufen und ihn zu Hause in den Keller zu stellen. Das war nicht üblich, in einer Zeit, als der örtliche Kolonialwarenladen noch alles im Sortiment führte, was ein Haushalt brauchte. Stattdessen trafen sich die Männer regelmäßig und so gut wie täglich am Stammtisch in einem der Wirtshäuser. Zu Hause wurde allgemein Most getrunken oder Saft und auch Leitungswasser. Sonntags stand nachmittags ausnahmsweise Bohnenkaffee auf dem Tisch, während es unter der Woche nur „Muggefug" (in anderen Regionen auch Muckefuck genannter Malzkaffee) gab und wir Kinder tranken Milch mit Kakao. Tee mit viel Milch oder Milch pur gab es manchmal natürlich auch, gelegentlich sogar die sehr erfrischende Buttermilch, wenn die Mutter irgendwoher Rahm aufgetrieben hatte und im Butterfass eigene Butter hergestellt hatte.

Manchmal verschaffte uns auch der Saft aus selbst geernteten Beeren oder vom eigenen Obst etwas Abwechslung im Einerlei der täglichen Getränke. Solchen Beerensaft gab es in der Regel bei uns aber nur sparsam dosiert oder zu besonderen Gelegenheiten. Wobei sich heute kaum noch jemand vorstellen kann, welche Mengen wir an Nahrungsmittel-Vorräten vom eigenen Garten, von wenigen Bäumen oder den Ernten im Wald im Keller jedes Jahr zum Winter hin eingelagert hatten, und bei anderen Haushalten in der Nachbarschaft war es durchaus vergleichbar. Da lebten wir und andere im dörflichen Raum noch weitgehend von eigenen Erträgen.

In unserem Keller lagerten durchschnittlich über hundert Gläser an eingemachtem Gemüse, wie Erbsen, Bohnen und anderes, da gab es Kirschen, Zwetschgen, Birnen und außerdem luftig ausgebreitet getrocknete Apfelschnitz. Neben dem Most für den täglichen Getränkebedarf, stand ein Faß mit Sauerkraut im Keller und je einen größeren Steinkrug, gefüllt mit Gurken und eingelegten Eiern. Das war nicht alles, es würde aber zu weit führen, all das im Einzelnen aufzuzählen, was einer fünfköpfigen Familie diente, gut und reichlich über den Winter zu kommen.

Öffnete die Mutter sonntags ein Glas Obst für den Nachtisch, durften wir in den folgenden Tagen den vorhandenen Saft mit Leitungswasser mischen und trinken.

Wenn der Vater zu Hause neben dem eigenen Most gelegentlich auch ein Bier trinken wollte und es war Geld im Haus, schickte er uns Kinder in eine der Flaschenbierhandlungen im Dorf. Dort gab es Bier in Einzelflaschen zu kaufen. Die Bierflaschen mit dreiviertel Liter Inhalt hatten damals noch den bewährten Bügelverschluss. In den Gaststätten dagegen wurde traditionell das Bier fast ausschließlich vom Fass gezapft ausgeschenkt.

In früheren Zeiten – und vor allem aus Bayern bekannt – wurde offenes Bier in den Gaststätten sogar über die Straße verkauft. Es wurde im Krug mit Deckel aus dem Gasthaus geholt und nach Hause getragen. Längere Strecken durften das vermutlich nicht gewesen sein, das war aber auch kein Thema, denn in jeder Straße und an allen Ecken gab es mindestens eine Wirtschaft.

Sehr beliebt waren die reich verzierte Motivkrüge mit Zinndeckel und wertvoll und begehrt die Militär-Bierkrüge. Noch heute werden sie in vielen Variationen angeboten oder sind auf Flohmärkten zu bestaunen. Sie sind heute ein beredtes Zeugnis einer längst vergangenen Zeit.

Ein Relikt nur aus der Vergangenheit sind sie aber tatsächlich nicht überall. Bekanntlich stehen in der Schwemme im Münchner Hofbräuhaus immer noch die individuellen Bierkrüge der einzelnen Besitzer quasi als Statussymbol in einer verschließbaren Vitrine und werden regelmäßig benützt. Jeder Stammgast besitzt einen reich verzierten Krug, in dem ihm beim Besuch das Bier gezapft und serviert wird. Geht er nach Hause, schließt die Bedienung den Krug wieder im Schrank ein, gut aufbewahrt bis der Gast das nächste Mal wieder anwesend ist.

Mir ist dagegen nicht bekannt, dass bei uns im Dorf auch Bier im Krug geholt wurde, vielleicht war das Jahrzehnte zuvor der Fall, in meiner Zeit aber nicht mehr üblich, zumindest soweit ich das überblicken konnte. Sonst hätten wir Buben möglicherweise der Versuchung nicht widerstanden, schon auf dem Heimweg einen

Schluck aus dem Krug zu nehmen. Bei den mit einem Papierstreifen versiegelten Flaschenverschluss war das nicht möglich. Das wäre dem Vater aufgefallen und in dieser Zeit gehörte es noch zur praktizierten Erziehung, dass ungehorsame Kindern zur Strafe ordentlich den Hintern versohlt bekommen.

Der legendäre Emil-Sepp, seines Zeichens Baumschul- und Weihnachtsbaumkulturen-Besitzer, fuhr einen „Kuli" genanntes Transportgefährt. Dabei handelte es sich um einen sehr geländegängigen Dreiachser. Über der Trag- und Antriebsachse war die Ladepritsche angeordnet, auf der Lasten aller Art transportiert werden konnten. Zwischen Sitz und Pritsche – oder bei anderen unter der Ladefläche war der Motor angeordnet. Gelenkt wurde direkt über das Vorderrad und am Lenkgestänge befanden sich alle notwendigen Bedienelemente, wie Gas- und Bremshebel.

Die simple Konstruktion war relativ einfach zu bedienen und solche Lastenfahrzeuge erwiesen sich als äußerst robust und selbst im schwierigsten Gelände noch sicher und beweglich. Der Fahrer nahm hinter dem Lenkrad auf einem Metallsitz Platz. Wer mitfuhr, setzte sich einfach auf der Pritsche nieder, entweder auf dem Boden, einer Kiste oder einfach auf leeren und gefüllten Säcken.

Auf der Heimfahrt nach unserer schweißtreibenden Arbeit im Nordmannstannen-Revier hielt der Emil-Sepp sein Wort und wir kehrten beim Mesner im Dorf ein. Bei ihm gab es natürlich keinen Schankraum, es war ja eigentlich nur ein Flaschenverkauf über die Straße. „Kreszenz, bring mr e Flasch und gib dem Seicher au eine", forderte er die Mesnerin auf. (Kreszenzia, bring mir eine Flasche Bier und gib dem Jungen auch eine). Man ging in der Landbevölkerung locker miteinander um. Da wurden nicht viele überflüssige Worte gemacht.

„Do hock'cts erscht emol no", (setz euch zuerst einmal nieder) gab sie zurück. Platz fanden wir in der dunklen Küche auf der Eckbank, und die Mesnerin stellte uns jedem eine Flasche Bier auf den Tisch hin. Da wurden nicht lange Fisimatenten (Umstände, Blödsinn) gemacht. Getrunken wurde allgemein direkt aus der Flasche. Niemand außer Haus benützte dafür Trinkgläser oder einen Becher.

Ich hatte meine Flasche fast in der gleichen Zeit geleert wie der Emil-Sepp seine geleert hatte, und der hatte einen guten Zug am Laib. Durstig wie er war, ließ er sich eine zweite Flasche geben und ich – schon leicht angeheitert und übermütig – verlangte auch nochmal eine für mich, und ich bekam sie auch. Dem Emil-Sepp machte es offensichtlich Spaß, mich, den vorlauten Bengel abgefüllt zu sehen.

Die zweite Flasche hatte ich noch nicht einmal zur Hälfte geleert, da wurde es mir plötzlich übel. Überstürzt eilte ich aus der Küche auf den Balkon und übergab mich über das Geländer. Zum Häuschen mit Herz über den Trippel (Balkon/Galerie) bin ich nicht mehr gekommen. Hinterher war es mit meinem Stehvermögen vorbei und erst recht mit meinem vorlauten Mundwerk. Ich schlich mich kleinlaut aus der Küche und legte mich auf der Ladepritsche des Kulis auf leeren Säcken nieder.

Dreiachser, ähnlich wie der „Kuli" (Werkfoto)

Da lag ich nun flach auf der Pritsche wie ein Häufchen Elend, und das mitten im Dorf direkt an der Durchgangsstraße, im Blickfeld aller Vorübergehenden. Das war mir aber egal oder wurde mir nicht einmal mehr bewusst. Was man bei meinem Anblick über mich dachte, war mir in diesem Zustand ziemlich gleichgültig, da hatte ich andere Probleme, es war mir elend und schlecht. Vielleicht hat der Emil-Sepp ganz in Ruhe noch eine dritte Flasche geleert, bis er sich aufmachte, kam und mich heimfuhr; ich weiß das nicht. Wieder rebellierte mein Magen die Nacht durch und ich musste mich mehrmals übergeben. Morgens war es mir unmöglich, das Bett und Haus zu verlassen. In diesem Zustand konnte ich nicht in die Schule gehen. Später sagte ich oft, wenn es im Gespräch um die Folgen von Alkoholmissbrauch ging: „Würde es bei zu vielem Alkoholgenuss im Rausch hinterher allen so übel werden wie mir, dann gäbe es keine Alkoholiker."

Die Schulzeit ging zu Ende und unmittelbar darauf begann ich eine Lehre zum Groß- und Einzelhandelskaufmann in Biberach. Die Lehrstelle hatte ich in einem Fachbetrieb für landwirtschaftliche Maschinen bekommen. Den mittelständischen Betrieb leitete ein Trio, und die betagte Senior-Chefin hatte als graue Eminenz im Hintergrund auch noch etwas zu sagen. Sowohl der ältere, als auch der jüngste der Brüder waren Mechanikermeister und der mittlere Schmiedemeister. So ergänzten sie sich im Geschäft ideal und konnten den Kunden ein rundes Paket an Verkaufs- und Dienstleistungen für landwirtschaftliche Maschinen und Gerätschaften bieten und alles in der Werkstatt und Schmiede auch reparieren. Nebenbei wurden landwirtschaftliche Anhänger unter eigenem Namen angefertigt und verkauft.

Für meine Ausbildung zum Kaufmann war der Buchhalter als mein Ausbilder zuständig, und der hatte – wie ich schnell feststellen musste – ein Alkoholproblem.

Während der Arbeitszeit wurde in jener Zeit noch ganz selbstverständlich Bier und Wein getrunken. Wer wollte, konnte bequem Flaschenbier im Lager kaufen und Obstler oder Kirschwasser gab es auch vorrätig, der nicht nur an gute Kunden ausgeschenkt wurde.

Vermutlich hatte mein Ausbilder wegen der trockenen Büroluft immer einen übermäßigen Durst. Während eines Arbeitstages leerte er mehrere Flaschen Bier, nur leider vertrug er nicht sehr viel. Der Mann war kleinwüchsig und vielleicht so etwa 1,60 Meter groß. **Im** Rückblick gesehen vermute ich, dass er deshalb unter einem Minderwertigkeitskomplex litt, und etwas zu sagen hatte er weder im Betrieb noch zu Hause. Nur mich, den Stift – wie die Azubis damals allgemein bezeichnet wurden – durfte er ungehindert und ungestraft schikanieren und herum kommandieren.

Je mehr Bier er während der Arbeitszeit konsumiert hatte und vielleicht heimlich auch noch das eine oder andere Gläschen Schnaps, desto unerträglicher und unausstehlicher wurde er mir gegenüber. Wenn er irgendwo auch nur den kleinsten Fehler entdeckte, an dem ich seiner Meinung nach Schuld trug, wurde er ausfallend, warf den Locher nach mir, oder einen Ordner, ein Lineal, irgendetwas eben, was ihm gerade in der Rasche in die Finger kam. Nie konnte ich ihm etwas recht machen. Damals galt wohl noch der gängige Spruch: „Lehrjahre sind keine Herrenjahre", deshalb hegte ich von Anfang an keine zu hohen Erwartungen. Die drei Jahre der Lehre erschienen mir dann doch sehr lange und kamen mir hart vor. Große Freude oder eine Begeisterung hatte ich während meiner Ausbildung zu keiner Zeit, eher nur den Willen, die angefangene Sache würdig und mit einem Abschluss zu Ende zu bringen.

Kam ich nachmittags mit der Bahn aus der Berufsschule von Hausach zurück, musste ich bis zum Ende der regulären Arbeitszeit noch ins Büro kommen und die restlichen Stunden dort anwesend sein. Jedes Mal grauste es mir schon während der Bahnfahrt, und es mich bedrängte mich sehr die Sorge, welchen Fehler mag er wieder gefunden haben, der „Stinkstiefel", was hatte ich wieder seiner Meinung nach falsch gemacht, worüber würde er heute an mir herummeckern?

Während dem ersten Ausbildungsjahr fuhr ich täglich mit dem Fahrrad von Nordrach nach Biberach und abends wieder nach Hause zurück. Mit 15 Jahren bekam ich Vaters gebrauchtes Moped und das machte mir die Fahrt zum Lehrbetrieb etwas einfacher und bequemer. Ich musste aber sommers als auch im strengen Winter die jeweils 12 Kilometer weite Strecke zurücklegen und wer sich noch an jene Zeit erinnern kann, weiß, dass damals kaum ein Rad- und Mopedfahrer einen Helm trug oder spezielle Kleidung anhatte. Bei tiefen Minus-Temperaturen fror es mich während der Fahrt oft unglaublich an Hände, Füße und Ohren, manchmal so schmerzhaft, dass ich meinte, sie fallen mir ab. Oder wenn es regnete, war ich patschnass bis auf die Haut.

Ein Erlebnis der anderen Art blieb mir an einen Tag im zweiten Lehrjahr lebhaft in Erinnerung. Der Winter hielt gerade den Schwarzwald streng im Griff. Das Thermometer blieb auch tagsüber unter minus 10 Grad Celsius. An so einem bitterkalten Tag hatte der Schmiedemeister die blendende Idee den Mitarbeitern etwas Gutes zu tun. Sein Vorschlag war: „Ich will vom örtlichen Küfer eine Kiste Wermut holen lassen, und wer möchte, der kann für sich auch eine Flasche auf seine Kosten mitbringen lassen.“

Diese Gelegenheit wollte ich mir nicht entgehen lassen und ich trug mich in die Bestellliste ein. Wermut, ein aromatisierter Wein, war in jenen Jahren groß in Mode und nebenbei auch noch billig zu bekommen. Bei der Bestellung musste ich die Flasche auch gleich bezahlen. Mein Ausbilder bestellte selbstverständlich für sich ebenfalls eine. „Das ist doch einmal etwas anderes als immer nur Bier“, mag er gedacht haben. Es dauerte nicht lange, und die Flaschen waren da und wurden verteilt. Ich bekam auch eine und stellte sie kurzerhand einfach unter meinen Schreibtisch.

Kurz danach musste ich losfahren und die täglich üblichen Erledigungen im Dorf machen. Mit dem Fahrrad fuhr ich zuerst zur Poststelle, danach zur Bank und auf der Rückfahrt noch zum Bäcker, wo ich vorbestellte Brötchen und Brezeln in Empfang nahm. Dann radelte ich schleunigst ins warme Geschäft zurück.

Draußen war es sehr kalt und für mein Empfinden herrschte gerade Eiszeit. Die Hände waren mir eiskalt und es fror mich wieder einmal schmerzhaft an die Ohren. Warum ich keine Mütze trug, die bis über die Ohren ging, ist mir heute nicht mehr bekannt. Die Schuhe, die ich trug, waren der Tagestemperatur ebenfalls nicht angemessen, sogar die Füße fühlten sich deshalb wie abgestorben an. Im Büro zurück und noch vor Kälte schlotternd, dachte ich sofort: „Jetzt täte ein Schluck Wermut zum Aufwärmen ganz gut". Dafür hatte ich die Flasche schließlich ja gekauft. Ich setzte mich an meinem Schreibtisch auf den Bürostuhl, griff mit der linken Hand nach der Flasche und – zu meiner Verblüffung war sie geleert. Mein Ausbilder hatte mein Erstaunen gesehen, kam um die Ecke und entschuldigte sich: „Meine Flasche war zu schnell leer, ich hatte aber noch Durst, da habe ich deine genommen. Was die Flasche gekostet hat, erstatte ich dir."

Ich habe sie nie ersetzt bekommen, denn vermutlich wusste er später nichts mehr von seiner Schuld und sein Versprechen ist untergegangen. Schon gegen Mittag war er so sturzbetrunken, dass ihn der Chef nach Hause bringen lassen musste. So gut war die geniale Idee des Schmiedemeisters wohl doch nicht – zumindest nicht für den Buchhalter.

Zu meinen täglichen Aufgaben gehörte es auch, mittags mit einem Handwagen Malz von der benachbarten Brauerei Jehle abzuholen. Die beim Bierbrauen angefallenen Rückstände dienten den Kühen und Schweinen im Stall als hochwertiges Zusatzfutter, das war für das Vieh ein Leckerbissen und die alte Chefin hatte auch noch ein paar Kühe im Stall, was bei einem ehemaligen Handwerksbetrieb auf dem Dorf nicht selten war.

Die Brauerei lieferte damals auch noch Stangeneis, und das nicht nur den Gasthäusern, sondern ebenfalls an Privathaushalte. Das Eise wurde in einfache Kühlschränke einlegt und das sorgte tagelang für die gewünschte Kühlung. Moderne elektrische Kühlschränke, wie sie heute in jedem Haushalt selbstverständlich sind, gab es längst noch nicht in allen Häusern. Sogar im Lager unserer Werkstatt stand noch so ein Uralt-Modell, das mit Stangeneis von der Brauerei das Bier und andere Getränke kühl hielt.

Wo hart gearbeitet wird, darf auch gefeiert werden. Jährlich veranstaltete deshalb die Firma für die Mitarbeiter ein Betriebsfest oder wir waren zu einem Betriebsausflug eingeladen. Während solch eines Anlasses waren wir in einem guten Restaurant eingeladen. Natürlich kehrten die Chefs zu so einem Anlass dort ein, wo der Wirt ein guter Kunde der Firma war, oder bei einem Jagdkollegen des älteren der Chefs. Die Wirte im Mittleren Schwarzwald hatten nebenbei noch eine Landwirtschaft und waren so in der Lage, dem Kunden Fleisch von Kühen und Schweinen aus der eigenen Schlachtung zu bieten und nicht wenige betrieben auch eine Jagd und kamen auf diese Weise an Wildbret.

Der Landmaschinen-Fachbetrieb in Biberach am neuen Standort

Bei so einem Anlass gab es zum Menü einmal Stangenspargel, den ich bis dahin nicht gekannt und noch nie gegessen hatte. Und ich lernte den Magenbitter „Underberg" kennen. Solch ein Verdauungskräuterschnaps war für mich ebenfalls neu.

Warum „Underberg" die Runde machte, hatte einen guten Grund. Der ältere Chef zeigte sich deutlich übergewichtig und vermutlich litt er oft unter Sodbrennen und Völlegefühl im Magen. Um dem entgegenzuwirken, schluckte er regelmäßig Natron in Pulverform. Alternativ, verlangte es ihn nach dem üppigen Essen nun aber nach einem „Underberg", und wer von uns auch einen trinken wollte, durfte ebenfalls einen Magenbitter für sich bestellen.

„Wenn es etwas umsonst gibt, kann man nicht nein sagen", war die Devise. Fast jeder zeigte sich solidarisch und so kam ich auch einmal in den Genuss dieses besonderen Getränks, das es seit 1846 gibt und mit dem Markennamen zum Synonym geworden ist. Doch das Geschmackserlebnis wurde für mich nicht unbedingt zur Offenbarung und beileibe nicht zur Versuchung, so was zukünftig öfters zu bestellen – und schon gar nicht auf meine Kosten. Jetzt kannte ich den berühmten Kräuterschnaps und konnte fortan mitreden.

Einige Jahre später rückte dieses geschmackliche Erlebnis wieder in Erinnerung und meinen Fokus. Während ich Betriebswirtschaft studierte, tauchte in der Vorlesung zum Marketing die Marke „Underberg" explizit auf. Die Marke galt für die Marketingfachleute als Beispiel für eine sehr erfolgreiche und klug durchdachte Werbung in Rundfunk und Fernsehen. „Unterberg" wurde uns exemplarisch für eine geniale und beispielhaft gelungene Marketingstrategie dargestellt.

Wer kann sich noch an die damals eingängige Werbung erinnern? Der Werbeslogan war unterlegt mit der Melodie aus dem Filmklassiker: „Die Brücke am Kwai". Die Werbebotschaft lautete: „Komm doch mit auf den Underberg, täglich Underberg und du fühlst dich wohl."

Die Werbung sprach in der Tat eine spezielle Zielgruppe an und sollte bei ihnen Wohlfühlatmosphäre assoziieren. Mit der eingängigen Botschaft wurde einerseits die Nachkriegsgeneration angesprochen, der die berühmte Melodie in Fleisch und Blut eingegangen war, und andererseits den inzwischen in der Lebensmitte angekommene Mann, der ein wenig unter Magenproblemen und Völlegefühl litt. Nach dem Essen war ein Magenbitter zur Abrundung beliebt: „Unterberg hilft dir ein klein wenig über den Berg."

In der kaufmännischen Berufsschule bildeten wir über die Jahre hinweg im Kreis der Mitschüler eine tolle Gemeinschaft. Wir verstanden uns untereinander prächtig. Allgemein konnten wir nach Schulschluss nichts miteinander unternehmen, denn jeder musste wieder zurück in die Betriebe an den Arbeitsplatz. Im dritten Lehrjahr trafen wir uns aber wöchentlich abends zum freiwilligen Zusatzunterricht und zur Lehrstoffvertiefung, damit wir für die Abschlussprüfung fit werden sollten und um das fehlende Wissen nachzuholen.

Unser zusätzliches Engagement hatte einen Hintergrund und es war im Grunde einem Versäumnis der Schulleitung geschuldet. Im zweiten Lehrjahr war der Schuldirektor auch unser Klassenlehrer. Kaum hatte er beim Unterrichtsbeginn das Klassenzimmer betreten, kam regelmäßig die Sekretärin an und rief ihn zu einem wichtigen Telefonat oder aus einem unaufschiebbaren Grund ins Sekretariat. Dann tauchte er in der Regel die nächsten 20 Minuten nicht mehr auf, und manchmal fiel die Unterrichtsstunde komplett aus.

Uns war das natürlich sehr willkommen und wir nützten die unbeaufsichtigte Zeit für allerlei Blödsinn, spielten Skat, tauschten neben anderen Dingen auch Bilder von nackten Frau aus, die es zu jener Zeit allenfalls unter der Hand gab oder heimlich am Kiosk, aber keinesfalls in jeder Illustrierten. Kurz gesagt, die Zeit ist uns nicht langweilig geworden und wir vermissten den Direktor auch nicht eine einzige Minute. Wie es im Leben aber so ist, es hat eben alles seine zwei Seiten.

Im dritten Lehrjahr bekamen wir einen jungen engagierten Studiendirektor als Klassenlehrer, und der erkannte bei uns schnell erhebliche Defizite. Bestürzt sah er schwarz für die Abschlussprüfungen am Ende des Schuljahres. Mit einem persönlichen Einsatz begeisterte er uns dann, dass wir ein halbes Jahr lang abends noch einmal in die Schule kamen, bei ihm Zusatzunterricht nahmen, um auf diesem Weg den fehlenden Unterrichtstoff nachzuholen. Dank seines Engagements haben wir später auch tatsächlich alle mit guten bis sehr guten Ergebnissen den Abschluss bestehen können.

Der Unterricht dauerte bis 22 Uhr und danach wollten wir uns nicht gleich trennen und nach Hause gehen oder fahren, sondern wir kehrten noch für ein oder zwei Stunden in einem der Gasthäuser in Hausach ein. Bei Bier und anderen Getränken lernten wir uns persönlich besser kennen und wurden so mit der Zeit eine verschworene Gemeinschaft.

Der Tag kam, an dem wir alle Abschluss-Prüfungen hinter uns hatten. Danach folgte in den letzten Schulstunden noch ein lockerer Teil und dazu gehörte ein Klassenausflug an den Kaiserstuhl. Dort wanderten wir von Ihringen im Süden, unter der Führung des Studiendirektors, zuerst durch für den Kaiserstuhl typischen Hohlgassen. Links und rechts türmen sich dort bis zu dreißig Meter dicke Lössschichten auf. Der Bienenfresser war damals noch nicht wieder heimisch geworden und eine der biologischen Edelsteine, die Smaragdeidechse, ist uns auf dem Weg auch nicht begegnet. Unabhängig davon bewegten wir uns aber in einer einmaligen Kulturlandschaft.

Moderat durch Weinberge und danach im Wald stetig ansteigend erreichten und überquerten wir schließlich den höchsten Punkt, den Totenkopf mit dem Neunlindenturm als Aussichtspunkt. Von da hielten wir in westlicher Richtung und gingen über den Berg in den schon damals bekannten Weinort Achkarren.

Die Sonne meinte es an diesem Tag besonders gut mit uns, vielleicht ein wenig zu gut. Sie brannte ungehindert vom azurblauen, wolkenlosen Himmel und heizte uns, neben den herausfordernden und für uns ungewohnten Steigungen kräftig ein. Die Wärme und die vielen Höhenmeter bergauf ließen uns somit gehörig ins Schwitzen geraten. Und Getränke mitzunehmen, daran hatte vermutlich niemand von uns gedacht, oder wenn einer etwas dabei hatte, dann nicht ausreichend genug. So kamen wir nach vielen Kilometern am Ende sehr durstig und mit trockenem Mund endlich am Zielort an.

Der Ausflug nach Achkarren war mit der Besichtigung des örtlichen Winzerkellers und einer zünftigen Weinprobe verbunden. Die kühlen Räume des Kellers fühlten sich jetzt nach der langen Wanderung sehr gut an und taten gut, während der Kellermeister uns durch das Haus führte und die Weinherstellung sowie die ausgebauten Weine vorstellte. Dem sollte anschließend eine Weinprobe mit ausgewählten Tropfen folgen.

So durstig wie wir waren, hätten wir zuvor jedoch besser ein großes Glas Mineralwasser trinken sollen. Stattdessen bekam jeder

ein Probierglas in die Hand und einen typischen Achkarrener Weißwein eingefüllt; gerade eine „Gosch voll", wie wir im Badischen sagen, oder „der Inhalt eines Fingerhuts."

Auf dem Weg am Kaiserstuhl

Ich war, was das Weintrinken anging, noch völlig unkundig,
dafür manchmal etwas übermütig und vorlaut. Man könnte es auch
Imponiergehabe nennen, jedenfalls angeberisch, leerte ich das Glas
in einem Zug und das direkt im Blickfeld des Kellermeisters. Danach
musste ich mir eine lange, belehrende Standpredigt anhören. Hinterher hatte ich das Gefühl, noch Glück gehabt zu haben, dass er
mich nicht hinausgeworfen hatte. Lang und mit vielen Worten dozierte er nun, wie man richtig einen Wein trinken soll.

Bei den Badenern muss man den Wein „schlotzen", oder wer
kennt nicht das Lied des österreichischen „Grandlers" Hans Moser –
der begnadete originelle Wiener Schauspieler – der sinnig in einem

Lied sang, nein, es melodisch aussprach: „Ich muss im früheren Leben 'ne Reblaus g'wesen sein" und ergänzte unter anderem: „Den Wein muss man beißen."

Wir hatten nach drei Berufsschuljahren die Prüfungen erfolgreich bestanden und dann den Kaufmannsgehilfenbrief in der Tasche. Das war Grund genug für eine zünftige Abschlussfeier, zu der wir im Nebenzimmer des Hotels Lamm in Hausach zusammenkamen und es wurde ein langer feuchtfröhlicher Abend. Nach 23 Uhr waren der Bedienung die Bierhumpen-Gläser ausgegangen, doch sie wusste sich zu helfen und servierte uns fortan das frisch gezapfte Bier im Sektkübel.

Apropos, wer beherrscht heute noch perfekt einen Humpen auszutrinken? Ein Bierhumpen hat – zumindest bei uns im Mittleren Schwarzwald – die Form eines Stiefels. Hielt man das Glas falsch, entwich explosiv die Luft aus der Spitze und das Bier aus der Blase bespritzte den Trinker. Die anderen haben dann ihren Spaß und sparen garantiert nicht mit Spott. „Wenn'de nit recht drinke koosch, muesch doheim bliebe oder nimm e Schoppeflasch" (Wenn du nicht recht trinken kannst, musste du zu Hause bleiben oder nimm eine Babyflasche mit Schnuller dazu), musste sich ein Ungeübter nach dem Malheur anhören.

Damals war Humpen trinken bei uns im ländlichen Raum noch weit verbreitet. Kaum ein Fußballspiel endete – ob ein Sieg gefeiert oder die Niederlage betrauert wurde – ohne, dass hinterher die Mannschaft mitsamt Anhängerschar ins Gasthaus zog und dort reihum den Humpen kreisen und leeren ließ.

Im Ritual war es zudem guter Brauch, dass der Vorletzte des der den Humpen leert, den nächsten bezahlen muss. Das spornte zwangsläufig an, selbst wenn der üblich zwei Liter fassende Stiefel noch zur Hälfte oder einem Viertel gefüllt war, möglichst leerzutrinken, damit das nicht dem Folgenden gelang und man zahlen musste.

Doch zurück zur denkwürdigen und ausschweifenden Abschlussfeier. Der engagierte Studiendirektor feierte in unserer Mitte fröhlich mit und blieb sogar bis zum Ende. Es war uns zu diesem Zeitpunkt wohlbekannt, dass unser Lehrer gerne „Escorial Grün" trank und es als sein Lieblingsgetränk schätzte. Jetzt ließen wir uns nicht lumpen, sondern spendierten einige Runden dieses speziellen Getränks. Für meinen Gaumen war dieser Kräuterschnaps – oder war es ein Likör? – sehr gewöhnungsbedürftig, aber in einer geselligen Runde und wenn es hoch hergeht, schluckt man sogar Kröten, wenn es sein muss, das ist dann egal.

Schließlich war Mitternacht längst vorüber und es fuhr kein Zug mehr nach Biberach, mit dem ich dorthin zu diesem Bahnhof, wo mein Kleinkraftrad stand, hätte kommen können. Ein netter Schulkamerad, der einzige der schon ein Auto besaß, fuhr mich die rund 30 Kilometer direkt nach Hause, wo ich sofort wie ein Stein ins Bett fiel. In der restlichen Nacht und am Tag darauf plagten mich das übliche Leiden, das heißt, ich hatte wieder einmal das Gefühl jetzt sofort und auf der Stelle würde ich sterben müssen.

Die alkoholbedingten Beschwerden dauerten bis weit in den Nachmittag hinein, dann konnte ich endlich das Bett verlassen und ich wagte mich etwas weiter von der Toilette wegzubewegen. Dann raffte ich mich auf, ging zu Fuß die zwölf Kilometer nach Biberach und dort zum Bahnhof, um das dort auf mich wartende Kleinkraftrad zu holen und damit nach Hause zu fahren. Der weite Weg hatte mir inzwischen den Kopf einigermaßen frei gemacht.

Zu diesem Zeitpunkt war ich 17 Jahre alt und hatte meinen Lebensmittelpunkt schon immer mehr von Nordrach nach Haslach verlagert, wo ich mich häufig mit gleichaltrigen Jugendlichen traf. Zu ihnen gehörte ein Mädchen, das mir gefiel und deren Eltern ich schon seit Jahren gut kannte und dort ein- und auskehrte. Bald verging kaum ein Tag, an dem ich mich nicht dort aufhielt oder vorbeischaute. Die Tochter war deren einziges Kind und so ist nicht ausgeschlossen, dass sie in mir einen Ersatzsohn und vielleicht sogar den zukünftigen Schwiegersohn sahen.

Sie zählten zu den sogenannten „Flüchtlingen", wie alle genannt wurden, die es nach dem Zweiten Weltkrieg aus dem Osten nach Westdeutschland verschlagen hatte. Auch diese Familie kam Anfang der 1950er-Jahre mit verwandtschaftlichem Anhang aus dem Raum Berlin über die noch grüne Grenze in die Bundesrepublik. Die erste Station im Westen war das Grenzdurchgangslager Friedland und von da aus hatte man sie dem Mittleren Schwarzwald zugeteilt. So landeten sie schließlich im Kinzigtal und fanden ins Haslach eine neue Heimat.

Von vielen, die aus dem Osten oder den neuen Bundesländern kommen, weiß ich, dass sie „Hochprozentiges" lieben und davon erstaunliche Mengen vertragen können. Hier war es nicht anders. Wenn ich bei ihnen war, gehörte es fast schon zur Gewohnheit, mehrere Gläser Cognac, Whisky oder sonstige „Wässerchen" zu leeren, und ich war immer willkommen, wenn ich „eine Flasche Schluck" – wie sie hochprozentige Alkoholika nannten – als Gastgeschenk dabeihatte und mitbrachte.

Zu Silvester oder wenn ein Geburtstag gefeiert wurde, stand eine mindestens 5 Liter fassende Schüssel Bowle auf dem Tisch. Sie enthielt neben Früchten viel Sekt und Weißwein, dann kam noch eine Flasche Cognac oder Weinbrand zur Geschmacksabrundung hinzu. Trinkfertig war die Bowle dann, wenn sie gut einige Stunden hatte durchziehen können. Entsprechend gehaltvoll zeigte sich das süffige Getränk und der Genuss ging jedem schwer in Kopf und Beine, was durchaus gewollt war.

Die mögliche Wirkung einer solchen Alkoholbombe unterschätzten vielfach die unbedarften Trinker. Da war einmal die betagte Mutter der Gastgeberin, die bei einer Geburtstagsfeier in dieser Runde anwesend war. Die ältere Dame wollte sich beim Alkohol dezent etwas zurückhalten und hielt sich stattdessen lieber an die leckeren Früchte. Vermutlich wusste sie nicht, wie sehr sich gerade die Früchte mit Alkohol vollsaugen, und entsprechend verheerend oder umwerfend war für sie Stunden danach die Wirkung. Sie musste nach Hause begleitet und dort ins Bett gebracht werden. Danach war es ihr tagelang übel und vermutlich wird ihr das Fest aus diesem Grunde nachhaltig nicht in guter Erinnerung geblieben sein.

Vorwiegend an den Wochenenden saß ich bei der Familie stundenlang vor dem Fernseher oder wir pokerten, spielten Siebzehn und Vier – natürlich mit Geldeinsatz – und selten ging ich hinterher als Gewinner nach Hause. Immer, egal ob wir spielten, nur diskutierten oder einfach so vor dem Bildschirm saßen, hielt ich gewollt oder ungewollt beim Trinken mit, und das war häufig viel zu viel für mich. In der Nacht und tags darauf musste ich es bitter büßen. Mein Magen war gereizt, rebellierte und es ging mir tagsüber bis spätnachmittags unglaublich schlecht.

Doch so unangenehm das aktuelle immer war, gelernt habe ich in dieser Lebensphase daraus nicht. Sobald es mir wieder besser ging, war das Malheur schnell vergessen und ich machte weiter wie bisher. Geradezu traumatisch sind mir die Silvesterabende und Jahreswechsel noch in Erinnerung. Der erste Tag im neuen Jahr begann für mich immer mit Übelkeit und quälenden Kopfschmerzen. Zudem kämpfte ich gegen die Müdigkeit an, konnte aber nicht den langen Tag im Bett liegenbleiben. Kurzum, der erste Tag des Jahres war eigentlich für mich immer ein verlorener Tag. Das änderte sich erst viele Jahre später.

Spaß und gesellige Spiele gehörten in diesem Kreis mit dazu. Vielleicht war das deshalb auch so anziehend. Neben dem Kartenspiel mit Geldeinsatz unterhielten wir uns oft mit Herausforderungen in anderer Art. Das waren manchmal witzige Wetten oder einfach nur Gedächtnistraining. Allgemein war das alles harmlos, so wie diese Herausforderung: „Halte am ausgestreckten Arm eine volle Flasche Bier so lange wie möglich waagrecht." Dabei wurde die Zeit gestoppt und wer es über die längste Zeit schaffte, hatte gewonnen. Ich empfehle, das einmal auszuprobieren. Da können wenige Minuten zur Ewigkeit werden.

Schwieriger erwies sich dann schon – zumindest für mich und auch wenn es nicht so schien, eine volle Flasche Bier ohne absetzen leerzutrinken. Damals hatte eine Bierflasche noch dreiviertel Liter Inhalt. Doch das Volumen des Inhaltes war nicht das Problem, sondern die beim Schlucken aufgenommene Kohlensäure war es, die den Magen aufblähte. Trotzdem habe ich diese Prüfung erfolgreich geschafft. Der letzte Tropfen stand mir allerdings Oberkante Unterlippe und später war es mir wieder einmal übel.

Über ein paar Jahre gewöhnte ich mich an größere Mengen Alkohol und ich vertrug zunehmend deutlich mehr. Für mich war es nicht mehr ungewöhnlich, im Verlauf eines langen Abends eine Flasche Johnnie Walker oder Canadian Club Whisky zu leeren, und ich konnte dabei immer noch klar denken, auch selbständig gehen, wenngleich diese Mengen nicht unbedingt meinem Magen förderlich waren und er mir das in der Nacht und am anderen Tag deutlich zeigte.

Tatsächlich gab es nie eine Situation, bei der ich nicht mehr Herr der Lage geblieben bin oder nicht mehr gewusst hätte, was ich redete oder tat. Einen Totalausfall hatte ich wirklich nie, wenngleich ich schon manchmal fahrlässig übermütig geworden bin. Dagegen war etwas anderes bedenklicher. Immer wenn ich ein gewisses Quantum getrunken hatte und man mich dann provozierte, konnte ich sehr aggressiv reagieren und der eine und andere bekam das handfest und schmerzhaft zu spüren.

Im Verhältnis zur geringen Körpergröße von 1,72 Meter war ich flink und ziemlich kräftig. Das haben manche Kontrahenten, die meinten mich provozieren und ärgern zu dürfen, zu sehr unterschätzt. Sie haben dafür bezahlen müssen. Da gab es welche, die bekamen richtig Prügel, und da kannte ich auch keine Freundschaft.

Die erwähnte Gastgeberfamilie, wo ich bis dahin sicher 7 Jahre regelmäßig vorbeikam, besaß einen Hund, einen weißen Spitz. Das Tierchen war hinterhältig und zwickte gerne, was typisch ist für diese Rasse. Eines Tages saßen wir gemeinsam am Tisch und wieder einmal hatte der Hund nach mir geschnappt. Wütend gab ich ihm einen Tritt. Das gefiel Peter nicht – so hieß der Mann der befreundeten Familie – und er gab mir einen Schlag an die Backe. So etwas konnte ich gar nicht leiden und ich rastete aus.

Ich hatte ihn schon am Schlafittchen gepackt, doch bevor es zu Schlimmerem kam, ging meine Verlobte – und später meine Frau – dazwischen und hielt mich zurück. Es blieb bei einer lautstarken verbalen Auseinandersetzung. Wütend verließ ich danach das Haus und ich habe die Wohnung nie mehr betreten.

Der persönliche Kontakt brach trotzdem nie ganz ab, verlief aber nur noch auf distanzierter Ebene. Heute muss ich gestehen, das war gut so, dafür musste ich meinem Schicksal dankbar sein. Infolge dieses Eklats kam ich „Gott sei Dank" aus dem unguten Milieu – was Alkohol trinken betraf – heraus, und mir blieb möglicherweise eine spätere Abhängigkeit vom Alkohol mit all den schlimmen Folgen erspart.

Dafür ging ich mehr mit meiner Zukünftigen alleine aus. Entweder wir begaben uns auf Ausflüge, gingen ins Kino oder kehrten in einem lauschigen Weinlokal ein. Dazu reduzierte ich fortan merklich den Alkoholkonsum und ich beschränkte mich vorwiegend auf Bier – und das natürlich auch nicht täglich. „Ausnahmen bestätigten die Regel", wie es so schön heißt.

Die Bundeswehr rief mich und ich hatte einen 18-monatigen Wehrdienst zu absolvieren. Zum 1.4. 1965 musste ich zur Marine. Und fünf Monate nach Dienstantritt haben wir schließlich geheiratet. Das hätten wir gerne schon ein halbes Jahr früher getan, doch ich war zu diesem Zeitpunkt noch nicht 21 Jahre alt und somit nicht volljährig (1965 wurde man noch erst mit 21 Jahren die Volljährigkeit. Die Altersgrenze wurde erst später auf 18 gesenkt). Somit brauchte ich – neben dem Einverständnis der Eltern – eine Zustimmung des Vormundschaftsgerichts. Nur, dort ließen sich die Beamten endlos viel Zeit und ich musste mich mehreren Anhörungen stellen, die Letzte im Amtsauftrag sogar noch vor dem Gericht in Glückstadt, am Ort des Ausbildungsbataillons, in dem ich Dienst tat. Tatsächlich musste ich ein dreiviertel Jahr auf die Genehmigung warten und bis ich sie im Juni 1965 endlich bekam, da war ich schon fast einundzwanzig.

Außerdem fehlte mir immer noch die deutsche Staatsbürgerschaft. Mein Geburtsort war im Elsass und das war Ende 1944 noch unter deutscher Verwaltung. Deswegen hatte ich nach dem Zweiten Weltkrieg und dem dort geltenden Recht zwangsläufig die französische Staatsbürgerschaft. Obwohl meine Eltern und Großeltern, nebst früheren Generationen, alle alteingesessene Schwarzwälder waren, dauerte es bis Juni 1965, bis mir die Behörden die deutsche Staatsbürgerschaft bescheinigten. Erst mit diesem Papier konnte das zur Hochzeit erforderliche Aufgebot bestellt werden.

Nachdem wir endlich heiraten konnten, weilte ich inzwischen im Fachlehrgang zum Sanitäter in List, ein Ort am nördlichsten Punkt der Insel Sylt. Von den Kameraden bekamen wir per Fleurop zur Hochzeit einen großen Strauß roter Rosen zugestellt. Das war eine nette Geste, sie erfreute uns und war es wert, dass ich mich mit einer spendierten Runde revanchierte, und das hatte man sicherlich auch insgeheim erwartet.

Doch zwei Dutzend Kameraden des Lehrgangs in ein Restaurant einzuladen und im Verzehr freizuhalten, das gab mein geringes Budget nicht her, es fand sich aber eine andere gute Gelegenheit. Vom Seehafen in List startete täglich mehrmals ein Schiff zu einer sogenannten Whiskyfahrt. Das Schiff verließ den Hafen und fuhr hinaus in die Nordsee und außerhalb der Dreimeilenzone. Draußen auf See öffnete die Besatzung die Zolllast für die Passagiere und es konnte zollfrei eingekauft werden. Alkoholika und Zigaretten gab es im zollfreien Verkauf deutlich billiger zu kaufen. Zu den zollfreien Artikeln zählte übrigens auch Haarwasser, wie „Birkin", denn dessen Hauptbestandteil ist Industriealkohol.

Mit den Kameraden bestiegen wir an einem Freitag nach Dienstschluss so ein Schiff und wir machten eine Fahrt mit. Unterwegs spendierte ich jedem von uns eine Flasche Bier. Zudem kaufte ich im zollfreien Verkauf zwei Flaschen Johnnie Walker und fast alle kauften außerdem zwei oder drei Stangen Zigaretten. Da pro Person aber nur eine Stange zollfrei gekauft und an Land gebracht werden konnte, mussten die Stangen, bei denen die keine für sich selber kauften, irgendwie verteilt werden.

Eine der Flaschen Whisky leerte ich schon während der Fahrt, die zweite verstaute ich in der Innentasche meiner Anzugjacke. Eine Stange Zigaretten kam noch dazu, die mir ein Kamerad zusteckte. Als Nichtraucher konnte ich so ihm auf diese zu zwei zollfrei eingekauften Stangen verhelfen.

Durch den Whisky enthemmt und auch andere waren gut abgefüllt, verließen wir nach der Ankunft im Hafen laut diskutierend und aufgekratzt das Schiff. Die Zöllner hinderten uns nicht lange auf. Sie sahen gleich, dass wir nicht mehr nüchtern waren und wollten wohl keine Scherereien oder unnötige Arbeit haben. Deutlich angeheitert zogen wir schließlich vom Hafen in unsere Stammkneipe, die nur einen Steinwurf vom Kasernentor entfernt lag.

Im schummrigen Licht der Diskothek ging es dort bei Tanz und lauter Musik allgemein hoch her, doch zum Tanzen war an diesem Abend und zu so später Stunde von uns keiner mehr fähig, also beließen wir es bei einem Absacker und leerten noch eine letzte Flasche Bier. Dazu muss ich erwähnen, dass das weit verbreitete Astra-Bier der St. Pauli-Brauerei in Hamburg in kleinen Bierflaschen mit 250 ml Inhalt ausgegeben wurde. Kurzum, das war ein größerer Schluck, mehr nicht und mehr konnten wir auch nicht mehr vertragen.

Die Zeit war fortgeschritten und kurz vor Mitternacht drängte es uns zum Aufbruch, damit wir noch rechtzeitig vor dem Zapfenstreich die Torwache in die Kaserne schafften. Zuspätkommen wäre ein Dienstvergehen gewesen und hätte eine empfindliche Strafe nach sich gezogen. Kaum aus der Kneipe und auf dem kurzen Weg dorthin brach aus nicht mehr bekanntem Grund zwischen zwei Kameraden ein handfester Streit aus. Da regte sich mein Helfersyndrom und bewog mich zum Schlichten – und da ich die Meute eingeladen hatte, fühlte ich mich verpflichtet – deshalb ging ich energisch dazwischen.

Wie schon einmal erwähnt, konnte ich, wenn es sein musste, entschieden zupacken. Mit etwas Mühe und der Hilfe anderer gelang es mir ziemlich schnell die Streithähne zu trennen und den Streit zu beenden. Im Eifer des Gefechts hatte aber einer von ihnen zu einem Schlag ausgeholt und die Flasche in meiner Jacke getroffen. Diese ist dabei zu Bruch gegangen und der Whisky lief mir von der Jacke in die Hose und bis in die Schuhe. Beim Passieren der Wache muss ich vermutlich wie ein Whiskyfaß gerochen haben.

Umsichtig wie ein erfahrener Schäfer inmitten seiner Herde gelang es mir und anderen schließlich doch noch, die alkoholisierte und enthemmte Meute rechtzeitig durchs Kasernentor zu bringen. Dafür entfaltete der Alkohol, nachdem endlich alle auf der Stube (unser Wohn- und Schlafbereich) waren, seine volle Wirkung. Meine Kameraden hingen mächtig in den Seilen und einer nach dem anderen begann zu kübeln. Solche Magenprobleme wie ich hatten anscheinend andere auch mehr oder weniger. Der Grund ist, es ist bei jedem Menschen eine allgemeine Reaktion des Körpers gegen ein Gift und das ist nun einmal zu viel Alkohol.

Bis gegen 2 Uhr in der Nacht schleppte ich die „Pütz", wie der Putzeimer im Marinejargon genannt wurde. Nachdem dann endlich Ruhe einkehrt war und jeder in seiner Koje lag und wie ein Pferd schnarchte, drehte sich auch bei mir nun das Karussell. Jetzt fing mein Magen an zu rebellieren. Mehrmals musste ich aus dem Bett und schleunigst zur Toilette und irgendwann bin ich dort eingeschlafen. Unsanft geweckt wurde ich erst, nachdem ich etwa um 5 Uhr vermutlich vom Wachpersonal einen Kübel Wasser über die Trennwand über den Kopf geschüttet bekommen hatte. So unsanft aufgeweckt und klatschnass verzog ich mich wie ein begossener Pudel in meine Koje, ohne je herausgefunden zu haben, wer das gemacht hatte, wer der Übeltäter war. Stattdessen war es mir die nächsten zwei Tage speiübel schlecht, und im nächsten halben Jahr durfte ich nicht einmal an Whisky denken, ohne dass sich mein Magen regte.

Das war ein aufregender Übergang in den Samstagmorgen und an diesem Wochenende durfte ich nicht einmal ausschlafen. Wir hatten noch medizinischen Unterricht. Im Fach Anatomie war ein junger, wehrpflichtiger Arzt der Dozent. Der Offizier tat Dienst im Rang eines Kapitänleutnants, war aber auch als Wehrpflichtiger eingezogen worden. Das Thema seiner Ausführungen an diesem Morgen waren die weiblichen Geschlechtsteile. Dabei dozierte er in einer sehr ermüdenden Weise und in unserem Zustand wirkte das wie ein Schlafmittel. Zwischendurch drehte er sich einmal dem Auditorium zu und bemerkte: „Aber meine Herren, ich kann nicht verstehen, dass man bei so einem interessanten Thema schläft."

Nach der zweiten Stunde, so etwa nach 10 Uhr, war ich nicht mehr in der Lage weiter seinen Ausführungen zu folgen oder sitzend auf dem Stuhl zu verbringen. Heimlich verließ ich den Raum und legte mich in der Stube in meine Koje. Niemand hatte es bemerkt oder zumindest nicht beanstandet. Erst am folgenden Montag war ich dann wieder einigermaßen imstande, ein übliches Essen zu mir zu nehmen und mich zu bewegen.

Am FKK-Strand bei List auf Sylt (1965)

Insgesamt dauerten die Grundausbildung und Fachlehrgänge neun Monate, die ich erfolgreich bestanden habe. Danach wurde mir als Sanitäter ein Platz auf dem in Wilhelmshaven stationierte Trossschiff „Dithmarschen" zugewiesen. Es war ein Transportschiff und ein Drittel der Ladung bestand aus Sanitätsmaterial als Depot und zur Versorgung anderer Marineschiffe. Für weitere neun Monate Dienstzeit durfte ich zur Besatzung des mit zirka 3500 Bruttoregistertonnen mittelgroßen Versorgungsschiffs der Marine zählen.

Kaum waren wir als Neulinge an Bord und hatten uns einigermaßen eingelebt, wurden die Anker gelichtet, wir verließen die Pier in Wilhelmshaven und die erste Ausbildungsfahrt begann. Tagelang führte nun unser Kurs bei eisigen Temperaturen in der kalten Nordsee immer in Richtung Nordwest und endete erst in Höhe der Färöer-Inseln, nördlich von Schottland. Dabei wurden tagsüber unterwegs die verschiedensten Übungen gefahren, die uns mit der Technik und den üblichen Abläufen auf See vertraut machen und trainieren sollten.

Anfänglich zeigte sich die Nordsee noch relativ ruhig, doch so
weit oben im nördlichen Bereich war es nicht nur bitterkalt, die See
wurde kabbelig und damit für ungemütlicher für uns an Bord. „Die
Nordsee – auch gerne als Mordsee bezeichnet – kann verdammt rau
sein", hatte man uns zuvor vorsorglich schon gewarnt.

Bald war es mir erst unwohl und dann richtig übel, ich wurde
seekrank. In kurzen Abständen fütterte ich die Fische und lernte zuallererst, mit dem Wind und nicht dagegen zu spucken. Zu meiner
Überraschung erklärte der Kapitän: „Das ist erst Seegang sechs, da
beginnt es für einen Segler gerade richtig spannend zu werden."
Das konnte ich kaum glauben, wenn ich die rollenden Schiffsbewegungen fühlte und meinen Magen spürte. Das nervige ständige Auf
und Ab, die unentwegten Bewegungen gingen mir längst auf den
Geist und bekamen mir überhaupt nicht. Starke Kopfschmerzen
stellten sich ein, und immerzu drehte sich mir der Magen um. Die
Seefahrt war offensichtlich nicht mein Ding und lustig auch nicht.
Andere hatten sich schnell daran gewöhnt, ich aber nicht, nicht einmal nach Tagen.

Der Kapitän amüsierte sich über meinen jämmerlichen Zustand
und gab mir den Befehl – natürlich fürsorglich – ein Glas Whisky zu
trinken. In der Offizier-Pantry standen genügend Whisky, Cognac,
Gin und anderen Getränken bereit. Ich befolgte seinen Rat und trank
einen Whisky, was meinem Magen aber erst recht nicht bekam. Da
war es mit meinen Standvermögen vorbei, ich schlich mich bei einer
günstigen Gelegenheit in meine Koje, die sich mittschiffs im Versorgerdeck befand. Alkohol war in so einem Falle offensichtlich doch
nicht die geeignete Medizin gegen Seekrankheit und Übelkeit, auch
wenn harte Seeleute – nach gängigem Muster – einst mehr von Rum
als vom Essen gelebt haben sollen. Rum war in früheren Zeiten aber

eher die einzig trinkbare Flüssigkeit an Bord, nachdem Wasser nach Monaten im Tank faul und ungenießbar geworden war.

Das Trossschiff „Dithmarschen" im schweren Sturm

In den Monaten nach der ersten 14-tägigen Ausbildungsfahrt folgten schöne und weniger schöne Episoden. Als Mitglied der Schiffcrew und Sanitäter lernte ich nicht nur Häfen an der Nord- und Ostseeküste kennen. Wir befuhren den Nord-Ostsee-Kanal von Brunsbüttel nach Kiel in die Ostsee, durch den Ärmelkanal in den Atlantik und weit über die Azoren hinaus zum Übungsschießen mitten im Atlantik. Die Häfen in Ponta Delgada, der Hauptstadt von São

Miguel, die zur Inselgruppe der portugiesischen Azoren zählt, Las Palmas auf Gran Canaria der Kanarischen Inseln und am Ende Funchal auf Madeira wurden angefahren und dort hatten wir jeweils drei Tage Landgang. Zudem waren zweimal in Norwegen, durchfuhren bei Sturm den Skagerrak und überall lernte ich ein wenig Land und Leute kennen, sowie ihre Gebräuche. Und ich sah mit bisher fremde Regionen, die damals auch für viele andere oder sagen wir, den Normalbürger, noch als exotisch galten und nicht so einfach für jedermann erreichbar waren. Solche weite Reisen standen allgemein nur den Gutbetuchten oder wenigen Abenteurern offen.

Während dem Landgang in Ponta Delgada fuhren wir mit einer Gruppe einheimischer Jugendlicher rund 30 Kilometer ins Inselinnere. Nachdem dort aber die Auswahl der für ein Abenteuer willigen Frauen gegen null ging, fielen wir in einen Weinkeller ein. Ob er der Familie eines der beteiligten Jugendlichen gehörte, ist mir heute noch verborgen. Mangels Zapfhahn wurde einfach in der Mitte des tausende Liter fassenden Weinfasses ein Loch gebohrt und der ausfließende Wein in Büchsen aufgefangen. Daraus haben wir bis zum Abwinken getrunken und nachdem ich genug getrunken hatte, schüttete ich im halbdunklen schummrigen Keller den Büchseninhalt einfach hinter die Fässer. Ob jemand die Bohrstelle hinterher wieder mit Fasskitt oder einem Holzspund verschlossen hatte, weiß ich nicht mehr, ich hoffe es aber, denn es wäre schade gewesen, wenn das Fass halbleer gelaufen wäre.

Beim Aufenthalt in einem ausländischen Hafen gingen wir selbstverständlich in der Paradeuniform der Marine aus. Das weckte Aufmerksamkeit und so kam es, dass wir in Las Palmas nicht alle erhaltenen Einladungen, die wir bekommen haben, auch annehmen konnten. Die Ausfahrt aus dem Hafen und weiterfahrt in Richtung Madeira erlebte ich nach den strapaziösen Landgängen mit gehörigem Brummschädel.

In Norwegen herrschte weitgehend Alkoholverbot und was in den Lokalen zu haben war, war für die Einheimischen fast unerschwinglich. Gängig war nur ein schlappes Bier mit 1 Prozent Alkohol, das nicht nach unserem Gusto war. Wir haben uns in Bergen jedoch pragmatisch geholfen und nahmen Whisky, den es an Bord günstig zollfrei zu kaufen gab, an Land mit. In den Kneipen bestellten wir nur eine Cola und gaben aus unserem Bestand einen gehörigen Schuss dazu. Unsere Tische waren schnell umlagert von jungen Mädchen. Unser Trick hatte sich bald herumgesprochen und die Norwegerinnen erwiesen sich als sehr gesellig und unkompliziert.

Wenn wir auf hoher See unterwegs waren, herrschte an Bord für die Mannschaft allgemein strenges Alkoholverbot. Die Offiziere und Unteroffiziere waren davon ausgenommen. Das hatte zur Folge, dass in der Nacht auf der Rückfahrt von Norwegen ein Unteroffizier betrunken von Bord ging (ins Wasser stürzte) und so auf tragische Weise ums Leben kam. Nach über 24 Stunden wurde die Suche im Verband mit mehreren Schiffen eingestellt. Im eiskalten Wasser hatte er nach Stunden keine Überlebenschance mehr.

Für mich persönlich hatte das Alkoholverbot weniger Auswirkungen. Mein Vorteil war, der Kapitän hatte mich zeitweise als Offiziers-Backschafter (die Back ist der Tisch) abgeordnet, da er meinte, dass ich als Sanitäter nicht genug ausgelastet bin. Zu meinen Aufgaben gehörte es, zu den Mahlzeiten das Essen aus der Kombüse zu holen und in der Offiziersmesse zu servieren. Und ich versorgte die Offiziere mit Getränken aus deren Beständen. Zudem musste ich das Geschirr und die Gläser abräumen, abwaschen und die Pantry (kleine Küche) in Ordnung halten. Dafür durfte ich mich kostenlos an den vorhandenen Getränken bedienen. Nur an andere weitergeben durfte ich nichts; getan habe ich es hin und wieder heimlich trotzdem. Das gehörte zur Kameradschaft einfach dazu.

Waren wir in Wilhelmshaven zurück und lagen an der Pier, gehörte es zum festen Ritual, dass wir beim Landgang nach dem Verlassen des umzäunten Kasernenareals und der Ausweiskontrolle am Zugangstor erst noch eine kurze Einkehr hielten. Gleich rechts nach dem Kasernentor kam die kleine Kneipe „Zur Mutti" und dort standen wir üblicherweise in Dreierreihen am Tresen. Erst nach einigen Gläsern Bier und ein oder zwei Buletten gingen wir Einzeln oder in Gruppen weiter in die Stadt und dort in die nächste Kneipe oder die meisten in eine der Tanzlokal oder Diskos. Manchmal haben wir bei

„Mutti" aber erst noch einige Runden geknobelt und der Verlierer hatte eine Runde Bier oder Eierlikör auszugeben. Da kam es durchaus vor, dass danach nicht mehr alle in der Lage waren, noch weiterzugehen. Stattdessen schlichen sie zurück aufs Schiff und fielen wie Steine direkt in die Koje – oder daneben.

Trossschiff „Dithmarschen" auf See

Aus bestimmten Anlässen gestattete der Kapitän unterwegs auf See an Bord eine Feier und wenn wir bei Auslandseinsätzen in einem Hafen oder vor Reede lagen, kam das auch schon Mal vor. Jedes Deck bekam dann, der Zahl an Seeleuten, Unteroffizieren und Offizieren entsprechend, einige Flaschen Sekt spendiert Dann ging es nach einer Weile und ab einem bestimmten Alkoholpegel hoch her und zuweilen sehr hitzig. Da gab es schon auch bei einigen einmal blutige Nasen und ich war dann als Sanitäter gefordert. Das gehörte aber wohl in diesem Alter einfach zu den üblich männlichen Ritualen dazu. Um schlimmeres zu verhindern, mussten durchaus auch manchmal hart eingegriffen werden. So ein Fall war, als ein Hauptgefreiter betrunken den Marinetaucher provoziert hatte. Dieser wollte ihn dann mit dem Tauchermesser skalpieren. Nur mit Mühe ist es uns gelungen, ihn davon abzuhalten.

Nach einem größeren Gelage am „Himmelfahrtstag", landläufig besser als Vatertag bekannt, wollte der gleiche Hauptgefreite sich die Pulsadern aufschneiden. Es blieb bei schmerzhaften Schnitten an den Unterarmen, die ich hinterher verarzten musste.

Von der abwechslungs- und erlebnisreichen Zeit bei der Marine und dem bewegten Leben auf dem Schiff gäbe es zum Thema Alkohol sehr vieles zu berichten und manche Episode zu erzählen. Wen es interessiert, kann dies im Buch: „Leben ist Glück genug – vom Schwarzwald zur Seefahrt bei der Marine", nachlesen.

4

Wieder im Zivilleben zurück

Der 18-monatige Wehrdienst bei der Marine endete für mich am 30. September 1966. Jetzt war ich wieder zuhause und ich musste ich mich zuerst einmal neu orientieren, mich im normalen Alltag einfinden und eine im Beruf wieder einen Arbeitsplatz finden. Inzwischen war viel geschehen und meine Familie hatte sich vergrößert. Zum ein Jahr alten Sohn war in diesen Tagen ein Schwesterchen hinzugekommen, unser zweites Kind, wir waren also jetzt zu viert. Doch schon bald fanden wir in Haslach im Kinzigtal eine passende 3-Zimmer-Mietwohnung und wir durften uns mit neu angeschafften Möbeln häuslich einrichten. Es war zwar nur eine Altbauwohnung, aber es war unser erstes eigenes Heim und wir waren zufrieden.

In Friesland und an der Küste ist mir das herbe Jever-Bier aufgefallen, das mir sehr gut schmeckte. Im hohen Norden hatte dieses Bier damals schon Kultstatus und es hob sich deutlich von dem üblichen Astra-Bier ab. Im Kinzigtal – und das bezog sich eventuell auf ganz Süddeutschland – war es noch völlig unbekannt. Auf meine Bitte hin besorgte ein örtlicher Getränkehändler das Bier und nahm es in sein Sortiment auf. Fortan konnte ich vor Ort auch das Jever-Bier beziehen, und Jahre später setzte sich die Marke in ganz Deutschland durch. Längst ist es auch im Süden eine gängige und beliebte Sorte geworden.

Zwei Jahren später wechselte ich den Arbeitgeber und ich fand eine besser bezahlte Tätigkeit im 30 Kilometer entfernten Offenburg. Ein paar Jahre danach verlegten wir auch den Wohnsitz dorthin.

Im neuen Job wurde ich als Buchhalter eingestellt, bald war ich aber auch für die anfallende Korrespondenz zuständig und diktierte unzählige Briefe. Zusätzliche Aufgaben kamen peu à peu dazu. Mein Engagement wurde anerkannt und ich hatte beim Chef gewissermaßen „einen Stein im Brett", er war mir wohlgesonnen und förderte mich. Nach wenigen Jahren zeichnete ich für das Marketing verantwortlich und hatte die Verkaufsleitung inne. Dazu gehörte, ich war nebenbei auch für einige Dutzend haupt- und nebenberuflich tätige Außendienstmitarbeiter zuständig. Sie akquirierten damals noch überwiegend Aufträge bei Privatkunden und bekamen dafür sofort die Provision für den abgelieferten Auftrag ausbezahlt.

Der Chef liebte es oft und zu ausdauernd feiern und warum nicht? Er hatte ja auch sonst nicht viel zu tun. Und außerdem hatten gute Leistungen seiner Meinung nach selbstverständlich eine Belohnung verdient. So war es für mich eine Auszeichnung und ein besonderes Privileg, dass er mit seinem Schwager – ein weiterer Gesellschafter im Unternehmen – mich zum einmal im Monat stattfindenden Kegelabend des Männerclubs Schlaraffia in Offenburg mit nahmen und sie mich in diesem Kreis einführten. Die Schlaraffia war ein nach alter studentischer Tradition strukturierter Männerverein für Privilegierte oder die, die sich dafür hielten.

Bei diesen Treffen ging es beim Kegeln weniger um Sportlichkeit, eher um Spaß und geselliges Zusammensein im traditionellen, geschlossenen Zirkel, verbunden mit althergebrachten Ritualen und nach „Statuten und Landuten", wie das Programm oder Prozedere gerne umschrieben wurde, was Gewicht und Bedeutung signalisieren sollte. Über Stunden wurden in dieser Runde allerlei Witze erzählt und wichtige oder unwichtige Geschichten glossiert.

Jede Spielrunde wurde mit einer Schnapsrunde beendet, die von der Verlierergruppe zu bezahlen war. Neben Bier wurde somit Runde um Runde Obstler oder Rossler gegeben und konsumiert. Das steigerte über die Stunden erheblich die gehobene Stimmung. Nach dem Spiel folgten am Stammtisch dann endlose Diskussionen um „Gott und die Welt", und damit der Hals nicht austrocknete, musste mit Bier und Schnaps gespült werden. Für mich zum Glück waren solche Sitzungen freitags. Vor zwei oder drei Uhr in der Frühe kam ich nie ins Bett. Davon konnte mich am Samstag aber wieder erholen, zumal der Samstagnachmittag seit Jahren für mich ein Sauna-Tag war – und der war tabu, selbst für alle Planungen innerhalb meiner Familie – von wenigen, aber zwingenden Ausnahmen einmal abgesehen.

Mit den Angestellten des Büros unterhielten wir ebenfalls einen Kegelklub und wir kamen dazu monatlich zusammen. Zuerst wurden zwei Stunden lang engagiert und eifrig gekegelt, so dass meistens ein Muskelkater danach nicht ausblieb. Neben einem festgelegten Beitrag floss zusätzlich das Preisgeld der Verlierer in eine extra Kasse. Mit dem, was dann übers Jahr zusammenkam, unternahmen wir jährlich einen Ausflug. Unter anderem fuhren wir damit einmal für drei Tage ins benachbarte Elsass. Nach dem aktiven Teil verlagerten wir die gesellige Runde in den Gastraum und wir saßen hinterher noch ein, zwei Stunden zusammen. Nach dem sportlichen Teil wollen wir noch gut essen und dazu wurde natürlich auch etwas getrunken und nicht immer nur Wasser. Doch da ich hinterher mit dem Auto fahren musste, hielt ich mich schon zurück und bestellte in der Regel lieber nur ein Rotweinschorle.

Bei solcher einer Gelegenheit blieben wir aus einem besonderen Anlass einmal etwas länger sitzen und ich bestellte mir diesmal ein zweites Schorle nach. Die Bedienung brachte es und stellte es mir wortlos hin. Doch schon beim ersten Schluck stellte ich fest, dass damit etwas nicht stimmen kann. Der Inhalt schmeckte mehr nach Schnaps als nach Wein. Ich rief nach der Bedienung und sagte ihr das. Schnell stellte sie fest, dass ich recht hatte, sie hatte sich irgendwie vergriffen.

Des Rätsels Lösung: Es war im Winter und im Außenbereich des Gasthauses hatten ein paar Maurer tagsüber bauliche Arbeiten verrichtet. Zum Aufwärmen zwischendurch hatten ihnen die Wirtin großzügig eine Flasche Obstler hingestellt. Nach Feierabend gaben die Männer die nur zur Hälfe geleerte Flasche ohne Etikett und Aufschrift zurück und die Wirtin stellte sie gedankenlos in den Kühl-schrank. Die Bedienung hatte genau diese Flasche gegriffen, in der Meinung, dass es Mineralwasser sei, und so ist es zu der fatalen Verwechslung gekommen und ich zu dem hochprozentigen Wein-gemisch. Natürlich hatte sie mir sofort ein neues Viertel gebracht und diesmal richtig gemischt, halb Wein halb Mineralwasser, so wie es sich gehört.

Ein weiterer Gast im Lokal hatte zur gleichen Zeit ebenfalls ein Rotweinschorle bestellt und das auch mit Schnaps hingestellt bekommen. Bei ihm wollte die Bedienung selbstverständlich auch tauschen und stellte ihm ein neues Glas hin. „Nein, nein, lassen sie ruhig das andere Schorle auch da", wehrte er ab. Sie diskutierte nicht lange und ließ es ihm stehen, denn sie hätte es doch weg-schütten müssen.

Beim Verlassen des Lokals sahen wir amüsiert, wie der Mann mit dem Kopf auf dem Tisch lag und schlief. Der Schnaps hatte in-zwischen seine volle Wirkung entfaltet, und so kam der Gast vermut-lich zu einem billigen, aber veritablen Rausch.

Für alle Beschäftigten richtete das Unternehmen auch jährlich ein Sommerfest aus. Wir machten zudem einen 2- oder 3-tägigen Betriebsausflug oder gingen schon einmal auf eine herausfordernde Wanderung und legten 20 Kilometer oder mehr zurück, was mehr die Angestellten forderte als die Monteure. Auch solche Aktionen wurden hinterher mit einem üppigen Gelage beendet. Eine dieser Betriebsfeiern haben wir im „Hummelswälder Hof" gemacht und dabei gab es Spanferkel vom Spieß; für mich eine besondere Delika-tesse. So ein kalorienreiches Menü musste ohne Frage mit viel Bier nachgespült werden. Wäre ich hinterher in eine Alkoholkontrolle der Polizei geraten, hätte ich mich Sicherheit meinen Führerschein eine Weile abgeben dürften. Zum Glück kam ich unbeschadet nach Hau-se, auch wenn ich unterwegs das Gefühl verspürte, dass die Straße zu schwanken schien.

Überdies war ich öfters im engeren Kreis beim Chef zuhause eingeladen. Dort wurde ausgiebig in seinem im Erdgeschoss befind-lichen Hobbyraum mit großzügiger Hausbar gefeiert. So mancher

Geburtstag haben wir dort begossen und solche Ereignisse wurden fast ohne Ausnahme zu sehr langen, ausgedehnte Abende oder anders, sind endeten erst am frühen Morgen. Selbst an Silvester feierten wir in „Gerhards Bar" feuchtfröhlich und nicht mehr nüchtern ins neue Jahr hinein.

Für solche Zwecke hatte er im Erdgeschoss seines Hauses eine aufwendig gestaltete, komplette Spiegelbar einbauen lassen, nebst separater Toilette. Das Getränkeangebot war angemessen und ließ selbstverständlich keine Wünsche offen; es war reichlich da und alles nur vom Feinsten. Sogar Roberto Blanko wurde hier schon gesehen und feierte mit. Unser Big-Boss hatte ihn in einer Offenburger Bar getroffen und zu sich nach Hause mitgeschleppt.

Wenn wir feierten, waberte der unvermeidliche Zigarettenqualm im Raum und umnebelte uns. Das belastete die wenigen Nichtraucher, zu denen ich zählte, doch ungemein und verbissen und immer lautstärker wurden nicht endende Diskussionen geführt. Es ging vom Hundertsten ins Tausendste, vom Hölzchen zum Stöckchen. Gegen 2 Uhr in der Nacht bemerkte einmal einer der Beteiligten achselzuckend: „Ich weiß gar nicht mehr, um was es bei unserer Diskussion überhaupt gegangen ist."

Im Hintergrund dröhnte die Musikbox und berieselte uns mit allen gängigen Schlagern. Die „Polonäse Blankenese", gesungen von Gottlieb Wendehals, war gerade ein Gassenhauer: „Wir ziehen los mit ganz großen Schritten, und Erwin fasst der Heidi von hinten an die ... Schulter." In Reih und Glied zogen wir bei diesem Lied durch die Räume, hinaus ins Freie, rund um den übergroßen Pool und wieder zurück ins Haus. Sich dabei noch vernünftig zu verständigen erforderte statt reden schreien, was nach Stunden die Stimme gehörig strapazierte. Umso mehr musste die Stimme geölt, ich musste viel trinken. Regelmäßig war ich vom Zigarettenqualm und dem lauten Reden tags darauf heißer. Schnell vergaß ich bei solchen Gelegenheiten auch die Grenze dessen, was mir zuträglich war und die indirekten Nikotinfolgen verstärkten noch zusätzlich die Wirkung des Alkohols, da hatte ich hinterher sehr zu leiden. Ich musste es büßen und meine Frau mit mir, denn sie kümmerte sich geduldig um den „Sterbenden", und sie konnte auch nicht durchschlafen, denn sie wurde dauern gestört, wenn ich wieder zur Toilette eilte.

Während der Ausbildung in der Krankenpflegeschule wurden wir gelehrt, dass Alkohol die Blutgefäße erweitert, Nikotin dagegen verengt sie. Streng betrachtet schwebt der alkoholtrinkende aktive und passive Raucher – ein wenig übertrieben gesehen – immer am Rande des Kreislaufkollapses. Niemand hat das damals interessiert oder gestört, und bedacht schon gar nicht.

Zum Glück für alle Nichtraucher werden wir heute doch besser vor dem Passivrauchen geschützt. Raucher dürfen nur noch außerhalb von Gaststätten und öffentlichen Räumen ihrer Leidenschaft frönen. Ein überzeugter Raucher scheint das gesundheitliche Risiko dagegen wenig zu stören. Sie leben anscheinend nach dem Motto: „Einen Tod muss ich sterben!"

War ich mit dem Chef geschäftlich unterwegs, und das war öfters der Fall, dann durfte ich so schnell nicht daran denken, dass ich zum Ende der üblichen Bürozeit nach Hause komme. Ohne noch irgendwo in einer Nachtbar Einkehr zu halten, ging das bei ihm einfach nicht, ob ich wollte oder nicht, und dann wurde es für mich eine kurze Nacht.

Frauen oder gar Sex waren nie sein Motiv für den geliebten Einkehrschwung. Ihm ging es ausschließlich um das schummerige Ambiente in den einschlägigen Etablissements, wenngleich da durchaus manchmal harmloser Striptease geboten wurde. Je schwächer das Licht den Raum erhellte, desto intensiver rauchten die Gäste, und neben einigen Gläsern Bier waren es dann noch Cognac oder Whisky, die mir hinterher mehr zu schaffen machten, wie mir lieb war und meinem Magen zuträglich. Wieder hatte ich tags darauf zu leiden, was wohl aber zu einem gutbezahlten Job dazu gehörte.

Der Chef erschien morgens nach solchen ausschweifenden Gelagen nicht im Büro, ich musste jedoch zur üblichen Zeit anwesend zu sein. Die Mitarbeiter erwarteten Aufträge, Vertreter wollten Provisionen abgerechnet haben, und immer standen wichtige Aufgaben zum Delegieren an. Mehr als einmal erledigte ich die Aufgaben mit dickem Kopf, dann ging ich aber wieder nach Hause, legte mich ins Bett und pflegte bis zum Abend meinen Kater.

Da ich weder Prokura noch Bankvollmacht hatte, aber öfters spät abends noch Vertreter zu mir nach Hause kamen, um Aufträge abzuliefern und dafür gleich die Provision zu bekommen, sowie für den Fall, wenn kein Zeichnungsberechtigter im Büro anwesend war, hatte ich immer eine gewisse Anzahl blanko unterschriebener Barschecks in der Tasche.

Die sofortige Auszahlung der Provision war für die Vertreter genug Motivation um erfolgreich aktiv zu sein, und sie waren durchweg auch immer finanziell knapp bei Kasse und benötigten dringend Bargeld. Mit einem Barscheck war es damals jedermann möglich, direkt zur gezogenen Bank zu gehen und sich am Bankschalter die Summe in bar auszahlen zu lassen.

Ein weiteres Mal saß ich spätabends mit dem Chef in einer Offenburger Nachtbar an der Theke. Die Zeit verrann bei lebhaften Diskussionen wie im Fluge und Mitternacht war längst vorüber, bis er sich endlich bequemte das Signal zum Aufbruch zu geben und sich von mir nach Hause fahren zu lassen.

Zu meinem Schrecken stellte ich beim Aufbruch fest, meine Lederjacke verschwunden, und alles Suchen blieb vergeblich. In der Jacke befand sich aber meine Brieftasche und darin wiederum einige Blankoschecks. Für mich lag es auf der Hand, jemand musste die Jacke gestohlen haben. Zuerst ärgerte ich mich über meine Nachlässigkeit, sie mit der Brieftasche einfach so am Barhocker abgelegt zu haben. Dann wuchs meine Sorge, dass die Schecks unberechtigt zu Geld gemacht werden, was durchaus möglich gewesen wäre und ich musste sogar damit rechnen.

In der restlichen Nacht fand ich keinen Schlaf mehr, unruhig wälzte ich mich vor Sorgen hin und her und gleich morgens fuhr ich unverzüglich zur Bankzentrale, um die Schecks sofort sperren zu lassen. Spätnachmittags meldete sich aber telefonisch der Barbesitzer und informierte mich: „Die Jacke samt Inhalt ist wieder zurück. Ein Gast hatte sie in der Nacht verwechselt und versehentlich mitgenommen, stattdessen seine eigene hängen lassen. Jetzt hat er sie zurückgebracht und entschuldigt." Welcher Zufall, dass sie ihm auch noch gepasst haben musste. Die Sache ist somit noch einmal gut ausgegangen, solche Aufregungen musste aber wirklich niemand haben.

Neben dem gewolltem oder ungewolltem Alkoholkonsum, und das alles im geschäftlichen Rahmen, gewissermaßen dienstlich, der mir, wie gesagt, nicht immer bekömmlich war, gab es auch im privaten oder familiären Bereich oft genug Gelegenheiten, bei denen ich die Kontrolle über die vertretbare und für mich unbedenkliche Menge verloren hatte, es am Ende zu viel war. Dann half auch Aspirin nicht mehr gegen Kopfschmerzen.

Mein Magen vertrug die Säure nicht und war nach zu viel Alkohol zu sehr gereizt. Manchmal war mir wirklich unklar, woher die Menge kommen konnte, die der Magen nach solchen Eskapaden produzierte und er über Stunden sofort loswerden wollte.

Wir waren schon vier Jahre verheiratet und erst dann konnten wir den ersten gemeinsamen Urlaub machen. Den hatte ich über ein Offenburger Busunternehmen in Ainring in Oberbayern gebucht. Der Ort befindet sich im Verbund mit weiteren Dörfern im östlichen Bayern, nahe zu den bekannteren Städten Feldkirch und Bad Reichenhall und direkt an der Grenze zu Österreich, gegenüber Salzburg. Mit dem Reisebus erreichten wir nicht nur den Urlaubsort, sondern im Paket hatte ich auch einige lohnens- und sehenswerte Ausflugsziele gebucht, die angefahren wurden. So kamen wir an den Königssee, nach Bad Reichenhall, wir besuchten die Mozartstadt Salzburg und bei einer weiteren Fahrt über die Großglockner-Hochalpenstraße das berühmten Glocknerhaus oberhalb des Pasterzegletschers.

Der Busfahrer war ein witziger Italiener und gleichzeitig auch ein engagierter Reiseführer. Seinem Einsatz und Humor hatten wir einen außergewöhnlich erlebnisreichen Urlaub zu verdanken. Unterwegs lernten wir sowohl noch nette Mitreisende, als auch zuvorkommende, urige bayrische Landsleute kennen.

Den letzten Urlaubsabend verbrachten wir in einem bayrischen Gasthaus im Ort, zusammen mit einem Ehepaar aus dem

Renchtal. Die Bayern lieben bekanntlich Bier und mindestens im Maßkrug, und vermutlich ging es in unserer Diskussion mit anderen Gästen im Lokal um das Pro und Kontra für Wein oder Bier. Genau kann ich mich nicht mehr erinnern und das hat durchaus einen Grund. Das andere Ehepaar und wir tranken Roséwein oder „Weißherbst", wie dieser Wein im Badischen bezeichnet wird und gerade „In" war. Warum er außerdem noch „Händelstifter" genannt wird, ist mir unbekannt.

Erst gegen 3 Uhr legten wir uns ins Bett und schon um 6 Uhr sollte die Abfahrt sein. Ein rebellierender Magen und Mitfahrer im Bus sein, das verträgt sich nicht so gut. Wir waren kaum auf der Strecke, schon musste der Fahrer anhalten, damit ich mich neben der Straße übergeben konnte. Eine Toilette im Bus war damals natürlich noch nicht gängig und mir war es sterbenselend.

Gemäß dem Reiseprogramm war in München ein zweistündiger Aufenthalt vorgesehen und dabei sollte das Mittagessen im Hofbräuhaus eingenommen werden. So sehr mich die Besichtigung des legendären Münchner Biertempels interessiert hätte, so froh war ich über die willkommene Pause. Diese Zeit bot mir Gelegenheit zwei Stunden ungestört im Bus liegen und schlafen zu dürfen. Trotzdem war es mir bei der Abfahrt immer noch hundeelend, und der Zustand dauerte bis gegen 17 Uhr an, da hatten wir schon die Raststätte in Stuttgart erreicht. Erst dann hatte sich mein Magen einigermaßen beruhigt.

Welches jämmerliche Bild ich seit der Abfahrt in Ainring den Mitreisenden bot, will ich im Nachhinein gar nicht überdenken. Es war mir auch egal, denn wir haben uns danach alle aus den Augen verloren. „Aus den Augen, aus dem Sinn", und das hatte auch sein Gutes.

In den Jahren 1974 und 1976 verbrachten wir jeweils einen dreiwöchigen Urlaub auf Teneriffa, einer der bekannten Urlauber-Domizile des kanarischen Archipels. Für diese Zeit stand uns ein komfortabler Bungalow zur Verfügung, der einem befreundeten Bauunternehmer gehörte. Den Schlüssel bekamen wir in der Anlage von einem waschechten Kanaren, der bei einigen Anwesen gegen

Entgelt Hausmeisterdienste versah und davon konnte gut leben konnte. Der Mann hieß Antonio und sprach passabel gut deutsch.

Er verriet uns: „Ich bin Sänger und habe zwölf Jahre mit einer Flamenco-Truppe durch Deutschland getingelt. Dabei lernte ich passabel Deutsch sprechen." In Berlin tat er sich mit einer Frau zusammen und aus dieser Beziehung hatten sie einen Sohn. Sowohl Antonio, als auch seine Partnerin, eine gelernte Krankenschwester, verfielen irgendwann dem Alkohol. Beide waren süchtig und das bedeutete wohl auch das Ende für Antonios Karriere.

In der Ferienanlage und Urbanisation spielte das bei der aktuellen Tätigkeit weder für uns noch für die Auftraggeber oder andere eine Rolle. Er betreute zehn Klienten, bekam von jedem monatlich 50 Mark für seine Arbeit vergütet und mit 500 Mark Monatseinkommen konnte er passabel leben. Überdies war er ein witziger und charmanter Ansprechpartner sowie unser guter Geist vor Ort. Der unterhaltsame Spanier wurde für mich zum Türöffner in viele Bereiche im näheren und weiteren Bereich unseres Feriendomizils. Überall hatte er „Freunde" und allen stellte er mich vor. Zu seinem Bekanntheitsgrad auf der Insel wirkte sicher noch seine Zeit als anerkannter Sänger und Spieler nach. Und gekonnt umschmeichelte er – typisch spanischer Macho – die Frauen in unserem Umfeld.

Über die Urlaubszeit hatte ich uns ein Auto gemietet und das kam ihm sehr gelegen. Fast täglich kam er mit irgendwelchen Wünschen an und ich sollte ihn dahin und dorthin fahren. Dafür kam ich nicht nur zu vielen seiner sogenannten „Freunde" auf der Insel, sondern er zeigte mir auch Plätze, wohin kaum ein Pauschal-Tourist einmal kommt. Selbstverständlich wusste er auch, wo es den besten Vino Tinto (Rotwein) zum günstigsten Preis zu kaufen gab, und der Rotwein der Insel war in der Tat von sehr guter Qualität. Den die Einheimischen tranken kaufte ich dann auch für mich, und das gleich im 5-Liter-Kanister, dann hatte ich für ein paar Tage Vorrat.

Wir begleiteten Antonio im Auto am Feiertag „Maria Himmelfahrt" nach Candelaria, eine Stadt im Osten und etwa 20 Kilometer südlich von Santa Cruz de Tenerife am Meer der Insel. Dort ist die Basílica de Nuestra Señora de Candelaria, auch Basílica de la Virgen de Candelaria eine beachtete Wallfahrtskirche. Sie wurde für das Gnadenbild der Jungfrau von Candelaria errichtet und ist somit der religiöse Mittelpunkt für die Insulaner. Dort fand anlässlich des Festes und zur jährlichen Wallfahrt rund um die Kathedrale eine grandiose Fiesta stattfand, vergleichbar einer Kilwi oder einem Kirchweihfest bei uns. Nach der Ankunft tauchten wir dort ein in das Heer der tausenden an Besuchern, der dort tagelang ausschweifend feiernden Insulaner und wir probierten da und dort von den angebotenen Spezialitäten. Die Verkäufer an ihren Ständen zeigten sich spendabel, überall durften wir kosten und einheimische Weine probieren.

Zur gleichen Zeit wie wir weilte ein sehr begütertes Ehepaar aus Gelsenkirchen im Nachbar-Bungalow. Der Mann hatte dieses Anwesen erworben: „Weil ich nicht immer im Stenz und nobler Garderobe und meine Frau mit umgehängten Klunkern in teuren Hotels herumlaufen will", verriet er bei Gelegenheit seine Motivation, warum er den luxuriösen Bungalow auf der Insel erworben hatte.

Stattdessen liebte es der Mann tagsüber leger am Pool zu liegen und kanarischen Vino Tinto zu genießen. Wir lernten uns schnell kennen und es blieb nicht aus, dass wir ihm oft über Stunden Gesellschaft leisteten. Fast täglich verbrachten wir gemeinsam die lauen Abende feuchtfröhlich am Pool und erfreuten uns am süffigen Wein und den grandiosen Sonnenuntergängen. Und Antonio – der umtriebige Kanare – ließ sich das auch nicht entgehen. So kam er kostenlos an guten Wein und er war nicht unwillkommen, denn er trug stimmungsvoll und witzig zur Unterhaltung bei.

Während unseres ersten Urlaubsaufenthaltes feierten meine Frau und ich den 9. Hochzeitstag, und Antonio hatte das irgendwie mitbekommen. Spätnachmittags überraschte er uns mit drei Freunden, ebenfalls ausgebildete Sänger wie er, die über herausragende Stimmen verfügten. Sie brachten uns konzertreif weltbekannte Lieder, wie La Cucaracha, zum Ständchen dar. Der Auftritt des Quartetts war ein einmaliges Erlebnis und je länger es in die Nacht hinein andauerte, umso höher stieg die Stimmung. Weit wurden die Melodien aufs Meer hinausgetragen.

Sie hatten uns auch noch ein besonderes Geschenk mitgebracht, einen 5-Liter-Kanister mit einem einheimischen Weißwein, des auf den Kanaren seltenen Vino Blanco. „Eine Spezialität", wie sie uns stolz versicherten und mit der Zunge schnalzten. Den Weißwein gab es auch nur in begrenzten Mengen auf der Insel. Bis sie sich spät in der Nacht verabschiedeten, da war der Kanister geleert.

Das luxuriöse, großräumige Urlaubsdomizil lag in einer Urbanisation und rund 9 Kilometer von der Urlaubshochburg Puerto de la Cruz entfernt. Mit etwa hundert Bungalows und Appartements war das eine große Ansiedlung, sie war aber nicht oder noch nicht an das öffentliche Stromnetz angeschlossen, sondern der Strom wurde mit einem Dieselaggregat im Areal erzeugt. Dieses Aggregat lief täglich von 8 Uhr morgens bis nachts um 24 Uhr und in der Zeit dazwischen wurde es abgeschaltet, damit die anwesenden Urlauber Ruhe hatten und nicht durch den Motorenlärm gestört wurden. In der stromlosen Zeit musste man sich in den Häusern und Wohnungen mit Kerzen behelfen, wenn ein Licht benötigt wurde.

Unsere ausgelassene Feier ging bis weit über Mitternacht hinaus, und ehrlich, wer denkt, wenn es hoch hergeht, schon an die möglichen Folgen. Der Strom war längst abgestellt, das Dieselaggregat schwieg und kaum lag ich im Bett, setzte bei mir im Kopf ein schnell drehendes Karussell ein. Das rechte Bein aus dem Bett halten und bremsen half nicht mehr, bald drängte mich mein Magen vehement zur Toilette. In der Eile fand meine Frau im stockdunklen Zimmer die Streichhölzer zum Anzünden der Kerzen nicht schnell genug. Ich hatte im Dunkeln das Bett verlassen und verlor dabei zum ersten Mal im Leben tatsächlich total die Orientierung. Suchend tastete ich die Wand nach links, nach rechts ab, fand jedoch nicht die Zimmertüre. Nun erging es mir so, wie in einem Witz erzählt wird: „Ein Betrunkener stieß auf eine Litfaßsäule, umrundete sie mehrmals und jammerte dann seufzend: Hilfe, sie haben mich eingemauert." Morgens musste ich mich zuerst einmal um die Teppichreinigung kümmern und tagsüber lag ich ein weiteres Mal flach, ich verfluchte den Alkohol, meine Unvernunft oder Unvorsichtigkeit und schwor bei allen Heiligen, dass ich nie mehr solchen trinken will.

Wenn wir im Urlaub in Spanien waren, nahm ich als Souvenir auf dem Heimweg mindestens eine Flasche Carlos I im Reisegepäck mit nach Hause. Ich zähle diese Marke zu den besten Brandy-Sorten überhaupt, aber das ist ja bekanntlich Geschmackssache. Mitte der 1970er Jahre gab es die Marke in Deutschland nur in ausgewählten Fachgeschäften zu kaufen. Heute findet er sich jedoch auch überall im Regal in guten sortierten Geschäften.

Eine oder zwei Flaschen Rioja-Rotwein der Marke Faustino VII Gran Reserva mussten ebenfalls mit ins Gepäck. Die Flaschen zierte damals ein feines Drahtgeflecht und allein das ließ den Wein edel aussehen. Der gehaltvolle, dunkelrote Rioja-Wein ist aber auch so ein Flaggschiff-Wein der Bodegas Faustino, einer der international besten Weinerzeuger der Welt. Er garantierte auch zu Hause noch einen Hochgenuss und nette Rückerinnerung an die vergangenen schönen Urlaubstage.

So eilten die Jahre dahin. Erneut wechselte ich meine berufliche Ausrichtung, machte mich selbständig und arbeitete bis zum Ruhestand als Handelsvertreter. Im Rahmen der Kundenbetreuung fuhr ich mit dem Auto jährlich 50.000 bis 60.000 Kilometer. Ab einer Promille-Grenze von 0,5 Promille droht schon ein Bußgeld und Alkohol am Steuer steht immer mehr und zu Recht negativ im Fokus. Längst wird Fahren mit Alkohol nicht mehr als Kavaliersdelikt toleriert. Entsprechend zurückhaltend musste ich sein und ich wollte im Straßenverkehr nie ein Risiko eingehen oder sein.

Mit zunehmendem Alter machten mir die Magenreizungen nach übermäßigem Alkoholgenuss noch mehr zu schaffen. In solch einer Situation bekommt man gerne von allen Seiten gut gemeinte Rezepte und Vorschläge, man sucht aber auch gezielt nach Möglichkeiten, welche die Beschwerden verhindern oder lindern sollten. Alles habe ich ausprobiert, vom Ratschlag: „morgens mit dem Gleichen zu beginnen, wie man abends aufgehört hatte", oder: „vor und zum Frühstück einen Rollmops oder saure Gurken essen" und mehr. Genützt hat das bei mir alles gar nichts.

Die Gebrüder Blattschuss besingen einen solchen Zustand im Lied „Kreuzberger Nächte" treffend lebensnah: „Eins von den dreißich (dreißig) Bierchen gestern war wohl schlecht."

Der Arzt diagnostizierte es dann so: „Du hast einen Reizmagen; zu viel Säure ist das Problem. Der Magen übersäuert, und das solltest du in der Zukunft beachten." Allgemein macht sich niemand Gedanken darüber, in was allem und worin bestimmte Säuren überall enthalten sind. Sie findet sich nicht nur im Bier, im Most, im Wein, nein sogar in jedem herkömmlichen Mineralwasser – vom Stillen Wasser abgesehen – in Orangen- oder anderen Säften und auch sonst in vielen Getränken.

Wird der Mensch fünfzig, geht man allgemein erst einmal in sich, oder um es positiver zu sagen: „Er ist – hoffentlich – altersweise geworden". Was auch immer, ich machte eine Zäsur und verzichtete jahrelang vollständig auf Alkohol. Bei der Bundeswehr hörten wir öfters die Warnung: „Auch Bier ist Alkohol". Also habe ich auch weder Bier, noch Wein und auch keinen Most mehr getrunken. Beim Mineralwasser stellte ich auf Medium um. So ging es mir fortan deutlich besser, die Magenprobleme ließen mit der Zeit nach und verschwanden irgendwann weitgehend.

Doch auch in dieser Phase ohne alkoholische Getränke hatte ich im Kreis der erweiterten Familie, mit netten Freunden und vielen Bekannten und bei geselligen Ereignissen immer noch gehörigen Spaß bei einer ausgelassener Stimmung. Vermisst habe ich ehrlich gesagt: „rein gar nichts".

Nach Jahren alkoholischer Abstinenz hatte ich dann das Gefühl, der Magen könnte sich soweit stabilisiert haben. Mehrfach im Jahr war ich auf anstrengenden Touren im Hochgebirge unterwegs. Nun genehmigte ich mir gelegentlich nach langen, schweißtreibenden Tagesetappen ohne Bedenken wieder ein Weizenbier, da immer behauptet wurde, es wirkt als isotonische Getränk und bringt dem Körper die ausgeschwitzten Mineralien zurück. Seit ein paar Jahren gibt es jetzt glücklicherweise auch alkoholfreies Weißbier oder Weizen und das schmeckt mir in solchen Fällen durchaus und es wirkt erfrischend. Spätabends gönnte ich mir dann noch zum krönenden

Abschluss des Tages gerne ein oder zwei Achtel Rotwein. Bei anderen Festivitäten hielt ich auch schon mal mit einem Glas Sekt und einem Viertel Rotwein mit. Bei Wein beschränkte ich mich nur noch auf Rotweine, ob das zum Gericht beim Essen passte oder nicht, denn Weißweine haben an sich mehr Säure.

Im Badischen wird dem Gast gerne und ohne dumme Bemerkung der Wein auch im Achtel-Liter-Glas serviert. Die reduzierte Menge reicht während oder nach einem guten Essen durchaus zur Abrundung völlig aus. In diesem Zusammenhang lästern wir Badener gerne ein wenig über unsere schwäbischen Landsleute. Kolportiert wird, wenn ein Schwabe in einer Besenwirtschaft ein Achtel Wein bestellt, antwortet der Wirt: „Wart bis Durschd hesch, damit e' Viertili trinke koosch!" (Warte bis du Durst hast und ein Viertel trinken kannst).

Heute trinke ich allgemein nur Spätburgunder-Rotwein in mäßigen Mengen und wähle gezielt solche Sorten oder Weinlagen aus, die mit relativ wenig Säure ausgebaut werden. Auf Weißweine – gleich ob den hochgelobten badischen Riesling oder die alten Müller-Thurgau-Sorten – verzichte ich völlig und nur sehr selten trinke ich mal ein Glas Bier. Wenn ich bei einem Glas Sekt die Wahl habe, wähle ich ebenfalls lieber rote Sorten.

Die Rotweine der Ortenau, speziell die der Affentaler Winzergenossenschaft, Waldulmer, Hex vom Dasenstein (Kappelrodeck), Oberkirch und Durbach bieten hohe Qualität und werden seit Jahren säurereduziert ausgebaut. So sind sie für uns im Mittelalter und älter bekömmlicher. Dafür gibt es einen ganz einfachen Grund. Die geernteten Mengen der Ortenau reichen nicht aus um den Bedarf überhaupt befriedigen zu können oder der eigentlich verkauft werden könnte. Da bleibt nichts übrig, der viele Jahre gelagert werden müsste und nur Kapital im Weinkeller bindet. Mit der geringeren Säure ist der Wein zwar nicht so lange lagerfähig. Das spielt aber nur eine untergeordnete Rolle, da schon Ende des folgenden Jahres oder Anfang des übernächsten die Ernte des vergangenen Herbstes auf den Markt kommt und sehr bald ausverkauft ist.

Stattdessen baut man nun lieber den Wein mit weniger Säure aus. Das kommt dem Konsumenten im mittleren Alter und den älteren Konsumenten zugute.

Die schweren, wuchtigen französischen Rotweine der Burgund, aus Bordeaux, Rhone, Beaujolais und andere, die sollten allgemein erst fünf Jahre und möglich länger lagern, bis sie dann ihr volles Potential und Aroma entfalten: „je älter, je besser". Wer Jahre gelagerte und gereifte Weine trinken will, kann somit auf Franzosen, Spanier und Italiener zugreifen, oder die Weine von Chile, Kalifornien und Australien wählen. Die Auswahl in den Supermärkten und Fachgeschäften ist heute riesengroß und lassen keine Wünsche übrig, da ist sicher für jeden Gusto etwas dabei.

Ein Erlebnis der anderen Art holte mich vor 30 Jahren wieder einmal in die raue Wirklichkeit zurück oder auf den Boden der Realität und gab mir zu denken. Kurz zum Hintergrund: Mit gut trainierten, konditionsstarken Kameraden war ich in der Freizeit und meistens samstags öfters zu Orientierungstouren im Schwarzwald unterwegs. Die Strecke von A nach B wählten wir exakt nach der Geländekarte und orientierten uns dabei nur mit dem Kompass, unabhängig der Topografie oder dem Geländeprofil. Solche kraftraubenden Märsche im unwegsamen Gelände, sehr steil bergauf und weit bergab, forderten uns bis zwischendurch an die Grenze der Erschöpfung. Es machte in der Gruppe aber auch ungeheuren Spaß und wir liebten solche Herausforderungen.

Nun waren wir an einem schönen, warmen Sommertag wieder querfeldein auf so einer kraftraubenden Gewalttour und waren erst nach sechs oder sieben Stunden am geplanten Ziel angekommen. Diesmal hatten wir uns durch das entlegene, dicht bewaldete und schwer zugängliche Hundsbachtal gekämpft. Etwas müde, abgekämpft und verschwitzt kehrten wir hinterher im Gasthaus „Forelle" in Hundsbach ein und ließen uns, da unsere Klamotten ziemlich ramponiert aussahen, auf der Gartenterrasse nieder.

Jeder bestellte eine Halbe Bier zum Essen und schnell war das Glas geleert. Bei der Heimfahrt mit dem Auto erlebte ich eine Überraschung. Ich war kaum noch in der Lage, konzentriert und schon gar nicht sicher über den Berg nach Bühl zu fahren. Die Straße schien zu schwanken und schwamm mir regelrecht vor den Augen.

Im ausgepowerten Zustand ist mir der Alkohol anscheinend sofort direkt ins Blut gegangen und ich war eigentlich nicht mehr fahrtüchtig, obwohl die Menge an sich noch kein Problem gewesen sein dürfte.

Zwei Stunden später war die Unpässlichkeit längst vorüber und ich war wieder fit. Doch mir war das eine Warnung und Anlass genug, zukünftig nach kräftezehrenden Aktivitäten für den ersten Durst nur noch Apfelsaftschorle zu trinken. Auf Bier oder Wein bin ich – wenn überhaupt – erst viel später, und auch erst nach einem guten Essen und einer entsprechenden Grundlage, umgestiegen.

Heute beschränke ich mich allgemein auf geringe Mengen Rotwein und den trinke ich erst spätabends gemütlich und mit Genuss, sowie in der Regel auf ein Viertel begrenzt. Meine Lieblingssorte wechselt zwischen dem „Waldulmer" und dem „Affentaler" und es kann auch ein „Durbacher" sein. Je nach Jahrgang kann sich das durchaus ändern, denn dabei handelt es sich nicht um Cuvée-Weine – ein Verschnitt aus mehreren Sorten – und so schmeckt jeder Jahrgang immer ein wenig anders, abhängig vom Wetter, anderen Faktoren und sicher auch abhängig von der Arbeit im Keller. Sogar der Alkoholgehalt ist jedes Jahr variabel. Gegenwärtig werden die 2018er-Jahrgänge vermarktet. Dieses Jahr war sehr warm und der Zuckergehalt in den Trauben entsprechend hoch und das war nicht unbedingt zur Freude der Winzer, denn die Weine haben durchweg 14,5 Prozent Alkoholgehalt, im Vergleich zu etwa 11 Prozent bei normalen Jahrgängen.

Zwischendurch verzichte ich bewusst immer wieder einmal einige Tage völlig auf Alkohol und im Abstand von Monaten nehme ich eine längere Auszeit. Dann trinke ich in dieser Zeit weder Wein noch andere alkoholische Getränke. Auf diese Weise will ich vermeiden, dass sich der Körper daran gewöhnt und es irgendwann schädlich werden könnte. Auch wenn Wilhelm Busch schon sagte: „Rotwein ist für alte Knaben, eine von den besten Gaben."

Die vielen mir bekannten Negativbeispiele sind Warnung genug. Mein Konsum orientiert sich an dem, was Mediziner zum Alkoholgenuss raten. Sie empfehlen bei Männer maximal 0,2 Liter am Tag, bei Frauen die Hälfte und wöchentlich ein oder zwei Tage Abstinenz. Jährlich sollte dann mindestens eine oder besser zwei Wochen ganz auf Alkohol verzichtet werden. Dann erholt sich die Leber wieder und zeigt wesentlich bessere Werte.

Die Anfälligkeit für eine Abhängigkeit ist aber erfahrungsgemäß eine Frage verschiedener Faktoren, sowohl körperlicher, als auch seelischer, und nicht jedermann oder -frau reagieren gleichermaßen. Unwillkürlich denke ich an die Großmutter meiner Frau. Sie wurde über 90 Jahr alt und bis zuletzt gehörte es zu ihrem täglichen unverzichtbaren Ritual, dass sie abends ein Glas Cognac leerte. Sie blieb gesund und rüstig zu bis zum letzten Lebenstag.

Ein Nachbar hatte das achtzigste Lebensjahr schon überschritten. Eines Tages klagte er mir ein unerfreulich verlaufenes Gespräch bei seinem Hausarzt und er zeigte sich deprimiert und entrüstet. Ich kannte den Mann gut, einschließlich seiner langen Vorgeschichte und seines ihm nicht immer wohlgesonnenen Lebensschicksals. Seine erste Frau war Briefträgerin. Vor Jahrzehnten kam sie bei ihrer Tätigkeit durch einen unverschuldeten Verkehrsunfall ums Leben. Da war die gemeinsame Tochter noch ein Kleinkind.

Der Mann heiratete bald darauf wieder, doch jetzt war auch diese, seine zweite Frau gestorben, obwohl sie einige Jahre jünger wie er war. Eine tückische Krebserkrankung raffte sie dahin. Trotz harter Schale nach außen hin, besaß er einen weichen Kern und hatte sehr an seinen Frauen gehangen. Nun litt er täglich unter dem Verlust und je älter er wurde, desto mehr verschlimmerte sich seine Gemütslage, und er erging sich oft in Selbstmitleid.

Nun schon über 80 Jahre alt, fühlte er sich oft einsam und alleine. Das Essen bekam er ins Haus geliefert und die Tage verbrachte er überwiegend vor dem Fernseher. Dabei trank er nebenher zwei oder drei Flaschen Bier und manchmal gönnte er sich einen Cognac und vielleicht waren es manchmal auch zwei.

Nach dem Zweiten Krieg, Gefangenschaft und aus Ostpreußen vertrieben, fuhr er einige Jahre auf einem Fischkutter zur See und war schon von daher ziemlich trinkfest, er konnte tatsächlich „einen Stiefel" vertragen. Ich habe ihm auch nie angemerkt, dass er etwas getrunken haben könnte. Nur die geleerten Flaschen deuteten darauf hin.

In seiner ostpreußischen Art verfügte er über einen trockenen Humor und war auch recht redselig. So kam, dass ich nach Jahren seine bewegte Lebensgeschichte in- und auswendig kannte und mir bestimmt schon zehnmal anhören musste.

Beim fälligen Arztbesuch erklärte ihm der offen und direkt – wegen seines täglichen Alkoholkonsums: „Fritz, du bist ein Alkoholiker." Das traf ihn tief, es entrüstete ihn nicht nur, nein, er war gekränkt. „Weißt du Fritz", sagte ich ihm: „Du bist jetzt 84 Jahre alt geworden. Wenn dir ein Bier schmeckt und manchmal ein Cognac guttut, dann trinke doch einfach wie gewohnt weiter. Denn spielt es für dich eine Rolle, ob du ein halbes Jahr länger oder kürzer lebst? Einen Tod müssen wir alle sterben." Und zum Leben gehört nun einmal auch eine gewisse Lebensqualität dazu. „Ja Walter, da bin ich froh, dass du das so siehst."

Ein wenig über die Stränge schlagen und auch einmal unvernünftig sein zu dürfen, das gehört zur gewünschten und erwarteten Lebensqualität dazu. Kurzum, er lebte in gewohnter Weise noch ein paar Jahre weiter, trotz Bier und Cognac, und ernsthaft krank ist er meines Wissens nie gewesen.

Gab es etwas zu feiern, bei Geburtstagen oder wenn wir bei anderen Feiern und Treffen innerhalb der Familie oder mit Freuden zusammen sitzen, dann mache ich auch einmal eine Ausnahme und trinke ein Glas mehr. Waren wir zu solchen Anlässen viele Stunden zusammen und es war mit einem üppigen Essen verbunden, konnte es durchaus vorkommen, dass ich mir zwei oder drei Viertel Rotwein gegönnt hatte, ohne hinterher so wie früher Beschwerden zu haben. Dazu ein Digestif darf's auch gerne einmal sein, wenn in diesem Kreis eine Runde gegeben wird.

Auf Weißwein oder Bier verzichte ich völlig, allenfalls bei einem Glas Sekt sage ich nicht immer nein, wenn es aus gegebenem Anlass auf etwas anzustoßen gilt. Habe ich dabei aber die Wahl, bevorzuge ich gerne die rote Sorte, denn auch die ist mir bekömmlicher. Doch da will ich „nicht päpstlicher sein wie der Papst" und trinke, was geboten wird. Wichtiger ist, mit Freunden und Gästen dem Zweck entsprechend und gebührend auf das zu feiernde Ereignis anstoßen zu dürfen.

Nachdem ich die Trinkgewohnheit geändert hatte, verbunden mit der Reduzierung auf durchschnittlich eine geringere Menge, ist es mir glücklicherweise seit vier Jahrzehnten nie mehr passiert, dass ich nach einer Feier oder einem Fest hinterher einen Kater hatte, unter Kopf- oder den früheren Magenbeschwerden hätte leiden müssen. Nur Müdigkeit infolge zu wenig Schlaf, macht mir mit zunehmendem Alter mehr zu schaffen – und ich denke, das wird allen Senioren so gehen, wenn es wieder einmal außer der Reihe sehr spät geworden war. Das nehme ich dem Zweck entsprechend gerne in Kauf und ein Pensionär konnte ja ausschlafen, wenn nicht die alte Gewohnheit zum Aufstehen zur üblichen Zeit zwingt.

Wenn ich heute in Maßen alkoholische Getränke zu mir nehme, dann ist es einzig zum reinen Genuss – und so sind Wein, Bier, ein guter Cognac, ein aromatisches Zibärtle, ein lange gelagerter Williams oder ein noch älterer gereifter Armagnac im eigentlichen Sinne auch gedacht. Damit will ich sagen: „Wir sollten bewusst und mit Verstand sinnvoll mit Alkohol oder im Prinzip mit aller Art von Genussmitteln umgehen."

Gibt es etwas Schöneres, wie im geselligen Kreis der Familie, mit Freunden und netten Menschen zusammenzusitzen, bei guten Gesprächen, vielleicht singt man dabei und zwischendurch noch ein paar gängige Volkslieder und trinkt ein Glas Rotwein, das ist dann Lebensqualität pur. Da bedarf es weder einen Liter Wodka noch andere scharfen Sachen, die nur den Verstand und die Sinne benebeln.

Trinksprüche gehören in unserem Freundeskreis dazu, wie das Tüpfelchen aufs „I". Sind wir eingeladen, dann singen wir gerne:

„Wir trinke nur wenn's nix koscht, wir trinke nur wenn's nix koscht. Ja wenn das so isch, ja wenn das so isch, dann proscht.“

Ein anderer geht so: „Einer hemmer scho, zwei trinke mir no, drei könne mir vertrage. Was nützt uns Geld im Altersheim, bei Nudelsupp un Haferschleim. Ein hemmer scho, zwei trinke mir no, drei könne mir vertrage.“ (nach der Melodie: „O Tannenbaum“)

Alkohol sollte nie in Phasen mit Stress, Depressionen und auch nicht in Zeiten anhaltender Sorgen getrunken werden, genauso wenig bei regelmäßiger Einnahme bestimmter oder starker Medikamente. Selbst wenn ich wieder Wilhelm Busch zitieren muss, der in einem Gedicht es so ausdrückte: „Es ist ein Brauch von alters her, wer Sorgen hat, hat auch Likör!“ (Die Versuchung)

Mein Rat mag nicht wissenschaftlich untermauert sein, ich bin aber sicher, das Suchtpotential verstärkt sich unter ungünstigen und negativen Voraussetzungen und die Gefahr ist dann deutlich größer. Allemal wäre es für die menschliche Psyche besser, in angespannter Lebenssituation besser Sport zu treiben, mit dem Fahrrad durchs Land zu radeln oder hinaus in die Natur zu gehen und zu wandern. „Waldbaden ist heute so ein Modebegriff und wurde uns von den Japanern vermittelt. Dabei wird der Kopf frei. Eine andere Möglichkeit wäre, einfach einmal entspannt in der Sonne zu liegen – wem sowas liegt – und Vitamin D tanken.

Wer es sich leisten kann, darf gerne ein Wellness-Wochenende buchen und sich mit entspannenden Massagen, duftenden Ölen und harmonischen Klangvariationen verwöhnen lassen. Angebote gibt es auf der gegenwärtigen „Wohlfühlwelle“ zu Hauf. Sich etwas Gutes zu tun ist für den Körper wesentlich besser, als sich in eine Kummerhöhle zu verkriechen und den Frust im Alkohol ertränken zu wollen. Der Kater ist sonst hinterher nur umso größer.

Münchner Hofbräuhaus, Synonym für bayrischen Bierkonsum

5

Alkoholkonsum, ein gesellschaftliches Übel?

Berichtet wird: „Die Schauspielerin Lindsay Lohan ist in den vergangenen Jahren immer wieder mit Alkohol- und Drogenexzessen aufgefallen", und man sagte: „Dass ausgerechnet ihre Sucht sich verkaufsfördernd auswirkte." Und wer denkt da nicht an den eingängigen Werbeslogan von Toyota? „Nichts ist unmöglich!" Tatsächlich kam „LiLos" Herrenmodelinie für eine US-Marke unter dem Namen „My Addiction" (meine Sucht) auf den Markt. Die wilden Jahre sollen aber heute bei der Namensgeberin der Vergangenheit angehören.

Es sind auch nicht immer die spektakulären Fälle im Alltag, wofür Harald Juhnke als ein exemplarisches Beispiel stehen mag. Seine Alkoholexzesse waren hinlänglich und allgemein bekannt, sowie weithin ein ausgiebiges Gesprächsthema, ein Fressen für die Regenbogenpresse, und er geriet damit immer neu in den Fokus der Medien. Es hat ihm nicht geschadet, eher das Gegenteil war der Fall. „Ist der Ruf erst ruiniert, lebt sich ganz ungeniert." Dieser Spruch wird Wilhelm Busch zugeschrieben, andere nennen Bertold Brecht als Autor. Oder betrachten wir es aus der Sicht eines Marketingexperten: „Bad news are good news", böse Nachrichten sind gute Nachrichten, weil das dazu beiträgt, dass eine Sache und das gilt auch für Menschen, im Bewusstsein haften bleiben und das ist im Sinne der Werbung ein positiver und gewünschter Effekt.

Man hatte es Harald Juhnke toleriert, durchgehen lassen oder auch immer neu verziehen. Dabei will ich nicht behaupten, dass es ihn populärer gemacht hat. Doch ohne Frage war sein Lebensstil mit der Zeit sozusagen zum Markenzeichen mutiert und es endete wie es kommen musste, mit 75 Jahren ist er dement und geistig völlig umnebelt gestorben. Denkbar ist, dass er seinen elenden oder bejammernswerten Zustand am Ende nicht mehr mitbekommen hatte. Ergo, der Preis für die Berühmtheit und ständig im Rampenlicht zu stehen, kann sehr hoch sein.

Wie beschreibt es ein salopper Spruch: „Alkohol und Nikotin rafft die halbe Menschheit hin. Aber ohne Bier und Rauch, stirbt die andere Hälfte auch." Hier kommt wieder die Lebensqualität als einziger für das Individuum entscheidender Maßstab ins Spiel.

Im Gegensatz zu anderen Drogen, zu denen Cannabis zählen und Opium, Marihuana, oder neuerdings Ecstasy, den chemischen Substanzen, ist der Genuss von Alkohol – in welcher Form auch immer – gesellschaftlich weit verbreitet und wird als Genussmittel ohne nachzudenken oder jegliche Bedenken toleriert, ja er wird eher protegiert.

Und wer kennt sie nicht, die widerwärtigen Bilder überschäumender Freude vor laufender Kamera, wenn der Sieg in der Formel eins gefeiert wurde oder nach dem Fußballspiel, nach dem Abschluss einer Etappe bei der Tour de France und anderen Großveranstaltungen. Da fließt, der Sekt in Strömen oder wird aus Magnum-Flaschen verspritzt. Das Spektakel geht über alle Sender, zeigt wie die Sieger vor der tobenden Zuschauerkulisse im Sekt baden dürfen. Nach meinem Empfinden sind das perverse Rituale. Solche Sektduschen finde ich schlicht und einfach ekelerregend und eine gewaltige Sauerei.

Genau diese Bilder sind es aber, die auf Jugendliche stimulierend und verführend einwirken und zum Nachahmen anregen. Ein Sportler war und ist immer schon das große Vorbild für die Gesellschaft. Wie im Vorwort erwähnt, wurden in der Bundesrepublik im Jahr 2015 immer noch 22.000 Jugendliche gezählt, die nach übermäßigem Alkoholkonsum in Krankenhäusern behandelt werden mussten. Nach meiner Meinung dürfte per se in Verbindung mit gesundem Sport überhaupt keine Werbung für Alkohol gezeigt werden.

Hochzeitsfeiern, Ehrungen aus den unterschiedlichsten Anlässen, Galaveranstaltungen und sonstige Events sind heute noch undenkbar ohne das bewusste Gläschen Sekt zum Entree. Kein Tost wird ausgebracht, ohne in der Runde das Glas zu heben, und nur wenige trinken bei solchen Gelegenheiten ordinäres Mineralwasser. Doch die wenigen werden immer mehr. So wird ein Suchtmittel mit Gefährdungspotential für die Gesundheit als gesellschaftsfähig und normal vor Augen geführt und dringt schon bei Kinder und Jugendlichen prägend ins Bewusstsein.

Neben dem Sport steht explizit die politische Elite im Fokus der Medien, und die Bilder der das Glas hebenden Protagonisten gehen um die Welt. „Was die können, können wir schon lange", mag sich da so mancher Teenie und Jugendliche denken.

Beispielhaftes hat sich dagegen in den letzten 25 Jahren am Arbeitsplatz verändert. Noch vor etwa 30 Jahren brachte ich in der Vorweihnachtszeit meinen guten Kunden spezielle Präsente. Das waren unter anderem eine oder mehrere Flaschen Weinbrand der Marke Asbach Uralt, oder Williams, beziehungsweise Obstler von namhaften Herstellern. Solche Präsente waren bei den kontaktierten Personen in den Werkstätten großer Industrie- und Versorgungsunternehmen geschätzt. Dem Einkauf oder in den Ingenieurbüros übergab ich eine oder mehrere Flaschen, manchmal auch in Kartons an ausgewählten Markenweinen.

Der Werkstattleiter einer weltweit bekannten Druckerei für Zeitschriften zeigte sich stets erfreut, wenn er neben diversen Streuartikeln, wie Kugelschreibern, Kalendern, Notizblöcken und ähnlichen Dingen, auch eine Flasche Asbach Uralt bekam. Die kam in die Tombola für seine Mitarbeiter und stellte einen höherwertigen Gewinn dar. Das Präsent war deshalb immer begehrt.

Im Kreise der Verantwortlichen in Unternehmen hat man inzwischen längst die Gefahren durch Alkoholsucht erkannt, und die daraus resultierenden möglichen Folgen für die Betroffenen und das Unternehmen. Gesehen wurde in erster Linie ein erhöhtes Unfallrisiko am Arbeitsplatz, und deshalb wird längst konsequent gegengesteuert.

Die von der Alkoholsucht betroffenen Mitarbeiter sind unbestritten einem höheren Risiko ausgesetzt. Die Statistik beweist, sie sind auch häufiger krank oder bleiben unentschuldigt dem Arbeitsplatz fern.

Heute ist es in großen Unternehmen undenkbar und weitgehend unerwünscht, im Rahmen von Werbemaßnahmen alkoholische Getränke zu verschenken. Auch firmenintern ist der Verkauf von Bier aus Automaten oder die Ausgabe in der Werkskantine nicht mehr üblich.

Praktizierte Sitte ist es dagegen immer noch, erzielte Erfolge, Erreichung von Unternehmenszielen, nennenswerte Umsatzzuwächse oder spektakuläre Auftragseingänge, nebst Jubiläen und sonstigen spektakulären Ereignissen, in der Runde mit einem oder mehreren Gläsern Sekt oder Champagner zu feiern.

Zur Ehrenrettung der Verantwortlichen ist die zunehmende Tendenz festzuhalten, dass sich dabei immer mehr Teilnehmer zeigen, die auf Sekt verzichten und sich lieber mit Mineralwasser, Orangensaft oder anderen alkoholfreien Getränken begnügen.

Ein nicht unwesentlicher Grund vernünftig mit Alkohol umzugehen ist ohne Zweifel das hohe Risiko, später mit dem Auto bei der Heimfahrt in eine Polizeikontrolle zu geraten oder gar in einen Unfall verwickelt zu werden. Der moralische Druck zwingt hier durchaus in die richtige Richtung. Auf Alkohol zu verzichten wird allgemein auch immer mehr ohne dumme Bemerkungen vom Umfeld akzeptiert und nicht mehr als Schwäche ausgelegt. Der humoristisch gemeinte Spruch: „Tragt mich ins Auto, dann fahr ich euch heim", hat ausgespielt.

Dazu ein gängiger Witz: Chef: „Sie wissen aber schon, dass Trinken während der Arbeit verboten ist, oder?" Angestellter: „Keine Sorge, ich arbeite nicht."

Und ein anderer geht so: Ein stockbetrunkener Autofahrer wurde von der Polizei gestoppt. „Den Führerschein bitte", fordert der Beamte. „Habt ihr de, de, den etwa – hicks – verschlampert – hicks – ich habe ihn euch doch schon vor vierzehn Tage gegeben."

Das Phänomen mit Alkohol in der Runde ist nicht auf die Bundesrepublik beschränkt oder auf die westliche Welt. Nein, global gesehen sind in diesem Zusammenhang viele ganz spezielle Rituale gängig und zu beobachten. Einer meiner Freunde besuchte als Ingenieur für ein weltweit agierendes Unternehmen in mehr als zwei Jahrzehnten mehrmals im Jahr die Länder Japan, China und Russland. Die Besuche gingen selten ohne die üblichen Begrüßungszeremonien ab und Geschäftsessen gehörten zum unverzichtbaren Programm. Zum eigenen Schutz hatte der erfahrene und gewiefte Praktiker gewisse Tricks auf Lager. Damit überstand er solche Rituale ohne nennenswerten Schaden, was nicht selbstverständlich ist.

Seinen chinesischen Partnern war es immer eine sportliche Herausforderung, die Europäer unter den Tisch zu trinken – und chinesischer Schnaps hat 55 bis 60 Prozent Alkohol. Diese Vorliebe ist besonders unter dem Aspekt bemerkenswert, dass es bei vielen Asiaten – ob Japanern oder Chinesen – eine Alkoholintoleranz oder Alkoholunverträglichkeit gibt. Die Stoffwechselstörung ist genetisch bedingt. Das bedeutet, vermutlich litten die Chinesen hinterher weit mehr unter diesem fragwürdigen Sport, als ihre Gäste.

In Russland wurde und wird Wodka zur Begrüßung gewissermaßen in Wassergläsern dargeboten, und es wäre ein Affront, nicht mit anzustoßen und auf das gegenseitige Wohl zu trinken. Das hätte dem Geschäft massiv schaden können. Wodka ist in den Augen eines Russen nicht einfach ein hochprozentiges alkoholisches Getränk, nein, es ist „ein besonderes Wässerchen!" Dabei hat es maximal schlappe 40 Prozent.

Wie schon erwähnt, mein knitzer Freund hatte aus langjähriger Erfahrung vorsorglich für solche Trinksitten immer gewisse Tricks auf Lager und bewährte Heilmittelchen im Reisegepäck dabei, für den Fall der Fälle sozusagen. Diese „Wundermittel" brauchte er öfters und konnte damit selbst seinen mitreisenden Kollegen aus der Patsche helfen.

Gerne erzählte er folgenden Witz: Zwei Reisende saßen im Zugabteil. Das Gepäck hatten sie in der Gepäckablage oberhalb ihrer Köpfe deponiert. Plötzlich tropfte es herab, direkt auf den Kopf des darunter sitzenden Fahrgastes. Die Flüssigkeit lief ihm über die Stirn in den Mund. Er schleckt, schlürfte, prüfte und wendet sich an sein Gegenüber, dem das Gepäckstück gehörte: „Alter Bordeaux?" Erwiderte dieser: „Nein, junger Bernhardiner."

Ein anderer geht so: Kommt ein Gast in die Kneipe und ruft dem Barkeeper zu: „Einen Doppelten bitte, bevor der Ärger los geht." Er bekommt den Doppelten. Das Spiel wiederholt sich noch fünfmal, bis der Barkeeper dann doch neugierig nachfragt: „Ja, was für ein Ärger soll denn losgehen?" Erwidert der Betrunkene: „Wenn herauskommt, dass ich kein Geld zum Bezahlen habe."

Ein Zecher befand sich schwankend auf dem Heimweg. Eine Polizeistreife stellte ihn und wollte wissen: „Wo wollen sie denn noch hin so spät?" „Ich gehe zu einem Vortrag über das gesundheitliche Risiko von Alkohol", erwiderte der Angesprochene. „Wo gibt es denn um diese Zeit noch solch einen Vortrag?" „Zu Hause bei meiner Frau."

Alkoholische Getränke aller Art und in den vielfältigsten Variationen sind und bleiben gesellschaftsfähig. Keine Initiative konnte bisher dagegen etwas erreichen. Nicht einmal die Prohibition der Jahre 1920 bis 1933 in den USA hat den Alkoholkonsum verhindert, geschweige denn eindämmen können. Das „The Noble Experiment" (das ehrenhafte Experiment) ist spätestens in der „Großen Depression" kläglich gescheitert.

Dazu erzählt man sich in Amerika folgenden Witz: Beim letzten Erdbeben in San Franzisco fielen in einer Bar die Gäste von den Hockern. Schreckensbleich starrten sie auf den Mixer, der weiterhin heiter seine Becher schwenkte und fröhlich rief: „Wie liebenswürdig von dem unterirdischen Kollegen, mir das Schütteln abzunehmen. Seismo-Cocktail, meine Herren, gefällig?"

Event-Lokations: Whisky-Destille u. Poppel-Mühle, Enzklösterle

6

Alkohol am Arbeitsplatz

Von meiner negativen Erfahrung mit einem Alkoholiker, unter dem ich während der Lehrzeit sehr zu leiden hatte, habe ich schon berichtet. Nur, dieses negative Beispiel blieb beileibe kein Einzelfall, mit dem ich in meiner beruflich aktiven Zeit konfrontiert wurde.

Fatal an der Sucht ist, sie verläuft heimlich, blüht erst im Verborgenen und wenn das Übel erkennbar wird, ist es für den Betroffenen meistens schon zu spät. Jeder trinkt gerne ein Gläschen, aber mit Alkoholkranken, mit einem Süchtigen wollte und will eigentlich keiner gerne etwas zu tun haben. Der Umgang erweist sich als kompliziert, schwierig und der Normalbürger ist dafür nicht geschult.

Bei den Betroffenen am Arbeitsplatz wird gerne im Zeugnis verklausuliert seine Geselligkeit herausgestellt. Sofort erkennt der Insider was, damit gemeint ist, und dass der Bewerber ein gewisses Problem hat. Wer will dann so einen Bewerber einstellen?

Vor Jahrzehnten begleitete mich ein Kollege gelegentlich bei geschäftlichen Reisen. Kehrten wir mittags im Restaurant ein, trank er zum Essen schon locker bis zu vier Gläser Bier. Ich nahm es gelassen, denn er war ja nicht der Fahrer, und dass er immer durstig war, war hinlänglich bekannt. Trotzdem wunderte ich mich über diese Menge um diese Tageszeit.

Später fand man im Lagerraum, der ihm unterstand, und den er während der Bürostunden öfters aufsuchte, hinter Aktenordnern diverse Flaschen verborgen. So nutzte er jeden Aufenthalt im Lager geschickt aus, um sich vom heimlichen Vorrat zu bedienen und seinen Alkohol-Level stabil zu halten. Damit war es ihm möglich, den umgänglichen Kollegen zu spielen, und bei diversen Veranstaltungen war er tatsächlich auch ein geschätzter Organisator.

Spätestens bei der Entdeckung seiner Vorräte hätten bei den Verantwortlichen die Alarmglocken klingeln müssen, denn heimliches Trinken ist ein deutliches Anzeichen eines fortgeschrittenen Krankheitsstadiums. In diesem Zustand ist der Betroffene in der Regel nicht mehr bereit, sein Problem einzusehen und aus eigener Kraft gegenzusteuern; er ist nicht mehr in der Lage etwas zu unternehmen und bedarf dringend professioneller Hilfe.

Der Betroffene war zwischendurch wohl in der Reha, wie weit das aber noch helfen konnte, habe ich nicht mehr feststellen können, da ich das Unternehmen verlassen hatte und ihn später auch aus den Augen verlor. Bekannt ist mir aber, dass er während der Reha in der Beschäftigungstherapie lernte, Bilder aus getriebenem Kupferblech herzustellen. Das war eine sinnvolle Beschäftigung und sollte ablenken. Ich kaufte von ihm ein paar solche Bilder und verschenkte sie als Präsente zu besonderen Anlassen. Sinn er Maßnahme sollte wohl sein, sich künstlerisch zu betätigen und dabei den Drang nach Alkohol zu vergessen oder wirksam zu verdrängen. Vielleicht hatte es ihm ein stückweit geholfen.

Längst wird das Übel als Krankheit gesehen und anerkannt. In vielen größeren Unternehmen der Industrie wird, wie ich später von Werksärzten erfuhr, durchaus gezielt ein Auge auf die Mitarbeiter geworfen und es wird jedem Verdachtsfall im Rahmen der ärztlichen Schweigepflicht konsequent nachgegangen.

Prophylaktisch werden zum Arbeits- oder Schichtbeginn in unregelmäßigen Abständen schon am Werkstor Stichproben bei der Eingangskontrolle gemacht. Fällt ein Arbeitnehmer mit zu viel Promille auf, wird er sofort nach Hause geschickt. Den Verantwortlichen in den Unternehmen ist das Sicherheitsrisiko zu groß geworden. Für die Berufsgenossenschaften ist das selbstverständlich auch ein heißes Thema. Die Zeit, in der die Wirkung und der davon ausgehende

Gefahren beim Alkohol unterschätzt wurden, ist „Gott sei Dank" Vergangenheit.

Wer kennt sie nicht, die rauen Männer vom Bau, die noch vor 30 Jahren morgens zum Arbeitsbeginn eine Kiste Bier auf die Baustelle mitbrachten und im Führerhaus des Baggers oder der Planierraupe deponierten. Abends waren die Flaschen geleert und niemanden hatte es gestört, eher amüsiert oder es wurde Achtung gezollt. „Das sind halt ganze Kerle" hörte man schmunzelnd sagen oder sie selbst behaupteten: „Wir sind die harten Männer vom Bau und trinkfest, wir können einen ordentlichen Stiefel vertragen". Letzteres traf unbestritten zu, aber alles ist eine Sache der Gewohnheit.

Dazu ein gängiger Witz. Bauherr zum Arbeiter: „Warum bauen sie eigentlich im Winter nicht weiter?" „Weil bei der Kälte die Bierflaschen platzen würden."

So mancher brüstete sich stolz über sein Stehvermögen. „Nur ein Mann, der richtig saufen kann, ist ein ganzer Kerl", war das verquere Bild im noch patriarchisch geprägten Macho-Zeitalter. Wer denkt da nicht an raubeinige Cowboys in den klassischen Westernfilmen, die literweisen Whiskys saufend sich durch die Kneipen rauften, herumballerten und dazu auch noch begehrte Liebhaber sein durften.

Amüsiert – aber durchaus zwiespältig – sehe ich, wie Gruppen von Auszubildenden vom Bau offensichtlich immer noch vom Flair der guten alten Zeiten träumen oder den alten Vorbildern nacheifern wollen. In Bühl gibt es das KOMZET Bau, ein überregionales Ausbildungszentrum für Bauberufe. In schöner Regelmäßigkeit sieht man freitagnachmittags nach Schulschluss um 14 Uhr, wie die Scharen an Azubis dem etwa fünfhundert Meter entfernten Bahnhof zustreben.

Dort angekommen, ziehen dann vier oder fünf von ihnen los, und jeder besorgt sich im über der Straße und gegenüberliegenden Getränkemarkt einen Kasten Bier. Sichtlich stolz und ein wenig aufgeregt plappernd kommen sie, die vollen Bierkästen auf der rechten Schulter tragend, zum Bahnsteig zurück. Dort stehen sie dann, die jungen Männer in ihrer Arbeitsmontur oder in der traditionellen

Zimmermanns-Kluft, hölzerne Zirkel, Winkel und Zollstock, die berufstypischen Werkzeuge nebst Schultasche neben sich postiert – und manchmal noch ein im Unterricht angefertigtes Werkstück. Die Meute wartet nun gestikulierend und laut diskutierend, bis gegen 15.45 Uhr der Zug einfährt und sie mit dem Rest der Beute einsteigen können und in Richtung Offenburg abfahren. Häufig lassen sie aber den nächsten Regio-Express auch abfahren, steigen nicht ein und sie nehmen stattdessen einen späteren, der eine halbe oder eine Stunde danach einfährt. Das verdiente Wochenende wurde so zünftig eingeläutet oder man hat sich feuchtfröhlich, kameradschaftlich in dasselbe verabschiedet. „Tolle Party", hörte ich schon stark angeheiterte Kadetten lauthals grölen. Wie schön, eine tolle Party auf dem Bahnsteig; ein wirklich fragwürdiges Vergnügen, das aber den Beteiligten sichtbares Vergnügen bereitet, sonst würden sie es nicht Woche für Woche tun.

Rückblickend gesehen sind es nicht nur die vielen anonymen Schicksale, denen ich in den vergangenen Jahrzehnten immer wieder begegnet bin. Sie begegneten mir im näheren und weiteren privaten Umfeld und Bekanntenkreis gleichermaßen. Teilweise waren die Fälle offen erkennbar und oft wurden sie verschämt unter der Decke gehalten. Und sie begegneten mir im Beruf, in dem ich mehr als mir lieb war, immer wieder mit alkoholsüchtigen Kollegen zu tun hatte.

Mehr noch traf ich in über vier Jahrzehnte im seelsorgerischen Auftrag und im Rahmen kirchlicher Aktivitäten auf solch bedauernswert kranke Menschen. Was hatte dazu geführt, warum ist das so gekommen? Die Ursachen waren vielfältig. Oft sind Minderwertigkeitskomplexe die Ursache, eine schwere Kindheit, die unglückliche Ehe oder Stress im Beruf. Das sind nur wenige Gründe, die ich als Ursache ausgemacht habe und sie alle führten in ein seelisches Loch, das irgendwie gefüllt werden musste. Der Seelentröster Alkohol half gewiss einen kurzen Augenblick dazu, ließ das Elend etwas vergessen oder überlagerte es. Nur hinterher fühlten sich die Betroffenen umso schlechter, dem mussten sie entgegensteuern und damit nahm der Teufelskreis seinen unheilvollen Lauf.

Die schon erwähnten Beispiele sind nur exemplarisch, und die Süchtigen gehörten und gehören allen gesellschaftlichen Schichten an.

Dabei geht es mir bei diesen Betrachtungen der vielen Einzelschicksale nicht nur um die betroffene Person. Bemitleidenswert und das ist tragisch, finde ich in den allermeisten Fällen die Familienangehörigen, die zwangsweise involviert sind. Sie haben unter den Auswirkungen am schlimmsten und mehrfach zu leiden und stehen durchweg ohnmächtig daneben.

Da begegnete ich streitsüchtigen Despoten, die nach zu viel Alkohol ihre Familie schlimm terrorisierten. Bei anderen fehlte es ständig an Geld, weil durch die Sucht entweder nicht regelmäßig gearbeitet und somit kein Geld verdient werden konnte, oder ein beachtliches Teil des Einkommens in flüssiger Form durch die Kehle rann. Immer hatte es größten negativen Einfluss auf das Familienleben und den grauen Alltag, wenn ein Mitglied der Familie von so einem Laster sich permanent zu betrinken betroffen war.

Kurz vor meinem 40. Geburtstag orientierte ich mich beruflich neu und begann eine neue freiberufliche Tätigkeit. Fortan war ich für ein mittelständisches Unternehmen in Duisburg als selbständiger Handelsvertreter tätig und in einem großen Gebiet als Fachberater unterwegs, und ich blieb das, bis ich in den Ruhestand ging.

Mit mir begann zur gleichen Zeit ein Kollege aus dem Freiburger Raum, der für das südliche Nachbargebiet zuständig sein sollte. Die Einschulung erfolgte am Firmensitz noch persönlich durch den Firmenchef. Wir reisten Sonntagabend an, und die Produktschulung dauerte von Montag an eine volle Woche bis zum Freitagabend. Der Crash-Kurs begann täglich um 9 Uhr und dauerte ohne nennenswerte Pausen bis gegen 22 Uhr und danach sollten noch einige Hausaufgaben im Hotel erledigt werden.

Bei mir lag ein zeit- und anspruchsvolles Abendstudium zum Betriebswirt noch nicht lange zurück, das über dreieinhalb Jahre ging, und dem folgen dann auch noch ein Dutzend oder mehr hochkarätige Seminare, unter anderem bei der VA Akademie für Führen und Verkaufen und anderen namhaften Unternehmen für Management-, Verkaufs- und Kommunikations-Training. Damit fiel es mir leicht, konzentriert zu lernen. Ich war darin noch geübt und ich hatte keine sonderliche Mühe, den komplexen Inhalt aufzunehmen.

Anders dagegen ging es meinem Kollegen. Abends zeigte er sich mit hochrotem Kopf und die Augen quollen ihm hervor. Zudem stellte ich fest, dass er ein starker Raucher war. Darauf nahm der Firmenchef keine Rücksicht und legte zwischendurch keine Zigarettenpause ein, im Gegenteil, er verabscheute die Qualmerei – und ich übrigens auch. Somit rechnete ich beim Kollegen die sichtbaren Symptome dem Nikotinentzug zu, worunter er leiden musste. „I bin grad gschafft und stond voll nebe mir", (Ich bin fix und fertig und stehe neben mir) jammerte er, nachdem endlich Feierabend war und wir noch auf einen Absacker in der Hotelbar sitzen und uns entspannen konnten.

Wenn wir später ins Ruhrgebiet fuhren, sei es zu Tagungen, Besprechungen oder anderen Anlässen, nahm ich ihn von Offenburg im Auto mit. Dass er oder andere bei mir Rauchen im Auto rauchten, wollte ich nicht haben, dafür gönnte ich ihm unterwegs an einer Autobahnraststätte öfters eine Pause. Erst nach einer gewissen Zeit fiel mir auf, dass er sich während solcher Pausen nicht nur eine oder zwei Zigaretten reinzog, sondern stets auch schnell noch einen oder zwei Cognacs trank.

Danach verging kein Jahr, dann hörte ich, das Unternehmen hat ihn wegen Kundenbeschwerden entlassen müssen. Schon morgens ist er bei den Kontaktpersonen in den Unternehmen mit Alkoholfahne erschien oder er kontaktierte Gesprächspartner betrunken. Mit der Zeit kam ans Licht, dass der Mann ein massives Alkoholproblem hatte und deshalb auch die Ehe in Brüche gegangen war. So etwas ging in der Industrie bei einem Repräsentanten für hochwertige, umweltgerechte Produkte überhaupt nicht. Bei allem Verständnis für menschliche Schwächen konnte die Geschäftsleitung das keinem Kunden zumuten und kündigte den Vertrag.

Leider hatten weder der Firmeninhaber noch der Gebietsverkaufsleiter beim Nachfolger ein glücklicheres Händchen. Auch ihm wurde der Vertrag nach nicht einmal einem Jahr wegen Beschwerden über Alkoholprobleme gekündigt. Der Dritte in diesem Gebiet musste sich später aus dem Kundenkreis manche Story anhören und Spötteleien ertragen. Sowas wie: „Deine ehemaligen Kollegen hatten ja mehr Sprit als Blut im Tank" und andere Sprüche waren zu hören. Schlimmer ist, dass im Verkauf solch ein Negativimage für ein Unternehmen verheerende Folgen haben könnte.

Wie ich später auf Umwegen erfuhr, fand der zuletzt Gefeuerte hinterher auch keine adäquate Beschäftigung mehr. Dafür arbeitete er fortan bei seiner Frau. Sie betrieb am Heimatort einen Kiosk. Ob er da dann ihr bester Kunde wurde?

Insgesamt war ich über 27 Jahre Repräsentant der Duisburger Firma, und in der Zeit lernte ich anschaulich kennen, was richtig, exzessiv zu trinken bedeuten kann – um nicht „saufen" zu sagen – und was mancher Zeitgenosse zu konsumieren imstande war.

Regelmäßig fanden jährlich im Frühjahr und im Spätherbst Tagungen statt, und im Herbst war das noch mit der Weihnachtsfeier und diversen Ehrungen verbunden. Zu diesen Anlässen waren wir immer mindestens drei Tage zusammen. Zwischendurch traf sich außerdem die Außendienstmannschaft oder Einzelgruppen noch mal da, mal dort in Hotels zu diversen Seminaren, Verkaufsschulungen und sonstigen betrieblich bedingten Meetings, wie es heute auf neudeutsch heißt.

Die Veranstaltungsorte waren also nicht immer nur in Duisburg, sondern in unterschiedlichsten Regionen Deutschlands. Sie fanden dann in typischen Tagungshotels statt, wie sie für Geschäftsreisende überall zu finden sind.

Nach Tagungsende saßen wir abends im Kollegenkreis im Hotelrestaurant noch zusammen oder wir suchten andere Lokalitäten auf, tauschten Erfahrungen und plauderten über „Gott und die Welt". Zumindest ein spezielles Thema durfte nie fehlen und gab ausreichenden Gesprächsstoff her, das war natürlich Fußball. Dabei staunte ich immer wieder, welche Experten wir unter uns hatten. Und wenn dann dieses Thema ausgelutscht war, dann ging es um Frauen und Sex und auch da war so mancher „Frauenversteher" in unserer Mitte.

Wenn wir am Firmensitz in Duisburg zusammenkamen, war zwischendurch immer ein geselliger Abend Teil des Programms. Neben den Kollegen des Außendienstes, der Führungs- und Verkaufsmannschaft, waren dann die Mitarbeiterinnen und Mitarbeiter auch aus der Verwaltung und Fertigung dabei.

Für solche Mitarbeitertreffen stand unser Unternehmen nicht alleine, sie sind allgemein gängig. Das legere, gesellige Zusammensein hat durchaus betriebswirtschaftlich seinen tieferen Sinn. Es soll zusammenschweißen, die Teamarbeit fördern und trägt so letztendlich zum gemeinsamen Erfolg eines Unternehmens bei.

Neben der Weiterbildung waren Informationen über betriebliche Angelegenheiten, personelle Gründe oder Veränderungen in der Geschäftsleitung und im Konzern Anlässe zu solchen Treffen. Und das ist durchaus wünschenswert, damit die Botschaft schnell und offiziell alle erreicht. Ein anderer Grund ist, dass sich die Beschäftigten und Verantwortlichen gegenseitig und untereinander persönlich besser kennenlernen und eine engere Bindung zum Unternehmen entwickeln können.

Für uns im Außendienst beschränkten sich die Kontakte sonst im Alltag allenfalls auf den telefonischen Austausch mit der Verkaufsabteilung, Gesprächen mit den Führungskräften oder dem Geschäftsführer. Kurz vor dem Jahrtausendwechsel und Milleniumsjahr bekamen wir alle firmeneigene Computer auch für zu Hause oder im eigenen Büro und seitdem lief die Kommunikation überwiegend online am Bildschirm und mittels E-Mails. Auf diesem Wege standen uns außerdem abends tagesaktuell die Zahlen auf dem Rechner zur Verfügung.

Bei den Treffen in Duisburg, war die Location für die Abendveranstaltung wiederholt in einer der urigen Hausbrauereien, welche die Ruhrgebietsstadt dem durstigen Konsumenten zu bieten hat. Eine von ihnen lag nahe zum Unternehmenssitz und direkt in der Fußgängerzone. Das vereinfachte es uns, wir konnten vom Unternehmer oder vom Hotel gleichermaßen bequem zu Fuß dorthin gehen und später, wenn ich genug hatte, die Gesellschaft verlassen und unabhängig ins Hotel zurückkehren. Fand die Veranstaltung in einem Biertempel außerhalb in einem weiter entfernten Stadtteil statt, brachte uns ein gecharterter Bus dorthin. So bestand für die Teilnehmer hinter keine Gefahr, wegen zu viel Promille den Führerschein zu gefährden. Und diese Vorsorge war bei einigen von uns wirklich berechtigt und angebracht.

Ein reichhaltiges Essen vom gut sortierten und bestückten Buffet gehörte dazu. „Ohne Mampf kein Kampf", war die Devise des Chefs und er forderte alle auf, ordentlich zuzugreifen. Das gab dem Magen eine gute Grundlage, und natürlich wurde dabei in den Biertempeln offenes Bier aus der eigenen Herstellung ohne Limit ausgeschenkt. Frisch gezapft schmeckte es tatsächlich auch am besten und sowohl ein dunkles, als auch die hellen Biere waren gleichermaßen erfrischend und süffig. Mehrere attraktive Mädchen der Bedienungsmannschaft sorgten zudem dafür, dass kein Gast lange mit leerem Glas stehen musste. Böse Zungen würden behaupten, „sie drängten uns die vollen Gläser geradezu auf." Da war „Umsatz machen" deren erklärtes und legitimes Ziel.

Während so einem Treffen wurde in der überschäumenden Bierlaune eine Schnapsidee geboren. Einer der Verkäufer-Kollegen kam auf den glorreichen Einfall und sammelte rundum Geld ein. Er warb mit dem Hintergrund, eines der attraktiven Mädchen zu überreden, für den eingesammelten Betrag sich „Oben ohne" zu zeigen. Ruckzuck lagen dafür über 200 Euro im Hut. Doch er hatte sich verrechnet, das Mädchen blieb standhaft, nahm das Angebot nicht an und hatte sich nicht barbusig gezeigt.

Bei der Verabschiedung bekamen dann die Bedien-Crew zusammen 100 Euro als Trinkgeld. Zum Rest legte anderntags die Geschäftsleitung noch etwas drauf, und eine Abordnung brachte den Betrag dem in der Nachbarschaft zur Verwaltung direkt gegenüber liegenden Kindergarten. Natürlich waren die Erzieherinnen über den unerwarteten Geldsegen und die Spende überrascht und erfreut. Er sollte ihnen für neue Spielsachen dienen, die sonst das normale Budget nicht hergegeben hätte. So hat diese „Schnapsidee" noch etwas Sinnvolles bewirkt.

Doch zurück zum eigentlichen Thema. Wer wie ich diszipliniert auf die getrunkene Menge achten wollte und musste, hatte schlechte Karten und tat sich schwer. Der Überblick ging mit der Zeit schnell verloren. Nicht ausschließen will ich, dass der Alkoholgehalt der hauseigenen Biere etwas geringer war, wie allgemein aus der Flasche. Nach den von mir ohne Beschwerden konsumierten Mengen muss ich sogar sicher davon ausgehen. Rückblickend gesehen kann ich festhalten, ich hatte hinterher nie Magenbeschwerden oder einen Brummschädel und somit hatte ich die Sache immer gut im Griff.

Gerade bei solchen Anlässen verhielt ich mich bei der Getränkemenge bewusst zurück. Ich wusste ja, wie es ausgehen könnte. Spätestens nach vier oder fünf Gläsern Bier ging ich zum Rotwein über, und zumindest einen aus der Pfalz bekam ich sogar in diesen Kult-Biertempeln. Nach maximal zwei Vierteln war dann aber endgültig Schluss. Anschließend trank ich nur noch Mineralwasser, bis uns der Bus gegen 1 Uhr endlich zurück zum Hotel fuhr. Dann verzog ich mich sofort in mein Zimmer, während die Mehrheit der Kollegen sich noch an der Hotelbar trafen und dort bis weit in die Morgenstunden weiter zechten.

Wenn ich mir in diesem Kreis vergegenwärtigte und registrierte, was Einzelne so konsumieren konnten, überraschte mich das stets aufs Neue. Es schien mir unglaublich, welche Mengen Bier und Schnaps insbesondere die Westfalen bei solchen Anlässen verkonsumieren konnten.

Bei einer Weihnachtsfeier zählte ich einmal 35 Glas Bier, die einer meiner Tischnachbarn über die Stunden geleert hatte und obendrauf noch mindestens zehn Korn. Auf meine erstaunte Frage: „Wie schaffst du es denn, solche Mengen zu trinken und verträgst das auch noch ohne Alkoholvergiftung?", war seine unspektakuläre Antwort: „Das läuft doch gerade so durch." Relativiert wurde die Menge nur durch den langen Zeitraum, über die sich solche Veranstaltungen hinzogen, die manchmal von 18 Uhr bis gegen 3 Uhr in der Nacht andauerte.

Unwillkürlich fällt mir dazu ein Witz ein: Sturzbetrunken schießt ein Mann quer durch die Kneipe, kann sich gerade noch am Tresen festklammern und verlangt lautstark: „Ein Bier und einen doppelten Schnaps." Der Wirt zapft ihm das Bierchen und stellt es vor ihn hin. „Was'n los? Wo bleibt der Schnaps?" „Nee, nee, mein Lieber", schüttelt der Wirt den Kopf, „Schnaps kriegen sie keinen mehr." „Was denn", schimpft der Gast los, „soll ich das Bier vielleicht trocken runter würgen?"

Bei den Einladungen, verbunden mit einem opulenten Essen und allen Getränken ohne Limit, erinnerte ich mich gerne daran, was die Schwaben so treffend dazu formulieren: „Me glaubt gar net, was in ein neigoht, wem'r eiglade isch – un wenn de Buckel doch bloß au no Ranze wär!" (Man glaubt nicht, was man vertragen kann, wenn man eingeladen ist – und wenn der Buckel doch nur auch Bauch wäre).

In früheren Jahren und noch unter der Ägide des Firmengründers, war es gängige Sitte, dass der Chef bewusst den Getränkekonsum reizte, gewürzt mit einem Dutzend Korn, Aquavit, Grapa oder Obstler. Er ging dabei sehr subtil vor und lud immer wieder aus irgendeinem Grund zu einer neuen Runde ein.

Der „echte Sohn des Ruhrgebiets" hatte ursprünglich Bergbau studiert und als Student auch unter Tage eine Zeitlang gearbeitet. Im Berg ist es bekanntlich heiß und staubig. Vielleicht hat ihn diese Zeit trinkfest werden lassen. Jedenfalls gehörte er fraglos zu der Art Spezies, die Unmengen an Bier und Schnaps trinken und das ohne sichtbare Ausfälle wegstecken konnte. Dann zählte er nebenbei auch noch zum Präsidium eines Bundesliga-Vereins, und da muss man offensichtlich auch ein gutes Standvermögen besitzen.

Wie er später einmal verschmitzt und unter der Hand verriet, nützte er seine Qualitäten gerne bei solchen Gelegenheiten bewusst aus, um die Moral der Außendienstmannschaft zu testen. Auf diese Weise wollte er herausfinden, wer und wie am Tag danach wieder voll „auf der Platte" ist.

Sein Plan mag uns vielleicht etwas hinterhältig erscheinen, die Vorgehensweise war vielleicht auch moralisch nicht völlig in Ordnung, hatte aber durchaus nachvollziehbare Gründe.

Nach den Abendveranstaltungen standen tags darauf immer elementar wichtige Themen auf der Agenda. „Wenn meine Mitarbeiter bei solchen Anlässen unter Beobachtung schon undiszipliniert sind, dann sind sie es erst recht zu Hause im Verkaufsgebiet, dort wo sie keiner kontrollieren kann", war seine schlitzohrige oder auf Erfahrung beruhende Begründung. Dazu muss man sich vergegenwärtigen, vor der Jahrtausendwende gab es noch kein GPS in Geschäftsfahrzeugen, anhand dessen Signal verfolgt werden kann, wann morgens das Auto bewegt, der erste Kunde angefahren, wie lange der Mitarbeiter tagsüber seiner Beschäftigung nachgeht oder „die verkaufsaktive Zeit", wie es heute formuliert wird, tatsächlich optimal ausnützt wird.

„Wer saufen kann, der kann auch schaffen", war sein Motto und das meinte er mit vollem Ernst. Wenn es anders lief, da verstand er weder Spaß noch Rücksicht. Das wurde uns einmal bei einer mehrtägigen Veranstaltung in einem Hotel an der niederländischen Grenze deutlich. Wir wurden dort unmittelbare Zeugen, welche Konsequenz ein undiszipliniertes Verhalten haben konnte.

Ein langer und unterhaltsamer Kegelabend war vorausgegangen und wieder floss viel Bier und Korn im Kreis der Verkäufer, sowie der Führungsmannschaft. Unter den Teilnehmern waren immer wahre Unterhaltungskünstler und wortgewandte Witzeerzähler, da ging es hoch her. Morgens war dann ein Teilnehmer aus dem Stuttgarter Raum nicht zum Tagungsbeginn erschienen. Und auch nach mehreren ultimativen Weckanrufen des Gebietsverkaufsleiters war der Mann nicht aus dem Bett zu bringen. Später erfuhren wir den Grund für seine nicht nachvollziehbare Haltung oder Nachlässigkeit, die fast schon einer Provokation glich.

Nach der ausschweifenden Zecherei am Abend begab sich die Mehrheit gegen 2 oder 3 Uhr auf ihre Zimmer. Einige Unermüdliche dagegen, und zu ihnen gehörte der besagte Kollege, zog es noch an die Hotelbar. Bei dieser Gelegenheit suchte er zur morgendlichen

Stunde noch weibliche Gesellschaft und hatte in seiner charmanten, gewinnenden Art auch Erfolg. Obwohl er verheiratet war, war er uns längst als arger Schwerenöter bekannt. Seine Libido ließ nicht zu, einen Tag zu beenden, ohne sich noch beim Sex zu entspannen.

Sehr spät oder konkret: „Morgens gegen 5 Uhr" landete er mit einer Dame im Bett. Wie hätte er da um 9 Uhr im Auditorium präsent sein können? Der sich gerne als Patriarch gebende Chef kündigte ihm auf der Stelle und entließ ihn fristlos. Ein paar Fehltritte aus früheren Zeiten belasteten allerdings da schon sein Verhaltenskonto. Das war vielleicht nun nur noch das bewusste „Tröpfchen, das das Fass zum Überlaufen brachte."

Ein anderer Kollege aus dem Süden fuhr sonntagabends mit dem Auto in Begleitung seiner Frau zu einem in der Region bekannten Restaurant der gehobenen Kategorie. Vielleicht hatten die beiden einen besonderen Grund zu feiern, wer weiß? Sie gönnten sich jedenfalls ein gutes Essen und dazu gehörten auch passende Getränke und das war kein alkoholfreies Weizenbier.

Nach dem gemütlichen Abend trat das Ehepaar gegen Mitternacht die Heimfahrt an. Direkt vor der Haustüre erwartete sie die Polizei und bat zur Alkoholkontrolle. „Dumm gelaufen". Er hatte wohl ein Glas zu viel getrunken. „Die müssen mich gezielt erwartet haben, möglicherweise hat mich auch jemand verpfiffen, der mich auf dem Kicker hatte", empörte er sich bei uns über das ärgerliche Missgeschick. Der Führerschein wurde ihm für ein Jahr entzogen und dazu bekam er eine saftige Geldstrafe aufgebrummt.

Durch einen TÜV-Test konnte er das Jahr um ein Viertel verkürzen. Für die verbleibende Zeit musste er aber einen Rentner engagieren, der ihn von Montag bis Donnerstag zu den Kundenbesuchen fuhr. Nur so verhinderte er eine Kündigung und den Verlust seines Jobs. Der Fahrer kostete ihn monatlich 1200 Mark. Nun war es ein Vorteil, dass er ein erfolgreicher Verkäufer war und die monatlichen Provisionen diese Zusatzkosten durchaus hergaben; schmerzhaft oder ärgerlich war es trotzdem.

Dies sind nur zwei Einzelfälle, aber symptomatisch für ein weit verbreitetes Problemfeld. Auffallend ist für mich nur, dass es trotz aller prophylaktischen Maßnahmen in den Betrieben noch so viele „schwarze Schafe" geben kann. Im Außenbereich großer Unternehmen finden sich am Straßenrand und in den Abfalleimern auffallend viele leere Flachmänner, kleine Weinbrandflaschen von Chantré und anderen Marken, Korn, Magenbitter und dergleichen, mit 0,1 Liter bis 0,3 Liter Inhalt. Es finden sich Miniflaschen der Marke Underberg, Jägermeister und andere. Sie sind alle in genau der Größe, die es leicht machen, sie in der Hosen- und Jackentasche der Arbeitskleidung mitzuführen.

Für Kioskbetreiber an den Bahnhöfen sind diese Käufer gute Kunden und willkommene Umsatzgaranten. Täglich gehen die Kleinflaschen zu Dutzenden über die Theke. Daraus lässt sich schließen, dass viele Arbeitnehmer tagsüber einfach – selbst im Hinblick aller Kontrollen – einen „inneren Anschub, ein Doping brauchen".

Mit schöner Regelmäßigkeit sehe ich so ein exemplarisches Beispiel, einen Arbeiter eines Industrieunternehmens in der Nähe, der es nach Feierabend mit dem Fahrrad gerade noch schafft, die etwa 500 Meter entfernte Bahnunterführung anzusteuern. Dort sitzt er dann im Sichtschatten der Straße auf einer Betonbrüstung, leert eine Flasche Bier und trinkt zwei kleine Chantré. Praktisch erweist sich für ihn, er kann das Leergut sofort im daneben hängenden Mülleimer entsorgen. Danach setzt er die Heimfahrt mit dem Fahrrad fort. Es ist dabei schon möglich, dass er unterwegs noch einmal pausieren muss oder eine Kneipe ansteuert, bevor er zu Hause ankommt. Vielleicht getraut er sich nur so, unter die Augen seiner Frau zu treten oder er muss tatsächlich den Frust des Arbeitstages auf diese Weise herunterspülen.

Ein anderer schafft es, noch im Arbeitsoutfit, etwas weiter zu kommen. Er steuert täglich nach der Arbeit zielstrebig die bequemeren Sitzbänke am Omnibusbahnhof an. Dort sitzt er dann über die nächsten Stunden beim Umtrunk mit anderen. Zu seiner Unterhaltung kommen weitere „Saufkumpanen" dazu, von denen zwischendurch einer von ihnen in den nahen Handelshof gehen muss, um dort Nachschub zu besorgen.

Andere wiederum sehe ich, wie sie nach Feierabend schnurstracks der nächsten Tankstelle zustreben und sich dort mit Dosenbier und sonstigen Spirituosen eindecken. Noch auf dem Gelände öffnen sie mit zitternden Händen die erste Büchse und füllen gierig den Alkoholpegel auf. Das war höchste Zeit, denke ich so bei mir, denn der süchtige Körper forderte unbarmherzig seinen Tribut.

Was man in den Unternehmen tun kann, das hat man sicher erkannt und umgesetzt. Betrachten wir nur einmal die übliche Praxis der Geschäftsessen. Vor 30 Jahren kalkulierte man bei wichtigen geschäftlichen Kontakten zum Mittagessen durchaus 2 bis 3 Stunden ein. Während oder nach dem Essen wurden wichtige Dinge besprochen und nebenbei ganz selbstverständlich Wein oder Bier getrunken. Zum Abschluss durfte, neben einer guten Zigarre, ein edler Cognac nicht fehlen. Ein Geschäftsessen war bei wichtigen Kundenkontakten unverzichtbar.

Heute finden sich solche Rituale kaum noch oder so gut wie nicht mehr statt. Wenn, dann trifft man sich vielleicht noch in der Betriebskantine oder allenfalls werden abends wichtige Geschäftspartner in ausgewählte Lokale ausgeführt, sehr zum Leidwesen der Gastronomie, denen der entgangene Umsatz fehlt.

Mein Cousin – einst ein hochdekorierter Koch und Hotelbesitzer – beklagte das einmal so: „Früher war unser Haus regelmäßig für Geschäftsessen ausgebucht und ein Menü zum Preis von über 90 Mark war normal. Das gehörte zum guten Standard und man wollte ja nicht knauserig sein. Über den Preis wurde nicht einmal diskutiert. Heute wünschen sich die Gäste am liebsten ein Tellergericht für 10 Euro. Da kann ich ja gleich Mac-Donalds-Gerichte anbieten."

Hintergrund für diesen Trend sind einerseits die Einschränkungen des Finanzamts in der steuerlichen Behandlung der Spesen, andererseits der zunehmende Zeitdruck, im Zwang, die Dinge schnell zum Abschluss zu bringen. Eben aber auch der Druck zu Einschränkungen beim Alkoholkonsum: „Ich muss ja noch fahren", das versteht und akzeptiert jeder. Da machen nicht einmal die Franzosen eine Ausnahme, bei denen ein Mittagsmenü und dazu einen gehaltvollen Rotwein noch einen deutlich höheren Stellenwert hat. Die

Strafen für ertappte Fahrer mit Alkohol sind aber noch drastischer als bei uns in Deutschland.

Dann bieten sich heute zunehmend kostengünstige Alternativ-Methoden durch Telefon- und Video-Konferenzen an. Das sind Zeit- und Fahrtkosten sparende Möglichkeit, und niemand muss hinterher um seinen Führerschein fürchten. Dafür haben die Promotion-Spezialisten andere Felder aufgetan. Modern ausgerichtete Kaufhäuser und Konsumtempel weltweit agierender Ketten locken mit Wohlfühl-Shopping. Da kursieren Slogans wie: „Das gönn' ich mir, das bin ich mir wert". Oder „Nur für mich". Dem Kunden werden Häppchen geboten und ein Glas (oder mehrere) Champagner gereicht. Damit verspricht das Haus sich ein positives Klima, ein Wohlfühlklima, mit dem Ziel, der Kunde soll mehr und teurer einkaufen, als er ursprünglich beabsichtigt hatte. „Ich fühl mich wohl, mir geht es gut", ist der neue Götze. Zur Hose soll der Kunde auch noch ein Hemd und einen modischen Gürtel mitnehmen. Der ordinäre Einkauf lebensnotwendiger Dinge wird zum Shopping, zum Event, es soll ein Freizeiterlebnis sein und dem Konsumenten Spaß machen. Wir leben gegenwärtig in einer ausgeprägten Event- und Konsum-Gesellschaft, gepaart mit einem bedenkenlosen Wegwerf-Verhalten. Oder sich das im Fahrwasser der gegenwärtig heiß gelaufenen Klimaveränderungsdebatte einmal ändern wird, ist sehr fraglich. Da muss garantiert erst eine neue Generation heranwachsen, die nicht mehr vom unbarmherzigen Virus des „immer mehr", „immer weiter", „immer schneller", „immer teurer" befallen sein wird.

Lange, lange Zeit ist es her, da hatte die Bevölkerung so lange gespart, bis das Geld für die Anschaffung der notwendigen oder gewünschten Möbeln, Textilien und dem übrigen Hausrat zusammen gekommen war. Das Angeschaffte sollte dann für ein ganzes Leben dienen und möglichst auch noch weitervererbt werden können. Heute feiert die Kurzlebigkeit eine goldene Zeit und „Kaufen soll Spaß machen, soll ein Erlebnis ein", und da gehört Alkoholgenuss als Stimmungsmacher nun einmal zwingend dazu. Das macht locker, das macht beschwingt, wer will sich da dann noch zurückhalten?

Kellerbesichtigung im Affentaler Weinkeller, Bühl

7

Menschliche Tragödien infolge Alkoholsucht

Die Folgen der körperlichen Abhängigkeit vom Alkohol sind in allen gesellschaftlichen Schichten zu sehen und anzutreffen. Sie sind weiter verbreitet als allgemein vermutet werden darf. Die Auswirkungen dagegen sind überall die Gleichen. Zu erkennen sind sie allerdings nicht immer sofort auf den ersten Blick. Wer aber sensibilisiert ist, erkennt schnell die typischen Symptome.

Wird ein gewisser Level überschritten, folgt ein schmerzlich tiefer Fall. Je höher die Position im öffentlichen Leben oder im Beruf ist, umso tiefer ist der unvermeidliche Absturz ins gesellschaftlich Bodenlose.

Schon viel wurde untersucht, geschrieben und diskutiert, im Hinblick, ob Alkohol dauerhafte Schäden im Gehirn verursacht oder nicht. Dazu gibt es eine Menge Studien, aber keine eindeutigen Ergebnisse. Möglicherweise und wahrscheinlich ist, der Einfluss auf den Einzelnen ist unterschiedlich und hängt von vielerlei Faktoren ab. Kurz gesagt, der eine verträgt dauerhaften oder unmäßigen Alkoholkonsum besser, der andere nicht. Allgemein ist man sich heute dennoch einig: „Alkohol ist sanfter zu den Nervenzellen als früher befürchtet." Der Genuss tötet keine Gehirnzellen, sondern stört lediglich zeitweise ihre Kommunikation untereinander. Dadurch verlangsamt er unser Denken, aber nur für die Zeit, solange der Rausch nachwirkt. Schlimmer dagegen sind die indirekten Folgen auf viele andere Organe.

Ein Alibi ab jetzt ungehemmt trinken zu dürfen, ist es trotzdem nicht. Auf Dauer schadet Alkohol dem Gehirn wie gesagt indirekt, zum Beispiel über eine geschädigte Leber oder einen Vitamin-B1-Mangel.

Ein anderer Aspekt kann da schon entscheidender oder nachhaltig negativ sein. Wird nämlich das Gläschen Champagner bei einer Feier oder das Glas Bier, der prämierte Wein im geselligen Kreis eher toleriert und gepflegt, wirkt dagegen die erkannte Sucht auf das Umfeld abstoßend, führt den Betroffenen unweigerlich in die Isolierung. Folgen des Alkoholismus aus medizinischer Sicht:

Was versteht man unter alkoholbedingtem Kleinhirnschwund?

Der alkoholbedingte Kleinhirnschwund ist eine Folge der chronischen Alkoholkrankheit. Man versteht darunter den Verlust von Nervenzellen in einem bestimmten Gehirnareal, dem Kleinhirn, der durch die giftige Wirkung des Alkohols entsteht.

Zu den typischen Beschwerden wie Stand- und Gangunsicherheit kommt es meist innerhalb weniger Wochen oder Monate.

Wie entsteht der alkoholbedingte Kleinhirnschwund?

Neben der direkten Zerstörung der Nervenzellen durch den Alkohol spielt ursächlich wahrscheinlich auch eine vitaminarme Mangelernährung eine Rolle, die oft begleitend zum langjährigen Alkoholmissbrauch besteht. Besonders das Fehlen von Vitamin B1 (Thiamin) wird als zusätzlicher Faktor für die Ausbildung einer Kleinhirnschädigung verantwortlich gemacht. Dieser Zusammenhang ist allerdings wissenschaftlich bisher nicht zweifelsfrei belegt.

Wie ist das Gehirn aufgebaut?

Das Gehirn wird in drei Bereiche mit verschiedenen Funktionen eingeteilt: das Großhirn, das Kleinhirn und den Hirnstamm.
Im Hirnstamm liegen die Bereiche für die Regulierung der lebensnotwendigen, unbewusst ablaufenden Körperfunktionen, die sogenannten Vitalfunktionen. Hierzu gehören die Atmung, der Herzschlag und die Körpertemperatur.

Das Großhirn ist der größte Teil unseres Gehirns. Von hier gehen alle sogenannten mentalen Funktionen aus (das heißt: Funktionen, die den Geist betreffen), einschließlich der Bewegung, der Sprache und der Sinneswahrnehmungen, zum Beispiel des Sehvermögens. Das Kleinhirn (Cerebellum) ist der zweitgrößte Anteil des Gehirns. Es liegt in der hinteren Schädelgrube. Seine Hauptaufgaben sind die Koordination der bewussten Muskelfunktionen, die Steuerung des Gleichgewichts beim Gehen und die Koordination der Sprache.

Wie äußert sich der alkoholbedingte Kleinhirnschwund?

Durch den Schwund der Nervenzellen im Kleinhirn können diese ihre Aufgaben nicht mehr ausführen. Daher beobachtet man: Unsicherheiten beim Stehen und Gehen: Zunächst breitbeiniger, schleudernder, später torkelnder Gang

Schwierigkeiten, gezielte Bewegungen auszuführen

Probleme, gegensätzliche Bewegungen auszuführen (Bewegungen in verschiedene Richtungen) Zittern zum Beispiel der Hände beim Versuch, ein Glas zu nehmen (Intentionstremor), oder verzitterte Schrift Schlaffheit der Muskulatur durch eine gestörte Muskelspannung Sprech- und Sprachstörungen, Beeinträchtigungen des Sprachablaufes treten erst im späteren Verlauf ein.

Langjähriger Alkoholmissbrauch schädigt auch viele weitere Organe des Körpers. Denn reiner Alkohol ist ein starkes Zellgift. Die Nahrungsverwertung und die Verdauung sind durch chronische Entzündungen der Bauchspeicheldrüse (Pankreatitis) und die fortschreitende Schrumpfung der Leber (Leberzirrhose) gestört. Daraus kann eine Mangelernährung resultieren, die wiederum die für das Nervensystem giftige Wirkung des Alkohols verstärkt und so für eine Beschleunigung des Abbaus von Hirnsubstanz sorgt.

Wie wird der Kleinhirnschwund festgestellt?

Ein ausführliches Gespräch über die aktuellen Beschwerden, mögliche Vorerkrankungen und die Lebensweise (zum Beispiel langjähriger Alkoholmissbrauch) des Betroffenen sowie eine gründliche neurologische Untersuchung wecken beim Arzt bereits den Verdacht auf einen alkoholbedingten Kleinhirnschwund. Mithilfe von Tests des Koordinationsvermögens und des Gleichgewichts sowie anderen neuro-psychologischen Untersuchungen kann der Arzt das Ausmaß der Hirnschädigung abschätzen. In einer Blutuntersuchung wird unter anderem der Vitamin B1-Spiegel bestimmt. Es werden weitergehende Untersuchungen zur Abklärung anderer alkoholbedingter Organschäden durchgeführt.

Mittels der Computertomografie wird die Diagnose gesichert, dort erkennt man den Schwund von Kleinhirngewebe. Bei der Betrachtung des geschädigten Kleinhirngewebes unter dem Mikroskop lässt sich der Verlust charakteristischer Kleinhirnzellen (Purkinje-Zellen) erkennen, die durch den Alkohol zerstört wurden.

Welche Behandlungsmöglichkeiten gibt es?

An erster Stelle steht der sofortige Verzicht auf Alkohol und die Behandlung der Alkoholkrankheit. Unterstützend wird ein Therapieversuch mit Vitamin B1 unternommen. Im Verlauf ist eine ausgewogene Ernährung und begleitende Physiotherapie sehr wichtig.

Wie ist die Prognose?

Der Verlauf der Erkrankung hängt vom weiteren Trinkverhalten ab. Nur der völlige Verzicht auf Alkohol kann den fortschreitenden Verlust an Hirnmasse aufhalten. Hirnzellen, die einmal abgestorben sind, können sich nicht oder nur in ganz geringem Maße wieder erholen. Bei völligem Verzicht auf Alkohol bessern sich die Beschwerden allerdings bei vielen Betroffenen oder verschwinden sogar vollständig innerhalb nur eines Jahres. Trinkt der Betroffene weiter, kommt es zu einer weiteren oft schubförmigen Verschlechterung. [7])

Die Sucht wird noch lange nicht überall und von allen als ernsthafte Krankheit wahrgenommen und gewertet. Die Wenigsten können allgemein auch mit den Betroffenen richtig umgehen. Ohne Frage ist das bei einem Alkoholkranken sehr schwierig, fordert viel Geduld, Fingerspitzengefühl und Einfühlungsvermögen oder besser noch Fachkenntnisse. Ab einem gewissen Stadium ist es für den Laien auch nicht mehr zu ertragen. Eine Abgrenzung und Stigmati-

---

[7]) https://www.tk.de/techniker/gesundheit-und-medizin/behandlungen-und-medizin/sucht/was-versteht-man-unter-alkoholbedingtem-kleinhirnschwund-2024544

sierung hilft da aber auch nicht weiter. Wirklich helfen können dann nur, wenn noch überhaupt, professionelle Therapien.

Nur wenn es einigermaßen gelingt, dem Süchtigen ausreichend Halt zu geben und ihm gegenüber Verständnis zu zeigen, schafft das Vertrauen und eröffnet die Möglichkeiten dahingehend einzuwirken, dass professioneller Rat gesucht und angenommen wird.

Ein für mich prägendes Beispiel war mein Umgang mit einem armen Schlucker während meiner Ausbildung zum Sanitäter bei der Bundesmarine. Zu dieser Ausbildung gehörten Fachlehrgänge zum Krankenpfleger. Sechs Wochen der dreimonatigen Ausbildung – heute würde man sagen: „learning by doing" – absolvierte ich in einer Großklinik nahe Wilhelmshaven, die andere Hälfte im Bundeswehrlazarett in Bad Zwischenahn.

Während ich in der Inneren Abteilung der Klinik eingesetzt war, wurde ein älterer Patient eingeliefert. Ihn hatte man hilflos mit einer Schenkelhalsfraktur gefunden. Der Mann war höchstens so um die sechzig. Schon die unabdingbare sorgfältige Desinfektion vor der Operation stellte für den betrauten Pfleger eine Herausforderung dar. Das Desinfektionsmittel löste eine Schmutzschicht nach der anderen. Da schien sich schon eine echte Lederhaut gebildet zu haben.

Dann lag er bei uns in der Abteilung, eingegipst vom Unterschenkel bis zu Hüfte. Der alte Mann erwies sich dazu nicht nur wehleidig und störrisch, sondern vor allem sehr unbeweglich. Die Pfanne unterschieben, jeder Bettlakenwechsel erwies sich für mich als Herkulesaufgabe.

Erst dabei erfuhr ich, dass man ihn als Obdachlosen nach einem Sturz hilflos im Park aufgefunden hat und der Notarzt oder die Polizei hatten Einlieferung in die Klinik veranlasst. Vermutlich ist er im total betrunkenen Zustand unglücklich gestürzt und zu Fall gekommen.

In der Inneren Abteilung der Klinik herrschte damals für Patienten allgemeines Alkoholverbot. Das galt allerdings nur für normale Kassenpatienten. Ich erwähne es deshalb, weil es auch eine privilegierte Privatabteilung gab. Des Chefarztes und Professor war Spezialist für Meniskusoperationen. Die operierten Patienten waren vorwiegend Fußballspieler aus der Bundesliga oder oberen Ligen. Jeden Dienstag wurden solche Operationen geradezu wie am Fließband durchgeführt.

Nach dem Eingriff wurde zu jener Zeit dem Patienten noch vierzehn Tage strenge Ruhezeit verordnet, die Operierten mussten das Bett hüten und durften nicht einmal auf die Toilette. Mitte der 1960er Jahre wurde die Versorgung der Patienten eben noch anders praktiziert, als das heute der Fall ist.

Die jungen Männer waren ansonsten körperlich vital, hatten unbändigen Hunger und noch größeren Durst. Den Klinikaufenthalt sahen sie vermutlich als willkommene Gelegenheit, hier einmal „die Sau rauszulassen". Täglich ließen sie sich mehrere Kisten Bier aufs Zimmer bringen. Es war ihnen erlaubt Alkohol zu trinken oder sie taten es einfach ungefragt und niemand störte es oder schritt dagegen ein. Dabei übertreibe ich nicht, wenn ich feststelle, die Burschen ließen es richtig krachen.

Die leeren Flaschen flogen danach aus dem Obergeschoss ins angrenzende Wiesengelände. Angeheitert lärmten und krakeelten sie herum und im betrunkenen Zustand wurden sie bei den jungen Krankenschwestern zudringlich. Die jungen Frauen weigerten sich daraufhin die Zimmer zu betreten und schickten uns Matrosen vor. Wir hatten auf diese Weise das fraglose Vergnügen, den knackigen Po der berühmten Persönlichkeiten zu putzen und wir durften die gefüllten Töpfe leeren.

Wie ging es mit dem obdachlosen Clochard in der Inneren Abteilung weiter? Die Ärzte wussten von dessen Suchtabhängigkeit und dass der Patient dringend auf ein täglich gewisses Quantum Alkohol angewiesen war. Sie erlaubten uns Flaschenbier für ihn aus der Krankenhauskantine zu holen, wenn er bezahlen konnte.

Mitte der 60er Jahre des vorigen Jahrhunderts wurden Patienten mit Knochenbrüchen noch deutlich anders behandelt, wie dies heute der Fall ist. Heute sollen die Patienten so schnell wie möglich das Bett verlassen, und es wird unverzüglich mit physiotherapeutischen Maßnahmen begonnen. Man weiß, das fördert die Heilung, bewahrt die Beweglichkeit oder stellt sie wieder schneller her und es beugt einer Thrombosenbildung vor.

Früher verordnete der Arzt strenge Bettruhe. Die tägliche Körperpflege und ein Wechsel der Bettwäsche gestalteten sich für mich in diesem speziellen Fall allerdings sehr schwierig. Der Mann lag nicht nur im Gips, er war schwergewichtig und überaus – ich erwähnte es schon – sehr wehleidig. Nur alleine das Laken im Bett zu wechseln, stellte schon eine große Herausforderung dar. Zur Verhütung von Dekubitus musste ich ihm zudem täglich den Rücken mit medizinischem Alkohol (Franzbranntwein) einreiben.

Die Schwestern konnten das nicht alleine bewältigen und wollten es vielleicht auch nicht, denn recht machen konnte es dem schwierigen Patienten niemand. Also holten sie uns Sanitäter zur Hilfe. Ein Katheter war wohl gelegt, doch mehrmals täglich musste die Bettpfanne untergeschoben werden und spätestens am Nachmittag stand eine Bauchpunktion an, mit der angesammelte Körperflüssigkeit entfernt werden musste.

Bis dahin hatte sich sein Bauch schon extrem aufgebläht und war schmerzhaft angeschwollen. Bei jeder solcher Punktion entnahm ihm der Arzt eine Waschschüssel gefüllt mit der Körperflüssigkeit. Vermutlich arbeiteten die inneren Organe nur noch sehr eingeschränkt und demzufolge sammelte sich so viel Flüssigkeit im Bauchraum an.

Vierzehn Tage hatten wir ihn schon auf der Station und mit ihm mehr Mühe, wie uns lieb war. Eines Vormittags hatte ich ihn bis zum Mittag schon zweimal körperlich reinigen und immer auch ein neues Laken im Bett einziehen müssen. In beiden Fällen hatte er gewollt oder ungewollt versäumt rechtzeitig zu klingeln, damit ich hätte die Pfanne unterschieben können. Vielleicht bekam er das im Delirium nicht einmal mit oder es war ihm gleichgültig.

Beim zweiten Mal hatte ich schon einen „dicken Hals" und war „im roten Bereich". Zudem dauerten der Wäschewechsel und die Reinigung längere Zeit und ging über den Beginn meiner eigentlichen Mittagspause hinaus. Das alleine war schon mehr als ärgerlich. Zum Mittagessen wurden wir im Lehrgang aber mit dem Bus in die Kaserne gefahren und weil es wegen der Verzögerung länger dauerte, bis ich endlich beikam, mussten die Kameraden auf mich eine Viertelstunde bis zur Abfahrt des Busses warten. Diese Zeit ging von unserer Pause ab und entsprechend „freudig" wurde ich von allen empfangen. Da verstand keiner einen Spaß und mit dem Kameradschaftsgeist war es da nicht weit her. Ich konnte das später nur mit einer Runde Bier wiedergutmachen.

Noch störender empfand ich aber, dass ich den schlimmen Geruch während der Säuberungsaktion in der Mittagspause nicht mehr der Nase bekam, und ich versichere, die Duftnote eines Alkoholikers hatte eine besondere Qualität.

Wie sehr ich unter solchen Situationen litt – es blieb beileibe nicht die einzige – will ich daran deutlich machen, dass ich bei meinen eigenen Kindern später nie die Windeln gewechselt habe. Diesen Part überließ ich ganz alleine meiner Frau. Ich redete mich öfters damit heraus: „Ich habe im Krankenhaus so viele Hintern geputzt und Nachttöpfe geleert, das reicht für zwei Leben."

Nach der Mittagspause wurden wir mit dem Bus wieder zur Klinik gefahren, und kaum war ich auf der Station, sah ich schon wieder beim bewussten Krankenzimmer die rote Signallampe leuchten. Mir schwante böses und tatsächlich fand ich den Mann im gleichen Zustand vor, wie es vor der Mittagspause war. Nun platzte mir der Kragen. Mit etwas lauterer Stimme machte ich deutlich meinem Ärger Luft und ich drohte ihm: „Wenn es jetzt noch einmal passiert, dann schiebe ich dich mitsamt Bett aus dem Zimmer nach draußen auf die Wiese und dort lasse ich dich stehen." „Ich habe dreimal geklingelt, aber die Schwestern kamen nicht bei und da habe ich es nicht mehr halten können", jammerte weinerlich der Mann.

Im Ärger eilte ich zu den Krankenschwestern und wollte dort meinen Frust loswerden. „Ja, der Mann hat wohl zweimal geklingelt, doch jedes Mal war es Fehlalarm und da haben wir das dritte Mal nicht mehr reagiert", entschuldigten sie sich. Die Folge, aus Trotz oder Verärgerung entleerte er sich wieder ins Bett.

Die unangenehme Prozedur begann für mich neu. Mit dem Waschlappen musst ich großflächig den Patienten reinigen, trock-

nen und ich rieb ihm auch gleich noch den Rücken mit Franzbranntwein ein. Erneut wurde meine Nase arg strapaziert und ich musste
aufkommenden Ekel und Würgen im Hals unterdrücken. Das Bett
hatte ich natürlich ebenfalls neu zu beziehen.

Ich bildete mir ein, allgemein zu allen Patienten ein gutes Verhältnis gehabt zu haben, und wir Mariner waren auf den Stationen
beliebt und gerne gesehen. Diesem Mann machte ich aber noch
einmal nachhaltig deutlich: „Auf diese Weise werden wir keine
Freunde." Ich habe keine Entschuldigung gehört und vielleicht auch
kein Verständnis von jemand in seiner Lage erwarten dürfen.

Bei Arbeitsbeginn am nächsten Morgen fand ich den schwierigen Patienten nicht mehr im Zimmer vor. Auf meine Nachfrage
sagten mir die Nachtschwestern: „Der Herr Sowieso ist Exitus; er ist
in dieser Nacht gestorben." Nun tat es mir aufrichtig leid, dass ich
den armen Tropf in seinen letzten Lebensstunden so massiv ange-
gangen bin, gescholten und missmutig behandelt habe.

Fünfzehn Jahre später begegnete ich, neben vielen spektakulären und weniger spektakulären Fällen mit Alkoholabhängigen, einem speziellen Beispiel und da hatte ich geradezu ein Aha-Erlebnis.
Ich war im Kinzigtal seelsorgerisch aktiv, und im Rahmen meiner
kirchlichen Tätigkeit bekam ich einen Anruf aus dem Freiburger
Raum. Ein Vorsteher einer Kirchengemeinde informierte mich, dass
ein von ihm betreuter Gast seiner Gemeinde in der Psychosomatischen Klinik in Nordrach aufgenommen worden sei. Dieses Haus gehörte zu meinem Zuständigkeitsbereich. Er bat darum, ich soll mich
doch bitte um ihn kümmern und selbstverständlich versprach ich
das gerne tun zu wollen.

Die Fachklinik hatte an sich schon eine sehr bewegte Vergan-
genheit und spezielle Geschichte. Das Gebäude erinnert eher an eine
Mittelalterliche Burg. Ursprünglich wurde das Haus von einer Roth-
schild als Sanatorium für an Tuberkulose erkrankte jüdische Frauen
gegründet. Die Nazis konfiszierten das Haus und machten ein „Haus
Lebensborn" daraus, wer weiß, was damit gemeint ist. Nach dem
Krieg wurde es von der französischen Besatzungsmacht zu einem
Haus für Kinder aus unerwünschten deutsch-französischen Verbin-

dungen, es sollten hier „gute Franzosen" erzogen werden. Danach wurde es wieder bis in die 1960er Jahre eine Lungenheilstätte und nachdem die Krankheit ambulant behandelt werden konnte, ein Pflegeheim für psychosomatisch Erkrankte und Behinderte, die zum Teil in einer geschlossenen Abteilung unterbracht waren.

Kurzfristig stattete ich der Klinik einen Besuch ab, meldete mich an der Rezeption und wollte erfahren, wo ich den gewissen Herrn Sowieso finden kann? „Ach den Herrn Professor meinen sie?", gab mir die Dame zu verstehen. „Den finden sie auf Station 3 in Zimmer 25." Spontan ging ich noch davon aus: „Professor", das sei hier sein Spitzname, der ihm aus mir nicht bekannten Gründen im Haus verliehen worden war.

Das genannte Zimmer in einem Trakt der aus mehreren Gebäuden bestehenden Klinik befand sich in der geschlossenen Abteilung. Hier waren vornehmlich sie suizidgefährdeten Menschen, schwer suchtkranke, körperlich und geistig schwerbehinderte untergebracht und verwahrt. Überall rund um das Hauptgebäude im eingezäunten und bewachten großflächigen Areal, sah ich bedauernswerte Menschen herumlungern. Manche lagen einfach auf dem blanken Fußboden, dort sah ich ein mongolides Pärchen beim Knutschen oder Personen einsam in einer Ecke sinnierend und gedankenversunken an der Zigarette saugend. Von betreut konnte bei diesen Patienten keine Rede sein. Mir schien, sie dösten oder dämmerten phlegmatisch einfach so in den Tag hinein.

Aus früheren Besuchen wusste ich überdies, dass das Haus nicht optimal geführt wurde. Auf Schritt und Tritt begegneten mir sichtbare Missstände. Externe Nachforschungen hatten ergeben, die Patienten wurden täglich lediglich mit Medikamenten abgefüllt und ruhiggestellt. Von Therapieren der Kranken konnte zu dieser Zeit und unter der damaligen Leitung keine Rede sein.

Nach einem Brand in einer ebenfalls dem Besitzer gehörenden Klinik bei Pforzheim, bei dem eine ältere Bewohnerin ums Leben kam, griffen die Medien die Missstände auf und machten sie öffentlich. Nach deren Recherchen verwahrten die Verantwortlichen die Kranken schlichtweg nur aus kommerziellen Gründen. Der Besitzer flüchtete daraufhin und wurde kurze Zeit später verhaftet. Es kam zu einem strafrechtlichen Verfahren. Das ist aber eine andere Geschichte.

Mit diesem Hintergrundwissen überlegte ich aber schon: „Was wird mich wohl erwarten?" Den gesuchten Mann fand ich schnell. Er hielt sich alleine in einem Mehrbettzimmer auf. Dort lag er bekleidet auf dem Bett und starrte gegen die Decke. Dagegen herrschte draußen angenehmer Sonnenschein. Es war ein schöner angenehmer Tag und seine Zimmergenossen hatten es deshalb wohl vorgezogen sich bei diesem Wetter im Freien aufzuhalten.

Ich stellte mich vor und überbrachte die Grüße meines Informanten. Mein Besuch löste sichtlich Freude aus, ich wurde herzlich empfangen und begrüßt. Für mich war gleich auf den ersten Blick erkennbar: „Der Mann ist völlig desorientiert." Stockend erklärte er mir dann im Gespräch, wer er ist, was er macht und wo er lebt.

Dabei erfuhr ich eine außergewöhnliche Vita: Geboren und aufgewachsen ist der Professor in Argentinien, hatte unter anderem in Haifa studiert und auch anderswo, war Inhaber des Lehrstuhls für Anglistik an einer bedeutenden süddeutschen Universität und beherrschte perfekt neun Sprachen. Zusätzlich hatte er die alten Sprachen Aramäisch und Hebräisch studiert, in denen sich Jesus zu seiner Zeit unterhalten haben soll.

Warum er zum Alkoholiker wurde, habe ich nicht herausgefunden. Ich kann mir aber vorstellen, dass psychische Probleme oder Depressionen an dem Übel schuld waren oder die Überforderung in seiner Arbeit und Aufgaben. Im Zustand eines körperlichen Desasters hatte man ihn nun hierher in dieses Haus überstellt.

Während er mir seinen Werdegang schilderte, gingen wir nach draußen ins Freie und bummelten langsam durch den weitläufigen Park mit einem alten Baumbestand. Trotz seines Geistes- und Gemütszustandes nahm er sehr wohl wahr, was da um ihn herum vor sich ging und was ablief. Immer wieder machte er mich entrüstet auf Missstände aufmerksam, deutete auf ein behindertes Pärchen, das im Verborgenen sich verliebt gab, dort mit Exkrementen verschmutze Gestalten, die teilnahmslos in einer Ecke auf dem blanken Boden lagen. „You see, show there, this", waren seine in Englisch wiederholten Hinweise, wenn er mich wieder einen bei ihm Anstoß erregenden Fall aufmerksam machen wollte.

Trotz seines verwirrten Zustandes war mir schnell eines völlig klar: „Dieser Kranke und Professor war in diesem Hause eindeutig am falschen Ort und Platz. Hier würde er keinesfalls eine adäquate Behandlung erfahren können." Das teilte ich unverzüglich telefonisch meinem Ansprechpartner mit, der ebenfalls Professor war und über entsprechende Kontakte verfügte.

Es vergingen keine drei Wochen und der Patient in Nordrach wurde in eine andere, eine bessere Klinik verlegt und ich hoffte, er würde dort erfolgreich behandelt werden können. Auf eine dauerhafte Heilung war allenfalls zu hoffen, erschien mir aber eher unwahrscheinlich.

Seinen gegenwärtigen Zustand – trotz seiner Intelligenz und Stellung – empfand ich einfach nur bedauernswert. Warum und weshalb er in diese fatale Situation und in den körperlichen Niedergang geraten ist, habe ich nicht erfragt und werde es auch nie erfahren.

Anders verhielt es sich bei einem weiteren Schicksal, dem ich begegnete. Für mich war dieses Opfer auch nicht weniger bedauernswert. Der Mann hatte sehr jung geheiratet und aus der Ehe ging ein heute erwachsener Sohn hervor. Vielleicht war bis dahin schon einiges auf der Lebensbahn aus dem Ruder gelaufen. Sein Verhältnis zum Vater, später dem Großvater seines Sohnes, war zur Zeit der Heirat bereits zerrüttet, und die Ehe ging auch bald danach in die Brüche.

In dieser Situation suchte er sein Heil und mögliche Chance in der französischen Légion étrangère; bei uns als Fremdenlegion bekannter. Vermutlich entging er so auch den finanziellen Verpflichtungen gegenüber seiner von ihm geschiedenen Ehefrau und seines Sohnes.

Vor Jahrzehnten war der Dienst in der Fremdenlegion wahrlich kein Zuckerschlecken, sondern ausgesprochen hart und geradezu unbarmherzig, wenn nicht brutal und menschenverachtend. Dafür bekamen sie eine neue Identität und entgingen möglichen polizeilichen Verfolgungen im Heimatland. Doch da hineingeraten sahen viele später nur noch einen Ausweg in der Ultima Ratio und beendeten ihr Leben im Suizid, mit Selbstmord.

Die Verrohung, verbunden mit dem erklärten Ziel der Vorgesetzten, dem Untergebenen total den eigenen Willen zu brechen, schürte Furcht und Ängste innerhalb dieser militärischen Institution, wie auch außerhalb. Die Kampfeinsätze des Mannes während der aktiven Dienstzeit trugen sich hauptsächlich auf dem afrikanischen Kontinent zu. Dabei war man auf keiner Seite zimperlich und von Menschenrechten hielten alle wenig oder gar nichts.

Die vertraglich ausbedungene Zeit endete Jahre später. Danach kehrte der Protagonist wieder nach Deutschland zurück. Aus einer finanziellen Abfindung, zusätzlich erspartem und vielleicht sogar bei den Beutezügen erworbenem Geld, verfügte er über ein kleines Vermögen, das jedoch wohlweislich in Frankreich gebunden blieb und so nicht dem Zugriff von Deutschland aus anheimfiel. Mit Sicherheit hatten die deutschen Behörden hierüber nicht einmal Kenntnis oder eine Information, denn hier bezog er staatliche Unterstützung. Nach seiner Verfügung war das Geld sicher angelegt in Frankreich und sollte später seinem Sohn zugutekommen.

Entwurzelt, ohne jegliche Bindung und Betreuung, kam Heinz – nennen wir ihn einmal so – nach Deutschland zurück. Eine Heimat hatte er hier nicht mehr und so landete er schnell auf der Straße.

Über zwanzig Jahre schlug er sich als Obdachloser durchs unstete Leben. Wie er mir schilderte, lebte er sowohl im Sommer als auch in der ungemütlichen Jahreszeit und sogar Winter draußen, also bei Hitze, Regen und Kälte. Ziellos zog er durch die Lande, hauste unter Brücken und in leerstehenden Schuppen und Gebäuden, begleitet nur von seinem treuen Hund. „Das machte mir nichts mehr aus, selbst minus 20 Grad Celsius habe ich weggesteckt und überstanden." Da kann es nach meiner Meinung durchaus sein, dass der Alkohol als Kälteschutzmittel diente, denn Alkohol erweitert die Gefäße. „Alleine draußen zu leben war mir allenthalben lieber, als ins Heim für Wohnsitzlose zu gehen und mich dort aufzuhalten, wo es nur Streit gab und man zuletzt sogar noch bestohlen wurde", ergänzte er noch. Der eigentliche Grund dürfte aber tief gelegen haben, er konnte sich einfach nicht und nirgends anpassen.

So ein Leben ließ sich nur mit einem gewissen Level Alkohol
im Blut ertragen. „Harte Sachen meide ich in der Regel; ich trinke
nur Bier", beschrieb er mir den aktuellen Zustand, und solange der
Alkoholpegel stimmte, konnte man sich mit ihm klar und vernünftig
unterhalten. Typisch ist, der eigene Zustand wird von allen Süchtigen heruntergespielt oder verharmlost, was sie tatsächlich Tag für
Tag konsumiert haben, wurde vermutlich nicht einmal mehr bewusst wahrgenommen.

Durch eine günstige Wendung bekam er eine kleine Altbauwohnung unter dem Dach eines Anbaus in einem heruntergekommenen Mehrfamilienwohnhaus. Von Wohnung im eigentlichen Sinne
konnte keine Rede sein. Die schlichte Behausung – mehr ein besserer Schuppen – hatte zwar Licht, aber keine Heizung. Heizen musste
er mithilfe eines kleinen Gasofens, wie ihn Camper im Wohnwagen
benützen. Doch von diesen Umständen einmal abgesehen, wollte er
keine andere Wohnung haben. Mehrfach wurde ihm angeboten, ins
Haupthaus zu ziehen, wo schon einer seiner Kumpels hauste. Das
lehnte er ab, er wollte bleiben, wo er war.

So lebte er tagaus, tagein zwischen Gerümpel, unsortierten,
ungewaschenen Klamotten und allem möglichen Schrott. Wenn wir
uns zu diversen Gesprächen treffen wollten, wählte ich lieber einen
neutralen Ort. Bekam er beim örtlichen Thai kein günstiges Mittagsmahl, dann ernährte er ausschließlich von Bier. Wie sagt man
landläufig: „Sieben Bier ersetzen eine Mahlzeit – und dann hast du
immer noch nichts getrunken."

Immerhin besaß er schon ein Laptop und telefonierte mit einem Handy. So gesehen lebte Heinz durchaus auf der Höhe der Zeit
und kommunizierte auf diese Weise, wenn der Anschluss wegen
Geldmangel nicht gerade wieder einmal gesperrt war oder die Prepaid-Karte kein Guthaben mehr aufwies.

Regelmäßiges Einkommen bezog er aus Hartz IV und das ist –
wie hinlänglich bekannt – zu wenig zum Leben und zum Sterben zu

viel. Ihm reichte es geradeso aus, um nicht zu verhungern oder zu verdursten. In seinen jungen Jahren hatte er ursprünglich einmal Maler gelernt. Mit seinen Fachkenntnissen führte er gelegentlich im privaten Bereich kleinere Renovierungsarbeiten durch und tapezierte da und dort ein Zimmer oder eine Wohnung. So bekam er manchmal zusätzlich etwas Geld in bar auf die Hand. Reichte es trotzdem nicht bis zum Monatsende, lieh er sich bei mir und anderen etwas Geld oder bekam bei großzügigen Wirten die Getränke auf Pump.

Gewissenhaft beglich er am nächsten Ersten prompt seine Schulden, doch das Geld fehlte ihm dann natürlich im laufenden Monat: „Ein ewiger Teufelskreis des Lebens." Bei allen Widerwärtigkeiten war das für ihn nie ein Problem. Damit hatte er sich arrangiert und kam schlecht und recht über die Runden. Mit Promille im Blut oder einer „rosaroten Brille" sieht man das Leben vielleicht auch etwas gelassener.

Leider kam er mit den Sachbearbeiterinnen im Landratsamt und Arbeitsamt überhaupt nicht zurecht, deren Schikanen er permanent ausgesetzt war. Da ging es ihm wie vielen in einer ähnlichen Situation. Ich meine, hier herrscht viel Frust auf beiden Seiten, und noch mehr dominieren Vorurteile. Der Mensch als Individuum gerät dabei völlig in den Hintergrund. Der Fall ist eine Akte in DIN A 4 und bedeutet Arbeit – vielleicht auch ungeliebte Arbeit – und somit war jeder Fall lästig.

Oft gab ich ihm den Rat: „Sei doch gelassen. Du musst dich mit denen gut stellen, denn du wirst sie noch lange brauchen, vielleicht noch Jahrzehnte. Die machen auch nur ihren Job und wollen ihre Ruhe haben und keine Problemfälle auf dem Tisch." Alles reden half nichts. Sämtliche Behörden waren ihm wie ein rotes Tuch.

Die Sachbearbeiterin des Arbeitsamtes verordnete ihm eine unsinnige Umschulungsmaßnahme nach der anderen, obwohl eindeutig erkennbar war: „Dieser Mann ist nicht mehr in ein geordnetes Arbeitsleben zu integrieren." Das ist verlorenes Geld und vergebliche Liebesmüh, hatte aber offensichtlich auch nur den Sinn und Zweck, für ein paar Wochen seine Akte vom Tisch zu haben.

Erschwerend kam hinzu, die Schulungsorte waren in der Regel bis zu 30 Kilometer von seinem Wohnort entfernt, und die Sachbearbeiterin interessierte es nicht, wie ihr Klient dorthin kommen konnte und ob er gegen Monatsende überhaupt noch das Fahrgeld aufbringen kann. So blieb nicht aus, dass Heinz häufig mit der für ihn zuständigen Sachbearbeiterin über Kreuz und im Clinch lag, mit dem für ihn schlimmen Ergebnis, sie kürzten ihm kurzum wieder einmal das Geld. Die Behörde saß nun einmal am längeren Hebel, was nicht mehr in seinen Kopf ging. Für Wochen saß Heinz dann auf dem Trockenen.

Glücklich war er immer dann, wenn er mir oder anderen bei leichteren Arbeiten irgendwie aushelfen konnte, wenn er gebraucht wurde. Da war er hilfsbereit und gesellig. Eine oder ein paar Flaschen Bier waren ihm Lohn genug. An seinem äußeren Erscheinungsbild durfte man sich auch nicht aufhalten oder gar stören lassen. Wie er daher kam, wie er auf andere wirkte, das war ihm gleichgültig. Darauf legte er absolut keinen Wert.

In Größe und Statur entsprachen der meinen, und er hatte auch meine Konfektionsgröße. So gab ich ihm von mir einige modisch nicht mehr ganz aktuelle, aber noch gut tragbaren Anzüge, Winterjacken, Mantel, Hemden und diverse andere Kleidungsstücke. Die trug er dann auch und kam zeitweise einigermaßen ordentlich daher. Wichtig war ihm das aber nicht, eher praktisch. Für einige gewisse Zeit musste er nichts flicken und stopfen.

Durch persönliche Verbindungen zu Arbeitgebern gelang es mir einen Job für ihn zu finden und dann auch noch soweit auf ihn einzuwirken, dass er die vermittelte Arbeitsstelle in einem Sanitärbetrieb auch annahm. Hier hätte er relativ gut verdienen können und sein Chef war auch bereit, aufgelaufene Schulden aufgrund vorliegender Pfändungen zu bedienen und vom Lohn direkt abzuführen. Leider war unsere diesbezügliche Mühe am Ende vergeblich. Es dauerte kein halbes Jahr und der Handwerker musste das Beschäftigungsverhältnis beenden. Dabei konnten wir den Betriebsinhaber durchaus gut verstehen. Kein Betrieb kann Mitarbeiter gebrauchen, auf die er sich nicht verlassen kann.

Die tagsüber geleerten Flaschen Bier waren weniger das eigentliche Problem und nicht der Grund für die Entlassung. Da er kein Betriebsfahrzeug fuhr und nur Handlangerdienste zu verrichten hatte, spielte das eine untergeordnete Rolle. Er hätte einfach nur immer zuverlässig anwesend sein müssen, das sein sollen, wo er dringend gebraucht wurde. Dafür war er um Ausreden nie verlegen oder er blieb unentschuldigt tagelang fern, weil er wieder einmal in den Seilen hing. Da half unser Einsatz und gutes Zureden beim Betroffenen nicht mehr, und die größte Geduld, das Verständnis am Ende auch nicht.

Irgendwie hatte er sich auch mit seiner Situation arrangiert. Im Dorf pflegte er Umgang mit einigen Seinesgleichen, was der Sache auch nicht gerade förderlich war. Ein gleichfalls der Flasche zugeneigter Nachbar verfügte zwar über eine größere Wohnung, lebte darin aber mit zwei großen Hunden. Die Wohn- und Schlafzimmer glichen eher einer verwahrlosten Rumpelkammer. Bettzeug und Kleidung lagen wild durcheinander. Für eine gewisse Ordnung hatte auch der augenscheinlich nichts übrig.

Und hatten beide gemeinsamen zu viel „gebechert“, beschimpften sie sich unflätig und nannten sich gegenseitig: „Penner“. Wie beschreibt es der Volksmund etwas abwertend, aber treffend: „Gleich zu Gleich gesellt sich gerne“ oder: „Ein Esel nennt den anderen Langohr.“

Nach heftigen Streitigkeiten und verbaler Auseinandersetzung herrschte tagelang – und manchmal über Wochen – absolute Funkstille. Sie gingen sich aus dem Weg. Doch plötzlich vertrugen sie sich wieder. Schnell besiegelten sie die alte Freundschaft mit einem Sixpack Bier. „Pack schlägt sich, Pack verträgt sich“, spottet man gerne.

Urplötzlich, und wie aus heiterem Himmel, warf Heinz für kurze Zeit ein unerwartetes Ereignis total aus der Spur. „Du musst sofort kommen, ich bin völlig am Ende, oder es passiert sonst was“, flehte er telefonisch an einem Samstagabend um Hilfe. Sofort machte ich mich auf den Weg zu ihm. Ich traf ihn völlig niedergeschlagen und wie ein Häufchen Elend vor. Sein Bierkonsum über den Tag hatte den deprimierten Zustand noch zusätzlich verschlimmert.

Mit zitternden Händen übergab er mir das Schreiben einer Stadt im Ruhrgebiet, indem man ihn informierte, dass sein Vater, mit dem er seit über 30 Jahren keinen Kontakt mehr hatte, verstorben war und beigesetzt worden ist. Nun hatte man die Adresse des Sohns ausfindig machen können und forderte von ihm über 3000 Euro für verauslagte Beerdigungskosten. „Das kann ich nie und nimmer bezahlen, höchstens in kleinen Raten", klagte er weinerlich.

Die Forderung der Stadt war eigentlich nur ein formaler Vorgang und im Grunde das kleinere Problem. „Da genügt ein kurzes Schreiben vom Amt, das bestätigt, dass du als Sozialhilfeempfänger nicht zur Rückzahlung in der Lage bist. Die Forderung geht ins Leere. Du bist nicht in der Lage für diese Kosten aufzukommen, deshalb vergiss das Schreiben." So war es dann auch. Die für ihn zuständige Sachbearbeiterin informierte auf dem Amtswege die dortige Behörde und die Angelegenheit wurde ad acta gelegt.

Durch die plötzliche Kenntnis vom Tode seines Vaters, der Monate zuvor ohne sein Wissen gestorben war, brachen jedoch alte Erinnerungen aus der Legionszeit wieder auf und machten ihm sein verpfuschtes Leben überdeutlich bewusst. Er bedauerte unter Tränen, nie eine richtige Familie besessen zu haben, schilderte entsetzliche Taten, die er im Dienst seiner Einheit ausgeführt hatte oder ausführen musste.

Bewegt schilderte er grausamste Einzelheiten, wie seine Einheit schwangere Frauen massakrierte und andere, schlimmste Gräueltaten verrichtete. Ich will hier im Detail gar nicht schildern, welche Massaker er mir in diesem Gespräch offenbarte. Abgründe taten sich auf und offenbarten schonungslos, wie menschenverachtend enthemmtes Militär vorgehen kann und vorgegangen ist. „Ich musste es tun, man hat mich dazu gezwungen. Hätte ich mich verweigert und nicht mitgemacht, wäre ich auf der Stelle getötet worden", schluchzte er, von Weinkrämpfen geschüttelt.

So schlimm und verwerflich die Taten waren, sie lagen Jahrzehnte zurück und ich versuchte ihm aus seelsorgerischer oder christlicher Sicht klarzumachen: „Gott ist gütig und kennt die Sachlage besser als du selbst und er hat dir sicher längst aus der Gnade Jesu deine Tagen vergeben. Doch du musst dir selber aber auch vergeben können, wenn du deine innere Ruhe finden willst."

Noch hatte der Mann nicht einmal die Sechzig erreicht, wenngleich er wie siebzig oder noch älter aussah. Vor wenigen Jahren ist er dann auch gestorben. Ein Leben nach Maßstäben eines in geordneten Verhältnissen handelnden Menschen war es wahrlich nicht, aber wenn jemand sich darin wohlfühlt und zurechtkommt, dann sei es ihm gegönnt.

„Jeder Mensch ist seines Glückes Schmied", sagt der Volksmund. Wie ist es aber mit denen, die – aus welchem Grund auch immer – ungewollt in eine Richtung schlitterten, die sie nie gewählt oder ausgesucht hatten und nie und nimmer haben wollten. Die nicht wählen konnten, wie es in ihrem Leben laufen würde. Es sind bedauernswerte Schicksale, allerdings suchen auch diese Betroffenen in diesem Zustand nach Anerkennung und Zuneigung und sie haben es verdient.

Meine Frau schilderte einmal eine Begegnung der besonderen Art in ihrer Weise. Nach einem Erlebnis im Stadtpark, das sie sehr nachdenklich machte, verfasste sie unter diesem Eindruck folgendes Gedicht:

Begegnung im Park (von Resi Braun)

Bei Sonnenschein und Vogelsang
Bummle ich Wege im Park entlang.
Finde eine Bank dort auszuruhen.
Nur sitzen, nichts andres wollt ich tun.

Ich setz mich nieder, schau mich um,
Da schräg gegenüber – o wie dumm,
Sitzen eins, zwei, nein sogar drei,
Und hatten ein Sixpack Bier dabei.

Ich schaue hin und wieder weg,
Denke bei mir: „Nein, so ein Dreck",
Kommst hierher, etwas auszuruhen
Hast mit denen nichts zu tun.

Schon höre ich Worte von jener Seite.
Ich überlege: „Such ich das Weite?"
Nein, ich bleib' sitzen auf der Bank;
Im Nachhinein: Gott sei Dank.

Einer von ihnen wollt' nur reden,
Hat um ein offenes Ohr gebeten.
Er erzählte von seinem Jammertal
Und einem Leben leer und schal.

Von manch' Willkür, oft leerem Magen,
So ergoss sich Klag' um Klagen.
Vergessen war mein Weitergehen.
Herz und Sinn, sprach von Verstehen.

Denn wo Kummer, Sorg' und Not
Dir wird zum alltäglichen Brot,
Greift so mancher brave Mann (Frau)
Zu einer Flasche dann und wann.

Und ist das Leben nur noch Qual,
Bleibt es nicht bei minimal.
Mehr und mehr, gleich einem Sog,
Zieht's den Menschen in den Tod.

Meine Antwort auf all die Fragen,
Nach den gehörten bitt'ren Klagen,
Ging ins Leere, fand nicht ein Echo,
Und dennoch war ich nachher froh.

Ich habe ‚nem armen Tropf zugehört,
Mich nicht an Äußerlichkeiten gestört.
Ihr Sein und Leben nun vernommen,
Und bin zum Resümee gekommen:

Krone der Schöpfung Mensch sich nennt,
Eigen, hochentwickelt und intelligent.
Doch mein Bewusstsein ist und bleibt:
Manch Elend laut zum Himmel schreit.

Denkmal am Platz „Alde Gott" in Sasbachwalden

Erklärung zu den Bildern Seite 179:

Die Winzergenossenschaft „Alde Gott" in Sasbachwalden, Fachwerkdorf in der Vorbergzone der Ortenau und am Ortenauer Weinpfad gelegen, ist weithin bekannt für hochdekorierte Weine. Und vor allem der Spätburgunder von den sonnenbeschienenen Hänge der Vorbergzone unter der Hornisgrinde hat einen klangvollen Namen.

Der Marke wurde ein Denkmal gesetzt und eine Schrifttafel erklärt dem Wanderer den Ursprung dieses ungewöhnlichen Namens, der heute als beachtete Lagenbezeichnung dieses Ortes gilt.

Die Legende berichtet:

Nach dem verheerenden 30-jährigen Krieg war das Gebiet weitflächig total entvölkert. Auf Kilometer fand sich kaum ein Mensch. Ein junger Mann streifte einsam durch die Gegend und kam nach Sasbachwalden. Wo er ging, sah er nur zerstörte Dörfer und verwüstete Bauernhöfe. Tagelang wanderte er so durch den Schwarzwald, ohne auch nur einem einzigen Menschen begegnet zu sein. Dadurch fühlte er sich allein und einsam. Dann traf er aber auf eine junge Frau und rief voller Erleichterung aus: „Der Alde Gott lebt noch." Sie heirateten, sorgten für Nachwuchs und damit wieder für eine zunehmende Bevölkerung in diesem fruchtbaren Landstrich der vom Klima verwöhnten Ortenau.

Exklusive Konsumtempel, wie Dallmeyer in München, bieten reichlich Auswahl, für jeden Geschmack und Geldbeutel

8

Ein tragisches Ende

Die geschilderten tragischen und bedauerlichen Schicksale aus dem persönlichen Umfeld sind längst noch nicht alle aufgezählt. Da war ein befreundetes Ehepaar, dessen Ehe am Ende völlig zerrüttet auseinander ging und geschieden wurde. Die Scheidung war am Ende nur die unausweichliche Konsequenz, eines längeren Martyrium für beide Seiten. Die Frau blieb in Bühl und ihr Ex-Ehemann verlegte seinen Lebensmittelpunkt in den Karlsruher Raum und damit näher zum Firmensitz seines Unternehmens.

Wir kannten das Paar schon lange gut genug und wussten, unsere Bekannte war eine etwas schwierige, bizarre Persönlichkeit und die gemeinsame Tochter nicht weit davon weg. Psychosen, Hemmungen, Depressionen bestimmten den unbefriedigenden Lebensalltag.

Der Background war uns durchaus auch bekannt und wir wussten, die Probleme sind nicht von ungefähr und mir nichts, dir nichts, entstanden. Sowohl die Mutter, als auch die Tochter litten als extrovertierte Persönlichkeiten im engen Korsett eines aufgezwungenen Lebens. Sie wurden von zerstörerischen Minderwertigkeitskomplexe geplagt, verbunden mit dem lähmenden Gefühl, vom Umfeld nicht verstanden zu werden – und in gewisser Weise war das auch so. Sie lebten wohl ein privilegiertes Leben im gehobenen Wohlstand, trotzdem waren sie nicht zufrieden und glücklich.

Dem Schwiegervater gehörte einst ein erfolgreiches Unternehmen. Seine Firma belieferte mit ausgesuchten Weinen und importierten Spirituosen die gehobene Gastronomie. Kurz nach dem Zweiten Weltkrieg gründete er eine Handelsvertretung und führte sie über Jahrzehnte zum beachteten Erfolg und hohem Ansehen. So kamen er und seine Familie zu Vermögen und Wohlstand. Einer seiner Söhne leitete inzwischen das Unternehmen und war dessen alleiniger Geschäftsführer, nachdem sich der Senior aufs Altenteil zurückgezogen hatte und er seine anderen Brüder ausgezahlt hatte. Die Geschichte war uns im Freundeskreis hinlänglich bekannt, und wir nahmen längst gewollt oder ungewollt so manche persönlichen Schwierigkeiten in der Familie wahr. Wir wussten natürlich auch, dass der Ehemann und Vater mit den beiden Frauen nicht zu beneiden war. Das tatsächliche Ausmaß bekamen wir aber erst nach der Trennung vollumfänglich mit. Bis dahin hatte der Familienclan es gut verstanden, weitgehend alle tiefer gehenden Probleme unter dem Teppich zu halten.

Die Tochter hatte inzwischen das Elternhaus verlassen und lebte mehr schlecht als recht ihr eigenständiges Leben. Zufrieden war sie auch dort nicht und besser ging es ihr keineswegs. Heute haben wir leider zu ihr die Spur völlig verloren.

Die Frau – nennen wir sie Manuela – war längst alkoholabhängig und hatte zu diesem Zeitpunkt schon mehrere Entziehungskuren hinter sich, die ohne nachhaltigen Erfolg geblieben sind. Die Scheidung stürzte sie noch mehr ins Desaster und verschlimmerte ihren Empfindungszustand. So suchte sie noch mehr den Ausgleich im Alkohol.

Meine Frau und zwei Freundinnen kümmerten sich um Manuela so gut es ging. Sie standen ihr „von Frau zu Frau" zur Seite, soweit das überhaupt menschlich möglich war. Fast wöchentlich räumten sie Dutzende leerer Flaschen aus ihrer Wohnung, reinigten die Zimmer und sorgten ein wenig für Ordnung. Sie standen ihr auch seelisch zur Seite und vermittelten Verständnis für ihre desaströse Lage.

Selbst in schwierigen Zeiten, damit meine ich, wenn eine vernünftige Kommunikation wegen totaler Betrunkenheit im benebelten Zustand kaum noch möglich war, hörten ihr die Frauen zu, gaben Trost, Rat und immer wieder etwas Halt. Sie waren einfach für sie da.

Eine jeweils über Wochen dauernde Reha in psychosomatischen Kliniken für Suchtkranke folgte der anderen. Genützt hat es praktisch nichts. Kaum war Manuela wieder zu Hause in ihrer sterilen kalten Wohnung – kalt im Sinne von einsam und steril – leerte sie schon wieder eine Flasche Cognac oder einen billigen Fusel und das böse Spiel begann aufs Neue. Die Spirale drehte sich weiter und weiter nach unten. „Wenn ich nach Hause komme, falle ich gleich in ein tiefes seelisches Loch“, klage sie uns resigniert.

Und da liegt auch der fatale Fehler im System. Nach einer Reha folgte keine geregelte Nachbetreuung, sondern nach Wochen inmitten der Gesellschaft oder gleichermaßen Betroffenen, folgte nur wieder die erdrückende Einsamkeit. Da wurde einerseits viel Geld für die Behandlung ausgegeben, doch für eine professionelle Betreuung hinterher fehlt es anscheinend an den nötigen Mitteln, und noch mehr fehlen heute die geeigneten Fachkräfte.

Zuhause gesellte sich, neben der Einsamkeit, das quälende Bewusstsein dazu, in einem gnadenlosen Teufelskreis zwischen Sucht, Alleinsein, körperlichem Unwohlsein leben zu müssen und in weiteren, zu Boden ziehenden Befindlichkeiten gefangen zu sein.

Am Geld zum Lebensunterhalt hätte es eigentlich nie fehlen dürfen. Ihr geschiedener Mann hatte sich freiwillig zu einer überdurchschnittlichen hohen monatlichen Unterhaltszahlung bereiterklärt und verpflichtet. Doch das großzügig bemessene Einkommen reichte hinten und vorne nie aus. Bald waren aller Schmuck und sonstige ehemals vorhandenen Wertgegenstände aus der Wohnung und dem eigenen Besitz „verscherbelt“. Nicht einmal ein einziges Bild zierte noch die nackten Wände.

Ihre Freundinnen kümmerten sich nicht nur darum, dass die Wohnung ab und zu gesäubert wurde. Sie achteten auch darauf, dass Manuela etwas zum Essen hatte und nicht nur alleine vom Alkohol lebte. Mehrfach waren die Frauen erschüttert über das Ausmaß des unglaublichen Dilemmas, und mussten doch ohnmächtig die Grenzen der eigenen Möglichkeiten erkennen.

Sie waren sich wohl bewusst, „wenn hier schon professionelle Kräfte versagen, was sollen wir Laien in einem solchen ausweglosen

Fall noch bewirken können?" Ihnen blieb einzig und alleine nur der mitfühlende Freundschaftsdienst oder einfach einmal dazusein.

Wie es zwangsläufig in solchen Situationen kommen musste, zog sich Manuela immer mehr aus dem gesellschaftlichen Leben zurück. Kaum einer sah sie zuletzt noch in der Öffentlichkeit, und nur die sie betreuenden Frauen pflegten den regelmäßigen Kontakt zu ihr.

Zuletzt weilte meine Frau an einem Montagnachmittag noch einige Stunden bei ihr, und sie half ihr später noch ins Bett zu kommen. Da war sie schon stockbetrunken, deshalb musste meine Frau ihr aus den Kleidern helfen und was sonst nötig ist zu tun. Dann verabschiedete sie sich im Bewusstsein, jetzt liegt Manuela im Bett und kann den Rausch ausschlafen.

Die Woche verging ohne weiteren Kontakt, doch am Samstagnachmittag meldete sich der Hausbesitzer telefonisch bei uns und wollte wissen: „Habt ihr etwas von meiner Mieterin gehört, habt ihr sie gesehen oder gesprochen oder ist sie in wieder in der Reha?" Er wusste, dass die Frauen sich regelmäßig um seine Mieterin kümmerten. „Seit Tagen habe ich nichts mehr von ihr vernommen", berichtete er mit hörbarer Sorge.

Mit einer Begleitung ging meine Frau zu Manuelas Wohnung und wollte bei der Betroffenen nach dem Rechten sehen. Sie fanden die Wohnung verschlossen und ließen deshalb in Anwesenheit des Hausbesitzers die Türe öffnen.

Schon böses ahnend fanden sie Manuela mitten im Wohnzimmer auf dem Boden liegend, und da war sie schon seit Tagen tot, wie später die Ermittlungen ergaben. Die Polizei wurde hinzu gerufen und die hatte – wie in so einem Fall üblich – wegen des ungeklärten Todesfalles die Kriminalpolizei eingeschalten müssen.

Nach dem Zustand der Wohnung wollten die Beamten einen Raubüberfall nicht ausschließen. Darum wurden automatisch Ermittlungen eingeleitet und die Tote in die Pathologie nach Heidelberg überstellt. Die Untersuchung ergab: „Die Verstorbene muss am Montagabend noch einmal das Bett verlassen haben, ist im betrunkenen Zustand gestürzt und hart auf das Gesicht gefallen. Dabei brach sie sich die Nase und ist dann an Blut und erbrochenem erstickt.“

Dem Drama folgte prompt das nächste Kapitel. Bis die Leiche zur Beerdigung freigegeben werden konnte, dauerte es zwei oder drei Wochen und weitere vierzehn Tage vergingen, bis endlich eine Bestattung möglich war.

Bei der Toten war kein Geld mehr da und auch die verständigte Tochter zeigte sich völlig mittellos. Da blieben nur zwei Auswege. Entweder muss das Sozialamt die Beerdigungskosten übernehmen, oder der geschiedene Mann springt ein. Doch der weigerte sich anfangs strikt, auch nur einen Pfennig zu übernehmen.

Schließlich konnte er von uns – seinem ehemaligen Freundeskreis – doch noch mit dem nötigen Nachdruck zu einer Kostenübernahme überredet werden. Uns war es dabei ziemlich egal, ob er gesetzlich dazu verpflichtet war oder nicht. Wir hielten das schlichtweg aus ethischen Gründen für geboten. Hätte er alleine entscheiden können, wäre ihm die Kostenübernahme eventuell leichter gefallen. Aber inzwischen lebte er mit einer neuen Partnerin zusammen, war wieder verheiratet, und die Frau sperrte sich vehement, dass für die Ehemalige so viel Geld für eine Beerdigung ausgegeben werden sollte.

Zuletzt zog doch das argumentative Druckmittel im Hinweis: „Von nun an ersparst du dir Monat für Monat viel Geld durch den Wegfall des nicht unerheblichen Unterhalts. Das sollte dir doch diese letztmalige Aufwendung wert sein.“

Er zeigte sich schließlich einsichtig und nach einigem Hin und Her fand er sich schließlich dazu bereit, die Kosten zu übernehmen. Die Verstorbene erhielt endlich eine würdige Bestattung und ihm tat es finanziell nicht sehr weh.

Ein bedauernswertes Leben hatte ein jähes, unschönes Ende gefunden. Für Manuela selbst mag es eine Erlösung gewesen sein. Die Mühsal eines freud- und trostlosen Lebens hatte ein Ende gefunden.

Noch einen tragischen Fall aus dem Bekanntenkreis will ich ein wenig beleuchten. Einer unserer engsten Freunde durfte zu Recht als begnadeter, hochbegabter Musiker bezeichnet werden. Über mehr drei Jahrzehnte war er Mitglied eines renommierten und weltweit bekannten Symphonieorchesters. Das Ensemble spielte auf hohem Niveau und rühmte sich weltweiter Auftritte mit hochkarätigen Künstlern. Zu den speziellen Herausforderungen zählten die jährlich stattfindenden „Donaueschinger Musiktage", die von allen Musikern Höchstleistungen abforderten.

Die Spezies der Blasmusiker, und als Erster Trompeter gehörte er dazu, ist per se immer durstig. Saßen wir über längere Zeit zusammen, wenn wir feierten und endlos diskutierten, dann leerte Frank locker alleine einen Kasten Bier, und nicht selten auch noch eine Flasche Wein hinterher, nebst dem einen und anderen Glas Cognac oder Williams. Umgeworfen hat ihn die über Stunden konsumierte Menge nie, nicht einmal im Ansatz. Gut, bei seinem Körpervolumen konnte er auch locker das Doppelte konsumieren wie ich, bei der gleichen Wirkung.

Der studierte und begnadete Spitzenmusiker durfte man ohne Übertreibung als Profi zu den Stars zählen, und als Solist war er eine Koryphäe in seinem Fach. Überdies verfügte Frank über einen trockenen Humor, war umgänglich und konnte sehr charmant sein.

Er leitete nebenbei über Jahrzehnte ein Orchester, einen Bläser- und Jugendchor sowie den Kirchenchor. In dieser Aufgabe zeigte er sich sehr penibel. „Er hört bei 60 Sängern selbst einen nur ein Viertel abweichenden Ton", witzelten wir manchmal spöttisch. Dafür war der Chor weithin für das hohe Niveau bekannt und geschätzt.

Doch egal wie viel er am Feierabend bei sich zu Hause oder unterwegs und bei uns im Freundeskreis getrunken hatte, anzumerken war ihm das kaum einmal. Nur wir Insider stellten am Verhalten leichte Veränderungen fest. Er wurde in den Diskussionen dann etwas sarkastisch, in gewissem Maße rechthaberisch und ironisch. Die konsumierte Alkoholmenge hatte ihn aber nie daran gehindert selber noch nach Hause zu fahren, und es ist zum Glück auch nie etwas passiert. Nicht ein einziges Mal fiel er im Straßenverkehr negativ auf oder hatte gar auf eine gewisse Zeit den Führerschein verloren.

In der Ehe stand es nach 25 Jahren auch nicht mehr zum Besten. Wir sahen das mit Bedauern, denn wir schätzten beide. Doch die Eheleute hatten sich nach einer gewissen Zeit mal mit Zwistigkeiten oder mal mit Sprachlosigkeit irgendwie arrangiert. Eine Scheidung wäre für Frank nie infrage gekommen. „Das würde meiner Reputation schaden und das lasse ich nicht zu", war seine eigensinnige und selbstsüchtige Begründung.

Beide lebten Jahre in den letzten Lebensjahren unter einem Dach, hatten aber intern ihren eigenen Wohnbereich. So gingen sie relativ harmonisch jeweils getrennte Wege und nach außen hin zeigten sie sich als intakte Familie. Wenn es etwas zu feiern gab, waren beide einträchtig beisammen. So funktionierte das Verhältnis einigermaßen und für uns Außenstehende war das durchaus in Ordnung.

Nur intern in der Familie blieb das ambivalente Verhältnis nicht ohne Folgen. Auch wenn es dem jüngsten der zwei Söhne an nichts fehlte, und die Eltern ihm alles geboten haben und ermöglichten, was er sich wünschte, hinterließen die familiären Verhältnisse – und vielleicht noch mehr – nachhaltig negative Spuren.

Es ist ein typischer Fall solcher Beispiele, wo die Lebensbahn ohne eigenen Einfluss und ohne Schuld völlig anders verläuft, wie es ursprünglich geplant war oder hätte sein können. Wem will man da die Schuld geben? Dem Schicksal oder der Schwachheit des Individuums oder ist gar Gott dafür verantwortlich zu machen? Eine abschließende Antwort vermag ich nicht zu geben.

Mit Ach und Krach schaffte der Filius das Abitur, brach hinterher aber ein Studium nach dem anderen ab, verfiel erst dem Drogenkonsum und später dem Alkohol. „Mein Vater hat auch gesoffen und es zu etwas gebracht", begründete er uneinsichtig und sich selbst bemitleidend das eigene Versagen, nachdem es sukzessive mit ihm bergab gegangen war.

Mehrere gescheiterte Suizidversuche im betrunkenen Zustand hatte er schon hinter sich und mehrwöchige Therapien folgten eine nach der anderen. Gebessert hat sich nichts. Geduldig öffnete ihm die Mutter immer wieder neue Türen, obwohl er ihr zuleide lebte und das Leben zur Hölle machte.

Die Mutter besorgte ihm wieder einmal einen Studienplatz, dann einen Ausbildungsplatz, schließlich eine neue und über Monate dauernde psychiatrische Behandlung in einer Rehaklinik für Suchtfälle. Die Ärzte attestierten ihm inzwischen massive Bewusstseinsveränderungen infolge des exzessiven Drogen- und Alkoholkonsums und gaben ihm für die Zukunft nur eine geringe Chance.

Von seiner Intelligenz war längst nicht mehr viel zu erkennen. War sein Alkoholpegel noch auf einem gewissen Level, konnten wir zwar mit ihm noch gute Gespräche führen, und dann schimmerten auch ansatzweise seine ihm gegebenen Fähigkeiten durch. Musikalisch hatte er sowohl als Sänger, als auch als Geigenspieler sehr gute Ansätze.

Meistens zeigte sich dagegen eine vernünftige Unterhaltung mit ihm sinnlos. Dann kam er mit verwaschener Stimme und schwer verständlich vom „Hölzchen zum Stöckchen". Alle anderen waren an seiner miesen Situation und seinem ungnädigen Schicksal schuld, nur er selber sah bei sich keinen Grund zu einer Veränderung. Wenn er es dann schon versprach und sich vielleicht tatsächlich vornahm, fehlten am Ende die Kraft dazu und der eiserne Willen durchzuhalten.

Vielleicht fühlte er sich in der Pubertät und in der Jugendzeit von den Eltern oder der Umwelt nicht richtig verstanden, oder die ständigen Streitigkeiten seiner Eltern wirkten im Unterbewusstsein nach und prägten ihn in seiner rebellischen Haltung. Das zeigte sich schon kurz nach dem Abitur. Bereits da fehlte es ihm am Vermögen, sich gewissen Normen anzupassen und einzufügen.

Gut erinnere ich mich an ein analysierendes Gespräch im Zusammenhang mit seiner erfolglosen Bewerbung um eine Lehrstelle. Die Sparkasse hatte ihn im Rahmen einer angestrebten Banklehre zum Bewerbungsgespräch eingeladen. Entgegen aller damaligen Konvention und den ihm gegebenen gut gemeinten Ratschlägen, ging er leger im Shirt und Jeanshose in dieses Gespräch und – wen wundert es – er bekam die Lehrstelle nicht.

„Kommt es auf den Menschen an oder einen guten Anzug?“, mokierte er sich hinterher über die ungerechte Welt. „Der Arbeitsmarkt und insbesondere die Banken haben gewisse Spielregeln und wenn ich mich da bewerbe, dann muss ich mich nach deren Normen richten. Sonst ist der Schiffbruch vorprogrammiert“, machte ich ihm klar. Eingesehen hat er es nicht; schuld waren eben immer nur die anderen.

So wird es bei vielen Betroffenen in vergleichbarer Situation sein. Sie sind labil, suchen die Ursache für eigenes Versagen und Scheitern im Leben nur bei den anderen. Sie sehen die Schuld in der Gesellschaft oder schieben ihr persönlich schweres Los einfach dem ungerechten Schicksal zu, das sie im Dasein so benachteiligt. Was liegt dann näher, wie den Frust im Alkohol zu ertränken oder sich mit Drogen in eine bessere Stimmung zu bringen. Für mich ist das nun ein Ausdruck von Schwäche und mangelndem Durchsetzungswillen.

Der Vater dieses jungen Mannes ist zu unserem Bedauern innerhalb weniger Wochen an einem aggressiven Krebsleiden gestorben. Da war er erst 62 Jahre alt und kurz zuvor in den Ruhestand gewechselt. Seit bei Frank Bauchspeichelkrebs diagnostiziert wurde, vergingen nur vier Monate bis er daran gestorben ist. Vermutlich lag die Ursache dieser aggressiven Krebserkrankung im langjährigen Alkoholkonsum. Sein ehemaliger Kollege und weltberühmter Star-Trompeter sowie weitere Solisten des Symphonieorchesters spielten sehr bewegt und innerlich berührt bei der Beerdigung am Grab zum letzten Geleit. Sie mussten dafür extra einen Flug nach New York verschieben, wo ein Auftritt vorgesehen war.

Kurz darauf verkaufte unsere Freundin und Witwe das Haus. Das Anwesen war ihr für sie alleine viel zu groß. Sie erwarb stattdessen eine geräumige und helle Eigentumswohnung in guter Lage, direkt im Zentrum von Bühl und zog hierher. Ihr Sohn lebte alleine in einer eigenen Wohnung und das war gut so, denn seinen Zustand konnte selbst die geduldige Mutter nicht permanent ertragen. Trotzdem war sie immer für ihn da, wenn er sie brauchte.

Und bald erkrankte sie ebenfalls an Krebs und erlag schließlich nach zwei Jahren vergeblichem Kampf der heimtückischen Krankheit. Die Probleme mit ihrem Mann und der Kummer um den ins Elend abgeglittenen Sohn mögen ein gerütteltes Maß dazu beigetragen haben.

Der ältere Bruder wohnte seit Jahren in Berlin, kümmerte sich nun aber um das Erbe, verkaufte die Wohnung und zahlte dem Bruder den ihm zustehenden Anteil aus. Soweit dies aufgrund der räumlichen Distanz überhaupt möglich war, half der ältere dem jüngeren Bruder und besuchte ihn jährlich mehrmals. Trotzdem ging es nicht lange gut und alles Geld war aufgebraucht, verprasst und verzecht.

Die Behörde stellte ihm eine Betreuerin zur Seite, er wurde der Pflegschaft einer Sozialarbeiterin unterstellt. Für einen Arbeitsplatz war er längst nicht mehr vermittelbar. Das Jobcenter hatte die Bemühungen aufgegeben, denn in seinem desolaten körperlichen Zustand war er nicht mehr fähig, einer geregelten Arbeit nachzugehen, geschweige denn eine Ausbildung erfolgreich zu absolvieren. Selbst die geringfügige Beschäftigung, im Stadtbezirk kostenlose Wochenzeitungen den Haushalten zuzustellen, kam er nur unzuverlässig nach und verlor bald auch diesen Job wieder, der ihm zumindest ein wenig Ablenkung vermittelt hätte.

In der nächsten Phase schloss er sich einer stadtbekannten Clique von Trinkern an. Regelmäßig sah man ihn in der Nähe des Omnibusbahnhofs in ihrem Kreis sitzen und herumlungern. Erkannte er mich beim Vorbeigehen, suchte er aufdringlich ein Gespräch. Eine vernünftige Unterhaltung mit ihm war mir in diesem Zustand nicht möglich, so versuchte ich meistens unbemerkt vorbeizukommen. Mein Bedürfnis, dass er mich in diesem Kreis als guten Freund vorstellte, hielt sich in Grenzen, und seine Klagen kannte ich längst auswendig.

Gab es zwischendurch eine bessere Gelegenheit mal mit ihm zu sprechen, sagte ich öfters deutlich: „Das dort ist doch kein Kreis für dich, das ist kein Umgang, es ist unter deinem Niveau", dann stimmte er mir zu und versprach hoch und heilig, sich zukünftig fernzuhalten. „Ich verstehe mich mit denen sowieso nicht, ständig gibt es Streit", erwiderte er wie zur eigenen Bestätigung. Zwei Tage später sah ich ihn wieder dort, demonstrativ seine schon geleerten Bierflaschen neben sich platziert.

Wieder folgte eine mehrwöchige Kur, und wir im Umfeld, schöpften erneut Hoffnung, es würde diesmal besser werden. Kaum war er jedoch wieder zurück, traf ich ihn erneut in dem erwähnten Kreis. „Ich nehme mir wirklich vor, nicht mehr da hinzugehen, dann sitze ich aber zu Hause, finde keine Ruhe und muss einfach raus. Da zieht es mich unwiderstehlich zu denen dort hin", begründete er schulterzuckend und resigniert den erneuten Rückfall.

Von vielen Seiten aus dem Kreis von Mitgliedern unserer örtlichen Kirchengemeinde wurde versucht, dem jungen Mann einen gewissen Halt zu geben, ihm unter die Arme zu greifen, ihn abzulenken und zu fördern – schon als Dank der Mutter geschuldet, die in diesem Kreis einst aufopfernd wirkte und viel Gutes getan hatte. Was von allen auch versucht wurde, es war vergebliche Liebesmühe.

Eine begrenzte Zeit ging es dann mal wieder relativ gut, mit regelmäßigen Aussetzern zwar und immer dann, wenn er nach dem Monatsersten wieder über Geld verfügte. Da bestand dann vermutlich ein dringender Aufholbedarf. Trotzdem schöpften wir Hoffnung, er würde sich doch noch fangen. Dann war er plötzlich wieder für ein paar Tage in der Versenkung verschwunden.

Doch wenn er anwesend war und im Orchester und Chor teilnahm, dann zeigte er sich noch immer als fähiger Geigenspieler und ebenso sicherer Tenorsänger. Im Orchester war er immer willkommen, da war ohne Wenn und Aber sein Platz, ebenso im Chor und alle freuten sich, wenn er teilnahm. War er anwesend, wurde er tatsächlich mit seinen Gaben zur Bereicherung und das sagte man ihm auch, weil jeder bemüht war, sein Selbstbewusstsein zu stärken. Bei unserer einhelligen Meinung hielten wir uns nicht zurück: „vom musikalischen Talent seines Vaters ist etwas hängen geblieben".

Zu unserer Freude sahen wir ihn über Wochen engagiert dabei, dann tauchte er erneut ab und niemand wusste, wo er ist und was los ist. Ist er vielleicht krank oder macht er wieder eine Therapie? Nein, er verbrachte mit seinen Kumpanen von morgens bis abends im Bereich des überdachten Omnibusbahnhof-Areals und zechte. Eine Nahrung brauchte er in dieser Zeit offensichtlich nicht, Bier und diverse andere Getränke genügten ihm scheinbar völlig.

Eine Sozialarbeiterin regelte ihrem Mandanten die behördlichen Angelegenheiten und teilte ihm rationiert das Geld zu, damit er nicht gleich am Monatsanfang alles ausgab und dann nichts mehr für Miete und seinen Lebensunterhalt besaß. Sie sorgte für die pünktliche Mietzahlung, und nachdem das Geld dafür nicht mehr ausreichte, vermittelte sie ihm einen Platz in einer billigeren Wohngemeinschaft.

Zuletzt gab es ihrer Meinung nach nur noch eine reelle Chance für den jungen Mann: Er musste dringend aus dem alten Milieu heraus. Sie vermittelte ihm einen Heimplatz im Schwäbischen und, nachdem es so weit war, begleitete sie ihn direkt dorthin. Obwohl er mir bei der Verabschiedung versprach, in Anwesenheit dieser Begleiterin, sich zu melden und uns die neue Adresse mitzuteilen, habe ich seither nichts mehr von ihm gehört. Nicht ausgeschlossen ist, dass die Sozialarbeiterin ihm dazu geraten hatte, damit er wirklich das alte Leben vollständig und endgültig hinter sich lassen musste.

Auf Besserung seines Zustandes, schon aufgrund der sichtbaren Persönlichkeitsveränderung, war sicher nicht mehr zu hoffen. Vermutlich findet man ihn – wie vor Jahren Manuela – irgendwann und irgendwo tot auf. Kaum vierzig geworden, ist leider ein einst mit besonderen Fähigkeiten ins Leben gestarteter Mensch zu einer gestörten und zerstörten Existenz gesunken. Er wurde zu einem bedauernswerten menschlichen Wrack und, so hart es klingen mag, lebenslang eine Belastung für die Sozialsysteme unseres Staates.

Die wenigen geschilderten Fälle sind nur exemplarisch für die vielen, von mir in Jahrzehnten gesammelter Erfahrungen mit Süchtigen oder Alkoholabhängigen. Das spiegelt auch nur einen begrenzten Bereich meines Lebensmittelpunktes wieder. Wollte man das auf die Gesellschaft hochrechnen, kämen dann sicher erschreckende und schockierende Zahlen zutage. Und die tatsächlichen Zahlen sind tatsächlich erschreckend. Wir müssen uns nur einfach einmal bewusst machen, dass in der Bundesrepublik im Jahr 2016 über 2 Millionen Alkoholsüchtige registriert wurden – und jährlich sterben 74.000 daran. Und das sind, wohlgemerkt, nur die offiziellen Zahlen. Welche Tragödien sich noch im Verborgenen abspielen, will ich gar nicht erst wissen.

Machen wir uns also einmal ungeschminkt bewusst, mit welchen Dimensionen wir es bei diesem gesellschaftlichen Übel zu tun haben. Da ergeben sich gigantische Summen, die letztlich der Alkoholkonsum an die Allgemeinheit fordert. Das ist bei weitem nicht mit der Sekt- und Alkoholsteuer gedeckt sind, die zudem überwiegend in andere Töpfe des Staates fließt. Ist uns klar, welche Folgen aus der Sucht von allen zu tragen sind? Da wird aus einem an sich beliebten und belebenden Genussmittel – drastisch formuliert: „Eine Geißel der Menschheit".

Zu den direkt Betroffenen kommen bei der Betrachtung dieser beängstigenden Zahlen, die vielen indirekt Betroffen noch hinzu. Gemeint sind die Familienangehörigen – und da explizit die Kinder – es sind die Kollegen/innen am Arbeitsplatz, die oft ungewollt involviert sind, es sind Nachbarn im Wohnbereich, die sich häufig belästigt fühlen. Sie alle haben mehr oder weniger die Folgen auszuhalten und zu ertragen.

Jedermann müsste sensibilisiert sein und gewillt zu helfen und beizutragen, dass das Übel nicht weiter ansteigt, ja besser zurückgedrängt wird. Es bedarf nicht mehr oder weniger, als viel sensibler mit dem Alkohol – zuvorderst in der Öffentlichkeit – umzugehen und sich bewusst dem heiklen Thema zu stellen. Zuallererst müsste die Werbung eingestellt werden, wie wir es bei den Zigaretten auch gemacht haben. Und was nützt es, beim Kauf auf die Altersbegrenzung zu achten, wenn die lieben älteren Freunde genügend „Stoff" besorgen dürfen, und da kenne ich aus meiner Beobachtung zahlreiche Fälle, die nicht einmal im Verborgenen abliefen. Das Beispiel mit den Azubis aus der Baubranche, die am Bahnhof in Bühl gleich mehrere Kisten im benachbarten Getränkehandel besorgen und herbeischaffen, habe ich schon erwähnt. Es ist nur eines, von vielen.

Und noch ein Gedanke, der uns beschäftigen sollte: „Wer kann ermessen, wie schwer es einem Alkoholkranken nach einer Entziehungsphase gemacht wird, wenn er mit hartem Willenseinsatz endlich trocken wurde, dann aber überall mit dem ihm zur Droge gewordenen Genussmittel konfrontiert wird. Für den, der täglich darum kämpft von der Sucht wegzukommen, dem schon die geringste Menge Alkohol in Heilmitteln der Homöopathie eine Gefahrenquelle ist, geschweige denn eine feine Praline mit Kirschwasser oder Likör gefüllt. Greift er nur einmal zu, ist der Rückfall programmiert. Der Teufelskreis dreht sich weiter. Die Verfügungen und Gefahren für die Betroffenen lauern wie böse Geister an jeder Ecke. Wenn dann noch Stigmatisierung, Probleme mit den Behörden oder sogar in der eigenen Familie dazukommen, nimmt die Abwärtsfahrt in das Elend erneut volles Tempo auf.

Oben: Das Omnibus-Bahnhof-Areal in Bühl,
beliebter Treffpunkt für Trinker und Alkoholiker
Unten: Alte Weintrotte beim Affentaler Winzerkeller in Bühl

9

Begegnung mit skurrilen Individuen

Wenn ich durch die Stadt gehe, begegne ich täglich in und rund um den Stadtkern den gleichen Charakteren oder mir längst vertrauten Jolies. Ich erkenne sie schon von weitem an der Sitz- und Körperhaltung, an der Gestik, am Gang. Jeder Einzelne darf durchaus als Individualist und einmalig in seiner Art betrachtet werden. Für Studien wären diese Protagonisten ein offenes Buch und für Parodisten garantiert eine unerschöpfliche Fundgrube knallender Ideen.

Nein, ich muss mich ein wenig korrigieren. Längst sehe ich nicht immer nur die gleichen. Über die Jahre gesehen vermisse ich inzwischen schon so manchen, der mir zuvor immer negativ aufgefallen war. Sicher haben diese Personen längst das Zeitliche gesegnet oder sie sind ein Pflegefall geworden und in irgendeinem Heim in Verwahrung. Von einigen weiß ich das tatsächlich definitiv.

Niemand macht sich darüber seine Gedanken, wie viele jahraus, jahrein – nur alleine begrenzt auf eine kleine Stadt wie Bühl, mit seinen 30.000 Einwohnern – still und heimlich aus dem Bild treten. Sie zählen zu den Anonymen, zu den Namenlosen, zu jenen bedauernswerten Menschen, die keine Spuren in der Geschichte hinterlassen haben, und vielleicht trauerte nicht einmal ein naher Angehöriger um den Verblichenen. Für den Betroffen selbst war sein Tod möglicherweise eine Befreiung oder sogar eine Erlösung. Welche nachhaltigen Folgen dieser Zustand im Sinne eines Weiterlebens der Seele, wenn wir das einmal vom Standpunkt des Glaubens betrachten wollen, in der geistigen Welt hat, ist noch ein anderer Aspekt, über den man auch lange philosophieren könnte.

Doch die sich noch regelmäßig zeigen, die verteidigen vehement ihren liebgewordenen individuellen Stammplatz innerhalb des Stadtgebietes und sie scheuen sich nicht, die Saufgelagen in aller Öffentlichkeit abzuhalten. Salopp nenne ich den Ort gelegentlich gerne „Latschariplatz“. Nach den bequemen Sitzgelegenheiten am zentralen Omnibusparkplatz, der nach wie vor ein Treffpunkt ist, hat sich seit ein paar Jahren eine Gruppe zwischen katholischer Kirche und Kiosk niedergelassen. Direkt in der Stadtmitte und im Blickfeld der neugotischen St. Peter und Paul-Kirche sitzen sie von morgens bis abends. Rückseitig der Kirche ist die hinter Rhododendron-Sträuchern und anderen Hecken verdeckte Pfarrhausmauer günstig gelegen, damit man sich dort schnell erleichtern kann. Die öffentlichen Toiletten um die Ecke sind den „Zechern“ offensichtlich schon ein wenig zu weit entfern. Mehrere Mülleimer, zum Entsorgen der geleerten Tetrapacks aus denen der billige Weißwein direkt und ohne Gläser getrunken wurde, sind auch nicht weit entfernt. Je länger der Tag geht, desto lauter wird der Lärmpegel in der Unterhaltung, in der man über die Welt und Politik diskutiert. Öfters lese ich danach auch in der Zeitung, dass solche Diskussionen wieder in einer Schlägerei endeten.

Meine Beschwerden bei der in der Nähe befindlichen Stadtverwaltung und dem Ordnungsamt stießen auf taube Ohren. „Was ist denn das für ein Bild, wenn mitten in der Stadt sich die Alkoholiker treffen?“, wollte ich von den Ordnungshütern wissen. „Wo sollen sie sonst hingehen und sich treffen“, so einmal das Argument des Amtsleiters. Welches Armutszeugnis für die Verwaltung.

Täglich und – das ist das Erstaunliche – treffen sie sich pünktlich mit ihresgleichen. Pünktlichkeit ist eine Tugend und ihnen vielleicht auch noch ein letzter Anker an Disziplin oder ist es nur der innere Drang, sich wieder bei Seinesgleichen zu treffen? Bei den Sitzungen drapieren manche demonstrativ die geleerten Bierflaschen um und neben sich auf dem Boden und wer vorbeikommt soll es sehen und hören können: „Hallo, wir sind da, wir sind die Größten.“ „Ick bin een Berliner“, hörte ich des Öfteren einen von ihnen lauthals über die Straße schreien. Das hätte er nicht betonen müssen.

Sein Dialekt hatte ihn längst verraten. „Nach ölf Bierchen war ick denn jrade ma so anjeballat", oder „mach e Abjang", „allet in Butta?" „Dit is meens, wat kickste so blöde?" Schon sein verschmutztes T-Shirt mit Aufdruck: „Preußen 1894 Berlin", demonstrierte die Landesverbundenheit mit dem Berliner Fußballverein.

Auch ein anderer kommt aus Berlin und er ist noch etwas jünger, aber sowohl ihn der Lautstärke als auch in einer fassettenreichen Wortgewandtheit ihm durchaus ebenbürtig. Sie geben sich als den Nabel der Welt und streiten über Nebensächlichkeiten, über Unwichtiges, jedoch mit einem Eifer, der jedem Politiker Ehre machen würde.

Nicht selten kommt es nach den vielen Stunden in einer solchen Runde wie es kommen musste. Wieder einmal war eine wüste Schlägerei entstanden, nebst üblen verbalen Auseinandersetzungen und Beleidigungen. Danach ist die eine Partei mit der anderen für rund vierzehn Tage spinnefeind. Der im vorigen Kapitel erwähnte junge Freund stand exemplarisch als beredtes Beispiel. Auch er wurde von der Clique angezogen wie die Motte vom Licht, stritt sich mit ihnen und vertrug sich am Ende wieder.

Die zur Schau gestellten leeren Flaschen sollen vermutlich signalisieren, welche Mengen man verträgt, oder es mutiert zum Statussymbol. Denkbar ist auch, es ist ein gewisser Leistungsnachweis und eine Einladung an andere da mitzuhalten. Andere Erklärungen fallen mir nicht ein. Meinen Eindruck stützte ich auf Gesprächsfetzen, die mich manchmal schon erreichten. So vernahm ich beispielsweise kürzlich, wie einer sich lauthals brüstete: „Gestern Abend, da war ich wieder total besoffen...!"

Solche lautstarken Sitzungen dauern in der Regel von mittags bis es dunkelt. Ein beliebter und allgemeiner Treffpunkt – unabhängig vom Wetter – ist das schon erwähnte, weitläufige und überdachte Omnibusbahnhof-Areal. Da lässt es sich auch bei Regen gut und trocken aushalten. Die metallenen Sitzgelegenheiten sind zu meinem Erstaunen nicht ausschlaggebend. Die eine Hälfte der Männer harrt die ganze Zeit über unentwegt stehend, während andere die wenigen Sitzbänke beanspruchen. Wieder andere und dazu zählen auch Frauen, sitzen mit überkreuzten Beinen schlichtweg auf dem blanken Betonboden. Viel wichtiger scheint mir für alle, dass ein Getränkemarkt und ein Einkaufszentrum nicht weit entfernt sind, wo schnell Nachschub besorgt werden kann. Der erwähnte „Berliner" macht gerne den Boten und trägt die Flaschen oder Bierbüchsen im gefüllten Rucksack vom Markt an Ort und Stelle.

Unwillkürlich mache ich mir darüber meine Gedanken: „Ist so ein Aufenthalt bequem? Ist ein Treff in dieser Runde unter ungepflegten Männern tatsächlich interessant? Schon alleine die Gerüche sind grenzwertig. Daran gewöhnt man sich aber möglicherweise oder die Gewohnheit stumpft ab. „Wer schon am Boden liegt, kann nicht mehr tiefer sinken", sagte mir trotzig einmal einer von ihnen, der allenfalls dreißig Jahre alt sein konnte.

Gerade dieser junge Mann erscheint mir als Musterbeispiel einer falschen Erziehung, wenn unerzogene Eltern unerzogene Kinder haben. Schon an mehreren Arbeitsplätzen ist er gescheiter, weil er sich nicht unterordnen konnte und auch nicht einsichtig genug ist, warum das zu einem geordneten Miteinander im Arbeitsleben eventuell gehören könnte. Vielleicht ist er auch in der Schule schon gescheitert. Wie lange wird er durchhalten, bis er endgültig unter der Brücke landet oder im Gefängnis? Das habe ich mich schon mehrfach gefragt.

Meine Gedanken mache ich mir auch, wenn ich Frauen im unterschiedlichen Alter in diesem ungepflegten Kreis sehe. Der einzige plausible Grund, den ich erkennen kann ist: Gleichgesinnte treffen, das muss ihr innerer Antrieb sein. Sie alle haben die gleichen schlichten Interessen und das war und ist für den Menschen immer schon ein starker Magnet. Kann so ein Zeitvertreib aber Erfüllung im Leben sein, ist die ein erstrebenswertes Lebensziel oder -inhalt?

„Wenn sie schon saufen müssen, dann können sie das doch auch zuhause tun und nicht im Blickfeld der Öffentlichkeit", bin ich der Meinung, aber „gleich und gleich gesellt sich gerne", sagt schon ein altes Sprichwort. Oder ich frage mich: „Haben diese Menschen keine eine eigene Wohnung, in der sie unabhängig vom Wetter zusammensitzen und unbeobachtet von anderen Menschen trinken und rumgrölen könnten?" Der unwiderstehliche Drang in die Öffentlichkeit und sich dort zu präsentieren scheint stärker zu sein. Dieser ungelösten Frage sollte man einmal näher nachgehen. Das wäre ein spannendes Thema für die Diplomarbeit eines angehenden Psychologen, wenn nicht längst schon ausgiebig darüber geforscht und geschrieben worden ist.

Der eine oder andere dieser Gesellen kennt mich schon vom Sehen, was bei den vielen flüchtigen Begegnungen nicht ausbleiben konnte. Dazu trägt bei, dass ich, wenn einer bei herrschenden Minusgraden gerade, wie ein Kind am Schoppen, an der Bierflasche hängt, mich nicht immer zurückzuhalten und manchmal eine passende oder unpassende Bemerkung mache. Wenn mir einer dumm kam, dann habe ich ihm auch schon einmal mit deutlichen Worten geantwortet und gesagt, was ich von ihn halte. Meine Motivation ist dabei: „Vielleicht hilft bei dem einen oder anderen doch noch ein verbaler Schlag mit dem Holzhammer auf den Kopf, um seinen elenden Zustand zu erkennen. Vielleicht hilft das noch zur Wende, seinen eigenen wahren Zustand noch zu erkennen, um mit dem letzten Rest an Achtung und Selbsterhaltungstrieb im letzten Augenblick noch gegenzusteuern."

Finde ich in der Nähe eine Pfandbüchse oder Pfandflasche, hebe ich sie auf und gebe sie einem von ihnen. Finde ich zwei, gibt das schon wieder eine Flasche Bier. „Denn kenne ich doch", mag der Angesprochene dann denken. Bei dieser Gelegenheit stelle ich schnell fest, ob der Angesprochene gerade gut drauf ist oder nicht. Höre ich einen von ihnen schreien: „Halt dinni Gosch" (sei still, halte dein Maul), dann weiß ich, bei dem läuft es heute nicht so gut.

Dann treffe ich auch solche, die sich mir gegenüber gerne kumpelhaft geben und sie biete mir schon mal ein Bier an. Es sind vornehmlich jene, denen ich schon gelegentlich eine oder mehrere Pfandbüchsen in die Hand gedrückte habe oder ihnen einen Hinweis gab, wo sie ein Dutzend leere Bierflaschen finden können, für die noch Pfand eingelöst werden kann.

Ich nehme die Kumpelhaftigkeit gelassen und amüsiere mich. Das selbstverständliche „Du", wie es unter diesen Brüdern üblich ist, ignoriere ich geflissentlich. „Ich habe schon vier Flaschen Bier gesoffen. Nun trinke ich noch eine, dann gehe ich nach Hause", sagte mir kürzlich einer. Wollte er mir andeuten, welche Leistung er an diesem Tage schon vollbracht hatte? „Schlafen, saufen, fernsehen", das muss der Lebensinhalt dieser armseligen Kreaturen sein ohne jegliche Perspektive.

Dann sehe ich einen auffallenden, speziellen Typen an seinem Stammplatz, und immer alleine und einsam sitzend. Mit tief ins Gesicht gezogener Mütze verharrt er dort länger fast regungslos. Sein Trolley, der vermutlich volle oder leere Flaschen enthält, steht neben ihm. Seine kitschige Bommelmütze bedeckt ihm vollständig Stirn und Ohren und nur wenig ist von seinem gealterten Gesicht erkennbar. Die Bierflasche hält er zwischen die Oberschenkel geklemmt und umschlingt sie mit beiden Händen. Wenn ich ihn sehe, bewegt mich schon die Frage: „Ob er sich daran die Finger wärmen will, oder wärmt er mit seinen Händen das kalte Bier?" Denkbar ist, der Inhalt bedeutet für ihn Labsal, ist ein Tröster in seiner Einsamkeit oder Eigenwilligkeit, seinem täglichen Elend.

Noch einen will ich beschreiben, der regelmäßig an seinem Stammplatz, versteckt hinter Säulen, fast unbeweglich verharrt. Man liest im kurzen Blick aus seinem Gesicht den ganzen Schmerz der Welt. Mindestens an fünf Tagen der Woche sehe ich dieses Paradebeispiel an Stehvermögen von morgens bis zum Abend am gleichen Ort ausharren und stehen.

Die Säulen tragen das gläserne Vordach am Omnibusbahnhof und dahinter steht er verdeckt, leicht an einen Pfeiler gelehnt, beobachtet mal links, mal rechts verstohlen vorbeiblickend das wuselige Treiben zu mancher Stunde, wenn die Schüler dem Bus zustreben, der sie nach Hause bringen soll. Eine Bierflasche steht neben ihm auf dem Boden. Seine ausdauernde Haltung gibt der Mann nur auf, wenn er zwischendurch in die im Gebäude befindliche Toilette muss, oder im schräg gegenüber liegenden Getränkemarkt bzw. im hundertfünfzig Meter entfernten Handelshof Nachschub in der Getränkeabteilung besorgt.

Ich muss gestehen, sein Stehvermögen ist bemerkenswert. Solange und so gut wie unbeweglich am gleichen Platz zustehen, das könnte ich nicht durchhalten, das wäre mir unmöglich. Nicht einmal eine Stunde wollte ich so stehen. Er ist auch sonst eine Ausnahme, denn selten sehe ich den Mann einmal mit jemand anderes zu sprechen.

Recht unangenehm, wenn nicht gar gefährlich können Begegnungen mit einem vielleicht Fünfzigjährigen werden. Neben Alkoholsucht vermute ich Schizophrenie als Ursache. Seit Jahren scheint er arbeitslos und wohl auch nicht in Arbeit vermittelbar zu sein. Ihm gehe ich lieber weitläufig aus dem Wege, denn immer solo und eilenden Schrittes läuft er durch die Straßen der Innenstadt, untersucht die Mülleimer nach Pfandflaschen und führt dabei im Stakkato lauthals schreiend mit imaginären Personen Streitgespräche.

Nur noch einen dieses illustren Kreises will ich beschreiben, dabei könnte ich durchaus diese Liste noch beliebig fortsetzen, es würde aber ins Uferlose führen. Leicht könnte ich in ihrer Besonderheit noch ein Dutzend solcher bedauernswerter Menschen aufzählen, die am unteren Ende des gesellschaftlichen Lebens angelangt sind.

Jenen, den ich noch beschreiben will, nenne ich „der Schattenmann“. Täglich begegnet er mir irgendwo in der Stadt, und ich sehe, wie er unsicher sein Fahrrad durch die Straßen schiebt und von morgens bis abends durch die engsten Gassen schleicht. Seinen Blick durch eine dunkelgefärbte Brille hat er stur zum Boden gerichtet und vom Herbst bis Anfang des Sommers trägt er eine weit über den Kopf gezogene Kapuze.

Begegnet ihm jemand, der ihn kennen könnte – und ich zähle vermutlich dazu – versucht er schnell um die nächste Ecke zu biegen und will verschwinden. Geht das nicht, so wendet er demonstrativ den Kopf zur Seite. Das ist wohl seine Art „Vogel-Strauß-Taktik“ zu praktizieren. „Wenn ich nicht hinschaue, sieht der mich nicht“, mag er denken.

Verstohlen prüft er jeden Mülleimer und sucht nach Pfandflaschen und Pfandbüchsen. Zwischendurch steht er dann lange und dicht in eine Ecke gedrängt am Bahnhof. Dort verweilt er und beobachtet vermutlich geduldig ankommende oder abfahrende Reisende, die eventuell, bevor sie ein den Zug steigen, eine Pfandflaschen in einen der Mülleimer werfen, die er sich dann holen kann. Und ab und zu findet er ein, zwei größere Zigarettenstummel, die er mit spitzen Fingern aufsammelt, direkt anzündet und raucht oder er nimmt den Tabak, gibt ihn in ein neues Zigarettenpapier und dreht sich daraus eine mickrige Zigarette.

Leicht könnte ich noch mehr solcher Charaktere beschreiben und – niemand wird es wirklich wundern – es gehören im Stadtbild auch Frauen zu diesem „erlauchten Kreis". Besonders auffällig ist eine jüngere Frau. Sie mag vielleicht Mitte vierzig sein. Häufig führt sie ein kleines Mädchen an der Hand, das vermutlich ihre Tochter ist. Mit dem Kind, das allenfalls zehn Jahre alt sein kann, sitzt die Mutter dann im Kreis der Trinker. „Was für ein Beispiel gibt diese Mutter ab, welche Lebensperspektive wird das Kind zu erwarten haben?" Da scheint das unheilvolle Schicksal quasi vorprogrammiert zu sein.

Auffallend oder bemerkenswert ist zudem, ich sehe die geschilderten Personen meistens im gleichen Outfit. Kaum einer scheint in diesem Zustand ein Bedürfnis nach sauberer und adretter Kleidung zu haben oder Abwechslung zu wünschen. Eine andere Erklärung wäre, das Geld reicht nicht mehr für ein sauberes T-Shirt oder eine gute Jeans, nicht einmal aus dem Secondhandshop oder dem Rotkreuz-Kleiderladen in der Erlenstraße, wo es günstig noch gute Kleidung zu erwerben gibt. Die Kleiderfrage scheint überhaupt nicht wichtig zu sein.

Wenn ich darüber sinniere, fällt mir spontan ein sinniger Spruch ein, der mir einmal auf einer Berghütte in den Stubaier Alpen aufgefallen ist. Dort war ich vor Jahren mit Freunden und einem Bergführer des Alpenvereins unterwegs. Damals hatte ich schon viele 3000er und auch ein paar 4000er bestiegen. Dabei habe ich persönlich sehr wohl erfahren, welche Mühe und wieviel Schweiß so eine Gipfelbesteigung kosten kann und vor 30 oder 40 Jahren boten die Berghütten noch wenig Komfort. Auf einer Wandtafel in der Hütte stand nun geschrieben: „Wer ungewaschen auf Stroh gelegen, mit fremden Leuten Bein an Bein, der muss sehr hochgestiegen oder tief gefallen sein." Eine Clique, denen wir auf der Wiesbadener Hütte im Montafon einmal begegnet sind und am Tisch saßen, sagte uns: „In den Bergen wäscht man sich nicht."

In den Bergen ist das spartanische Leben, wie es noch vor Jahrzehnten und früher der Fall war, allerdings auch längst Vergangenheit. Inzwischen bieten die meisten Berghütten den Gästen nicht nur fließendes Wasser, manche sogar mit Solar gewärmtes Wasser für eine nach einer langen Tagestour wohltuende Dusche, und neben dem schlichten einfachen Matratzenlager, in denen man Rücken an Rück lag, die Wahl von Doppel- oder Vierbett-Zimmern.

Meine für die Bühler Zwetschge und den Affentaler Wein bekannte Stadt ist überschaubar und hat knapp 30.000 Einwohner, und nur auf den Stadtkern bezogen sind es schon erstaunlich, dass uns so viele Menschen tagaus, tagein mit erkennbarem Alkoholproblem begegnen. Dabei ist der weitaus größere Teil längst noch nicht im Rentenalter. Sie sind vierzig, fünfzig Jahre alt, verbringen die meisten Stunden des Tages an den ihnen vertrauten Plätzen, schwingen große Reden in ihrem Kreis und scheinen sich dabei wohlzufühlen – oder sie haben sich mit ihrem Leben arrangiert. Wie sieht es dann erst in den Großstädten aus, da wo sich Gettos solcher gescheiterten Existenzen gebildet haben oder Schwerpunktzonen, wo sie zusammenkommen und regelmäßig treffen.

Welcher Segen ist es für sie, dass die Allgemeinheit bei solchen Gestrandeten noch für einen akzeptablen Überlebensstandard sorgt. „Warum sollte man sich da den Tag mit Arbeit verderben?" Wie das für den Unterhalt gedachte Geld von ihnen verbraucht wird, interessiert vermutlich keine Behörde, und man legt auch keinen gesteigerten Wert darauf, etwas an diesem Zustand zu ändern. Da müsste sich ja mancher Mitarbeiter von den zuständigen Ämtern aus der Komfortzone der Bequemlichkeit herausbewegen.

Für mich ist es ein nicht nachvollziehbares Phänomen, warum diese Trinker ungeniert in der Öffentlichkeit herumhängen wollen und das uneingeschränkt dürfen. Stumpft so ein Leben auf diesem Niveau im Laufe der Zeit dermaßen ab? Sinkt das Individuum in einem solchen Dunstkreis immer tiefer, ohne ein Werte erhaltendes Regulativ? Ist es den Tag über auf einer Parkbank sitzend oder einfach auf dem Boden, eine Flasche Bier nach der anderen in sich hinein schüttend, bequem oder auch nur ansatzweise lebenswert? Mir ist und bleibt das ein ungeklärtes Rätsel.

Da will ich mich bestimmt nicht zum Richter aufspielen, die Umstände, die dazu führten sind mir in den einzelnen Fällen nicht bekannt, aber muss man dann tatenlos zusehen und es auf Naserümpfen beschränken. Wo sind die vielen Sozialarbeiter in den Kommunen und Länder, die als geschulte Fachkräfte sich dem Einzelnen annehmen könnten oder sollten, ihn aus seiner Parallelwelt herausholt, schon um der Allgemeinheit willen. Das wird sicher nicht ohne geeignete Zwangsmaßnamen gehen, ohne Disziplinierung, was vielleicht schon in der Erziehung versäumt wurde. Um keine Missverständnisse aufkommen zu lassen: mit Zwangsmaßnamen meine ich keine körperliche Gewalt, sondern strikten Auflagen, die an die regelmäßigen Geldleistungen gekoppelt sind.

Die Behörden beschränken sich stattdessen auf ein bisschen Kosmetik da und dort. Ein paar der Erwähnten wurden hier in der Stadt irgendwann schon in schlichte Altbauwohnungen in einer etwas heruntergekommenen Siedlung verwiesen. Vermutlich konnten sie ihre bisherige Wohnung nicht mehr bezahlen und mussten sie räumen oder wurden zwangsgeräumt. Damit sie nicht auf der Straße landeten, wurden sie in Notunterkünften untergebracht. Nun ist für die Betroffenen dies der Ort ihres ungeliebten Zuhauses, und da sind sie auch im Sinne des Wortes am Rande der Stadt. In den ungepflegten Vorgärten könnten sie zwar etwas Gemüse anpflanzen, Blumen säen und es sich wohnlich machen, das will aber keiner. Dafür lagert rundum Müll, wuchert Unkraut und der nicht mehr benötigte Hausrat aus Spendungen wird direkt vor der Türe entsorgt.

Wenn sich die immer gleichen Menschen am selben Platz treffen wollen, dann könnte man das doch auch bei dem einen oder anderen in dessen eigener Wohnung tun oder an wärmeren Tagen vor seiner eigenen Haustüre im Garten. Da wäre keiner der Hitze im Sommer, der Kälte im Winter oder dem nasskalten Klima bei Regen ausgesetzt. Was zieht also diese Menschen so zwingend auf Plätze in der Öffentlichkeit? Für mich ist und bleibt es ein ungeklärtes Rätsel.

Bei meinen ausgedehnten Wanderungen habe ich viel Zeit, mir über die geschilderten Individuen und ihre Lebenssituation – die nicht erwähnten mit eingeschlossen – meine Gedanken zu machen. Letztlich kam ich zu dem Schlussergebnis: „Diese Menschen suchen wohl bewusst die Öffentlichkeit und wollen damit ihrer eigenen, inneren Einsamkeit entfliehen, egal was man über sie denkt oder von ihnen halten mag."

Denkbar ist auch das deprimierende Bewusstsein – vielleicht unbewusst – freiwillig oder unfreiwillig am Rande der Gesellschaft angekommen zu sein und leben zu müssen. Der oder die Betroffene suchen aus diesem Grunde die Nähe des normalen Publikums. Auf diese Weise kann man zeigen: Ich gehöre noch dazu. Über das, was der tatsächliche Grund, der Auslöser ist, kann man nur spekulieren oder ins Philosophieren geraten.

Bei aller wohlwollenden und manchmal unverständlichen Betrachtung – zwischendurch höchst amüsiert, dann wieder tief erschüttert, manchmal auch ärgerlich über die Schmarotzer der Gesellschaft (Entschuldigung, solche Gedanken hege ich tatsächlich manchmal, dann überkommt mich aber wieder Mitleid mit den eigentlich bedauernswerten Kreaturen) – habe ich ein Kapitel nur am Rande beleuchtet. Das ist der pekuniäre Aspekt, die Betrachtung was die Sucht, die Krankheit die Allgemeinheit insgesamt kostet.

Deutschland ist – sagen Fachleute – ein Schlaraffenland für Alkoholtrinker. Vom Genussmittel zur Sucht ist nur ein kurzer Schritt und sie stellen fest: „Alkohol ist in der Bundesrepublik viel zu billig zu haben. Da sind uns die Skandinavier ein Vorbild."

Wie schon erwähnt, wurden in der Bundesrepublik im Jahr 2016 über 2 Millionen Alkoholkranke registriert. Bei denen, die noch keine Rente beziehen, sind es die immensen Sozialkosten, für die der Staat – und somit wir alle – aufkommen müssen. Dazu zählt der Aufwand für Unterhalt und Miete, und es fallen in der Regel erhöhte Kosten für die Krankenversorgung an, um nur ein Teilaspekt zu nennen.

Diese Folgekosten sind bei weitem nicht durch die Alkoholsteuer, zu der die Branntweinsteuer und Sektsteuer zählen, gedeckt. Aber das ist ein anderes Kapitel.

Auch wenn ich mich hin und wieder über solche selbstverschuldeten oder ungewollten Schicksale ärgere, überwiegt bei mir bald wieder Mitleid mit diesen Kreaturen. Jeder dieser Menschen hat ein Schicksal und nicht überall ist uns bekannt, was die eigentliche Ursache war, um in die Abhängigkeit abzugleiten. War es mangelnde Anerkennung, nicht erwiderte Liebe, falsche Erziehung, sexueller und körperlicher Missbrauch von wem auch immer? Die Betroffenen sind im Grund bedauernswerte Individuen und es wäre zu wünschen, dass jedem geholfen werden könnte. Das ist aber reines Wunschdenken und wird es bleiben.

Und was sagen Fachleute zu diesem gesellschaftlichen Problem? [8]

Was ist eine Alkoholabhängigkeit?
Alkoholabhängigkeit (Alkoholismus) ist eine Erkrankung, kein moralischer Defekt. Charakteristisch ist das Suchtverhalten, also das übermächtige Verlangen nach Alkohol. Die Erkrankung ist durch körperliche, psychische sowie soziale Symptome gekennzeichnet.
Die körperliche Abhängigkeit wird durch physische Entzugssymptome in Trinkpausen charakterisiert und die seelische Abhängigkeit durch das zwingende Verlangen nach weiterem Alkoholkonsum.
Alkoholabhängigkeit ist sowohl vom Alkoholrausch als auch vom schädlichen Konsum von Alkohol abzugrenzen. Die Übergänge vom wiederholten Rausch über den schädlichen Konsum bis zur Abhängigkeit sind allerdings fließend.
Alkoholabhängigkeit entsteht nicht von heute auf morgen, sondern entwickelt sich in der Regel schleichend. Niemand, der alkoholische Getränke konsumiert, ist vor Abhängigkeit sicher.

---

[8] https://www.tk.de/techniker/gesundheit-und-medizin/behandlungen-und-medizin/sucht/alkohol-2022948?tkcm=aaus

Ein Alkoholrausch (akute Alkoholvergiftung, akute Alkoholintoxikation, Betrunkenheit) stellt sich als unmittelbare Folge des Konsums größerer Alkoholmengen ein. Je nach Trinkmenge und Toleranzentwicklung entwickeln sich unterschiedliche Schweregrade der Alkoholvergiftung. Im leichtesten Stadium stellt sich eine heitere Stimmung ein. Ängste und Hemmungen werden abgebaut, das Bewegungsbedürfnis ist erhöht.

Im mittleren Dosisbereich beginnen bereits Störungen der Sprache, des Ganges, der Koordination, der Aufmerksamkeit sowie der Urteilskraft. Es treten Erinnerungslücken auf. Bei noch höheren Dosen können schließlich Gereiztheit, Aggressivität, Ermüdung und Bewusstseinsstörungen bis zum Koma (tiefe Bewusstlosigkeit) auftreten.

Von schädlichem Alkoholgebrauch wird gesprochen, wenn der Alkoholkonsum zur Beeinträchtigung der Gesundheit führt. Die Beeinträchtigung kann sich sowohl im körperlichen Bereich (zum Beispiel als Erhöhung der Leberwerte, Magengeschwür, Bluthochdruck) als auch im psychischen Bereich (zum Beispiel in Gestalt von Depressionen, Minderwertigkeitsgefühlen) äußern.

Eine Alkoholabhängigkeit liegt vor, wenn innerhalb eines Jahres drei oder mehr der folgenden Kriterien gleichzeitig vorhanden sind: Ein starkes Verlangen oder eine Art Zwang, Alkohol zu trinken, verminderte Kontrollfähigkeit bezüglich des Beginns, der Beendigung und der Menge des Konsums. Körperliche Entzugserscheinungen, zum Beispiel Schwitzen und Zittern, nach Beendigung oder Verminderung des Konsums. Toleranzentwicklung, das heißt, um den gewünschten Effekt zu erreichen, müssen zunehmend größere Mengen Alkohol getrunken werden. Fortschreitende Vernachlässigung anderer Vergnügungen oder Interessen zugunsten des Alkoholkonsums. Es wird erhöhter Zeitaufwand betrieben, um Alkohol zu beschaffen, zu konsumieren oder sich von den Folgen zu erholen. Fortgesetzter Alkoholkonsum trotz schädlicher Folgen im körperlichen, geistig-psychischen oder sozialen Bereich wider besseren Wissens.

Welche Folgen entstehen durch die Alkoholabhängigkeit?

Alkohol ist ein Gift, das grundsätzlich alle Organsysteme des Körpers sowie die Psyche schädigt. Alkoholabhängigkeit ist lebensbedrohlich.

Pro Jahr stehen etwa 74.000 Todesfälle im Zusammenhang mit dem Konsum von Alkohol. Täglich gibt es rund 200 Todesfälle durch zu hohen Alkoholkonsum. Der Anteil der alkoholbedingten Todesfälle an allen Todesfällen im Alter zwischen 35 und 65 Jahren beträgt bei Männern 25 Prozent und bei Frauen 13 Prozent (insgesamt 21 Prozent). Die Lebenserwartung von Alkoholabhängigen ist statistisch gesehen um rund 15 Prozent vermindert. Das entspricht einer Verkürzung der Lebenszeit um etwa zwölf Jahre.

Welche Schäden auftreten, ist von Mensch zu Mensch und von Körperorgan zu Körperorgan verschieden. Körperliche Schäden können bei regelmäßigem Konsum auch dann vorkommen, wenn der Betroffene nicht als alkoholabhängig einzustufen ist.

Allgemeine Symptome:
Reduzierter Allgemeinzustand
Appetitmangel
Gewichtsverlust
Gerötete Gesichtshaut
Vermehrte Schweißneigung
Schlafstörungen
Neuropsychiatrische Symptome (Symptome, die das Nervensystem und die Psyche betreffen)

Entzugserscheinungen:
Eine Entzugssituation beginnt meist vier bis zwölf Stunden nach Ende oder Verminderung des Trinkens und erreicht seine stärkste Ausprägung am zweiten Tag. Sie ist durch innere Unruhe, Gereiztheit, Angstzustände, Schwitzen, Schweißausbrüche, Zittern, Übelkeit und Erbrechen, Herzrasen, Kopfschmerzen, Schlaflosigkeit, Sprechstörungen, Doppelbilder und allgemeines Krankheitsgefühl gekennzeichnet. Depressive Verstimmungen bis hin zu Selbstmordgedanken treten auf. Häufig kommen Krampfanfälle hinzu, die lebensbedrohlich werden können.

Entzugsdelir:

Das Delir ist die schwerste Form des Alkoholentzugssyndroms. Neben einer ausgeprägten Entzugssymptomatik treten Desorientiertheit, Bewusstseinsstörungen bis zum Koma, Schwitzen, Zittern sowie optische und akustische Halluzinationen (die berühmten „weißen Mäuse") auf. Daneben kommt es zu Fieber und Blutdruckanstieg. Störungen der Herz-Kreislauf-Regulation und der Atmung können unbehandelt schnell lebensbedrohlich werden. Das Entzugsdelir bedarf der sofortigen ärztlichen Behandlung.

Zentrales Nervensystem (Gehirn und Rückenmark):

Durch die Giftwirkung des Alkohols sterben im Gehirn Nervenzellen ab. Die Folge können Gang- und Koordinationsstörungen, Wesensänderungen (zum Beispiel Reizbarkeit und Eifersucht) sowie Konzentrations- und Gedächtnisstörungen bis hin zur Demenz (schwere Geistesschwäche) sein. Auch epileptische Anfälle (Krampfanfälle) sind eine häufige Konsequenz übermäßigen Alkoholkonsums.

Peripheres Nervensystem (Nerven außerhalb von Gehirn und Rückenmark): Zwischen 20 und 30 Prozent der Alkoholiker leiden unter Missempfindungen (Kribbeln, „Ameisenlaufen"), Taubheitsgefühlen, Schmerzen und Muskelschwäche, die durch Nervenschädigungen bedingt sind (Polyneuropathie). Betroffen sind insbesondere die Beine. In ausgeprägten Fällen kann die Gehfähigkeit eingeschränkt sein.

Psychische Verfassung:

Interessenverlust tritt auf. Dinge, die der Person früher Freude gemacht haben, rücken in den Hintergrund. Angst und Depressionen sind bei Alkoholabhängigkeit häufig. Sie werden direkt durch den Alkohol und indirekt durch die sozialen Folgen der Erkrankung ausgelöst. Zehn bis 15 Prozent der Betroffenen nehmen sich das Leben.

Folgeschäden am Verdauungssystem

Leber:

Bei fortgesetztem Alkoholkonsum kommt es zunächst zu einer Leberverfettung, die in der Regel keine Beschwerden verursacht. Anschließend kann sich eine Leberentzündung (Alkoholhepatitis) bis zur Leberzirrhose (Umwandlung von Lebergewebe in Bindegewebe) entwickeln. Die Leberzirrhose geht mit einem zunehmenden Funktionsverlust des Lebergewebes einher und führt schließlich zum Tod durch Leberversagen.

Darüber hinaus kann eine Leberzirrhose zu Krampfadern in der Speiseröhre führen. Reißen diese ein, besteht akute Verblutungsgefahr. Auch ist das Risiko von Leberkrebs fünf- bis 15-fach erhöht.

Eine schädigende Wirkung auf die Leber tritt beim Mann schon ab einem Konsum von circa 20 bis 24 Gramm reinem Alkohol (das entspricht etwa 0,2 bis 0,25 Liter Wein oder 0,5 bis 0,6 Liter Bier) pro Tag auf. Frauen reagieren erheblich empfindlicher auf Alkohol. Für sie liegt die kritische Grenze bei zehn bis zwölf Gramm reinem Alkohol (0,1 Liter Wein oder 0,25 Liter Bier) pro Tag.

Speiseröhre, Magen:
Es besteht ein erhöhtes Risiko für Entzündungen, Geschwüre und Krebserkrankungen. An der Speiseröhre treten vermehrt Schleimhauteinrisse auf.

Darm:
Die Aufnahme von lebenswichtigen Nährstoffen (zum Beispiel Vitamin B und Folsäure) ist gestört, sodass Mangelerkrankungen entstehen können.

Bauchspeicheldrüse:
Es kann zu einer sehr schmerzhaften und lebensbedrohlichen chronischen Entzündung des Organs kommen (Bauchspeicheldrüsenentzündung, Pankreatitis). Diese kann auch zur Entstehung einer Zuckerkrankheit (Diabetes mellitus) führen.

Weitere Folgeschäden
Herz-Kreislauf-System:
Einige Untersuchungen zeigen, dass mäßiger Alkoholkonsum (unter 20 g/Tag für Männer und Frauen) möglicherweise eine schützende Wirkung bezüglich einer koronaren Herzkrankheit hat. Allerdings erhöht sich mit steigendem Konsum das Risiko für einen plötzlichen Herztod und Herzrhythmusstörungen.

Weiterhin kommt es zu einer Schädigung des Herzmuskels mit einer krankhaften Vergrößerung des Herzens (dilatative Kardiomyopathie), die zu einer verminderten Leistungsfähigkeit führt. Alkohol erhöht außerdem den Blutdruck und damit die Gefahr eines Schlaganfalls.

Blut

Durch die verminderte Blutbildung entsteht eine Blutarmut, und durch eine gestörte Blutgerinnung steigt das Risiko für Blutungen.

Hormonhaushalt

Bei Männern kann es zu Potenzstörungen, bei Frauen zu Störungen der Regelblutung und bei beiden Geschlechtern zur Abnahme des sexuellen Verlangens kommen.

Schwangerschaft

Alkoholkonsum während der Schwangerschaft kann eine Schädigung des Embryos verursachen, die sich unter anderem durch Minderwuchs, geistige Behinderung und Herzfehler zeigen kann.

Krebserkrankungen

Alkoholkonsum erhöht das Risiko, an Krebs zu erkranken. Dies gilt insbesondere für Tumorerkrankungen der Mundhöhle, des Rachens, der Speiseröhre, der Leber, des Dick- und Enddarms sowie bei Frauen der Brust.

Soziale Folgen

Zu den sozialen Folgen der Alkoholabhängigkeit gehören familiäre Probleme, Schwierigkeiten am Arbeitsplatz, Führerscheinverlust sowie die soziale Isolierung durch den Verlust von Freunden und Bekannten. Alkoholabhängigkeit geht in vielen Fällen mit einem sozialen Abstieg einher.

Die finanziellen Folgen für die Gesellschaft durch Fehlzeiten, sinkende Arbeitsleistung, alkoholbedingte Unfälle sowie direkte Krankheitskosten durch alkoholkranke Personen wurden im Jahr 2013 auf rund 26,7 Milliarden Euro geschätzt. Auch aus diesem Grund ist Alkohol ein bedeutendes sozialmedizinisches Problem.
Wie häufig ist Alkoholabhängigkeit?

Alkoholabhängigkeit ist weit verbreitet. In Deutschland gibt es etwa 1,9 Millionen Alkoholabhängige. Die Dunkelziffer von Alkoholabhängigkeit ist hoch.

In Deutschland gelten rund drei Prozent der Erwachsenen als alkoholabhängig. Von den 18- bis 24-Jährigen sind inzwischen sogar etwa sechs Prozent alkoholabhängig. Weitere drei bis vier Prozent betreiben einen missbräuchlichen Alkoholkonsum.

Dem Epidemiologischen Suchtsurvey zufolge konsumieren insgesamt 9,5 Millionen Menschen Alkohol in gesundheitlich riskanter Weise. Das heißt, ihr Konsum geht mit der erhöhten Wahrscheinlichkeit einher, künftig Schaden durch Alkohol zu nehmen. Als Grenzwert wird ein Alkoholkonsum angenommen, der oberhalb der tolerierbaren oberen Alkoholmenge (TOAM) von zehn bis zwölf Gramm pro Tag für Frauen und 20 bis 24 Gramm pro Tag für Männer liegt.

In psychiatrischen Kliniken stellen Alkoholabhängige mit rund 30 Prozent die größte Patientengruppe dar. Auch in Allgemeinkrankenhäusern finden sich etwa zehn bis 20 Prozent Alkoholabhängige.

Bei Kindern und Jugendlichen nahm der Alkoholkonsum in den vergangenen Jahren stark zu. Auffallend ist der Trinkstil in dieser Altersgruppe: Besonders beliebt ist Komatrinken, das durch rasche Aufnahme hoher Alkoholmengen schnell zu einer Alkoholvergiftung führt. Nach aktueller Bundesstatistik landeten 2012 insgesamt rund 26.600 Kinder und Jugendliche im Alter zwischen zehn und 20 Jahren mit einer Alkoholvergiftung im Krankenhaus.
Wie wird eine Alkoholabhängigkeit festgestellt?

Hinweise für ein Alkoholproblem sind Verhaltensauffälligkeiten und die oben beschriebenen körperlichen Merkmale der betroffenen Person. Der Arzt stellt die Diagnose auf Grundlage eines ausführlichen Gesprächs, der körperlichen Untersuchung und der Erhebung von Laborbefunden. Im Gespräch berücksichtigt er die aktuellen Beschwerden, Vorerkrankungen und die Lebens- und Familiengeschichte des Betroffenen. Außerdem erfragt der Arzt die Entwicklung des Alkoholkonsums und psychische Erkrankungen.

Blutwerte, die auf chronischen Alkoholmissbrauch hindeuten, sind das mittlere Zellvolumen der roten Blutkörperchen (MCV), das Enzym Gamma-GT und das Kohlenhydrat-defiziente Transferrin (CDT).

Durch eine umfangreiche körperliche Untersuchung lassen sich bereits eingetretene Folgeschäden des Alkoholismus feststellen.

Für Betroffene gibt es Kurzfragebögen (zum Beispiel Lübecker Alkoholismus-Screening Test, CAGE-Fragebogen), die eine Selbsteinschätzung der Gefährdung durch Alkohol zulassen. Der CAGE-Fragebogen besteht aus vier Fragen. Werden zwei mit "Ja" beantwortet, liegt mit großer Wahrscheinlichkeit eine Alkoholabhängigkeit vor:

Haben Sie schon einmal daran gedacht, Ihre Trinkmenge zu reduzieren? Haben Sie sich jemals über die Kritik anderer Personen an Ihrem Trinkverhalten geärgert? Haben Sie sich wegen Ihres Trinkverhaltens schuldig gefühlt? Haben Sie morgens Alkohol getrunken, um wach zu werden oder sich konzentrieren zu können?

Welche Ursachen der Alkoholabhängigkeit gibt es?

Auf die Frage, warum manche Menschen abhängig werden und manche nicht, gibt es keine endgültige Antwort. Wissenschaftler gehen heute davon aus, dass verschiedene Faktoren zur Entstehung einer Alkoholabhängigkeit beitragen. Dazu gehören individuelle Faktoren (zum Beispiel genetische Belastung, Lebensgeschichte), das soziale Umfeld sowie die spezifische Wirkung von Alkohol auf den jeweiligen Betroffenen und die Verfügbarkeit der Droge.

Oft sind starke familiäre Häufungen von Alkoholproblemen zu beobachten. Die Wissenschaft führt dieses Phänomen einerseits darauf zurück, dass Kinder das Verhalten, Alkohol auch in großen Mengen zu konsumieren, in diesen Familien von ihren Vorbildern „erlernen". Andererseits soll auch eine genetische Veranlagung an der Häufung beteiligt sein.

Von einer spezifischen „Alkoholiker-Persönlichkeit" als Ursache der Alkoholabhängigkeit geht man heutzutage nicht mehr aus.

Wie verläuft eine Alkoholabhängigkeit?

Auch wenn sich die individuellen Krankheitsverläufe oft sehr unterscheiden, so lässt sich doch ein typischer Verlauf der Entwicklung zur Alkoholabhängigkeit skizzieren.

Voralkoholische Phase

Diese Phase ist gekennzeichnet durch gelegentliches bis dauerndes Erleichterungstrinken. Die Betroffenen setzen Alkohol immer mehr zur Problemlösung, zum Abbau von Spannungen und zur Reduktion von Stress ein. Schließlich suchen sie fast täglich Entspannung im Alkohol, ohne dass es zum Rausch kommt. Dieses Trinkverhalten dauert je nach Umständen über einige Monate bis Jahre an. Der Körper gewöhnt sich immer mehr an Alkohol. Es kommt zu einer Toleranzentwicklung.

Anfangsphase (Prodromalphase)

Die Gedanken kreisen immer häufiger um den Alkohol. Auch das Verhalten ändert sich: Die Betroffenen trinken häufiger heimlich und schon morgens, die ersten Gläser gierig, und legen sich Alkoholvorräte an. Sie merken nun deutlich, dass mit ihrem Trinkverhalten etwas nicht stimmt und entwickeln Schuldgefühle. Erste Erinnerungslücken treten schon nach geringen Alkoholmengen auf. Die Betroffenen sind bemüht, das Thema Alkohol vor anderen Menschen zu vermeiden.

Kritische Phase

Typisch für diese Phase ist der beginnende Kontrollverlust über das Trinken, das heißt Betroffene sind unfähig, Beginn, Menge und Ende des Alkoholkonsums frei zu bestimmen. Das Denken ist in dieser Phase nahezu vollständig auf den Alkohol konzentriert. Selbstmitleid und Selbstvorwürfe quälen und Versuche, abstinent zu bleiben, schlagen mehrfach fehl.

Zunehmend verändert sich die Persönlichkeit und es entstehen Konflikte im privaten sowie beruflichen Bereich, da die Betroffenen ihren Alkoholkonsum gegenüber der Außenwelt nicht länger verheimlichen können. Sie verbringen immer mehr Zeit mit dem Beschaffen und dem Konsum von Alkohol und vernachlässigen andere Interessen sowie soziale Kontakte. Es zeigen sich bereits deutliche körperliche Symptome sowie Entzugserscheinungen bei vermindertem Konsum.

Chronische Phase

Alkohol spielt nun die alles beherrschende Rolle. Die Betroffenen sind häufig tagelang betrunken. Oft müssen sie bereits am Morgen Alkohol - egal in welcher Form - trinken. Die Erkrankten können dem Alkohol kaum noch widerstehen. Sie können selbst einfachste Tätigkeiten nicht mehr ohne Alkoholkonsum ausführen. Sie sind zunehmend unfähig, den Konsum zu stoppen, obwohl es bereits zu körperlichen, psychischen und sozialen Folgen gekommen ist. Durch den geistigen Abbau nehmen Gedächtnisleistungen sowie Kritik- und Urteilsfähigkeit ab. Es entwickeln sich körperliche Schäden und in den meisten Fällen resultiert ein rascher sozialer Abstieg.

Wie wird die Alkoholabhängigkeit behandelt?

Grundsätzlich lassen sich vier Phasen der Therapie unterscheiden. In jedem Stadium der Behandlung ist individuell der Situation des Betroffenen Rechnung zu tragen. Von entscheidender Bedeutung ist die möglichst frühzeitige Diagnose der Erkrankung.

Die lebenslange Abstinenz von Alkohol ist das allgemein anerkannte Therapieziel. Viele Betroffene sind unsicher und schrecken insbesondere zu Beginn einer Abhängigkeit vor dem Aufsuchen einer Beratung und Behandlung zurück. Trotz eigener Einsicht in die Notwendigkeit sind auch viele Betroffen (noch) nicht bereit, vollständig auf Alkoholkonsum zu verzichten. Vor diesem Hintergrund kommt die neue Leitlinie zur Behandlung alkoholbezogener Störungen zum Schluss, auch die Reduktion der Trinkmengen als zumindest zwischenzeitliches Therapieziel für Alkoholabhängige anzuerkennen. Die damit verbundene Senkung der Hemmschwelle soll mehr Menschen in eine Beratung und Behandlung führen als bisher. Abstinenz bleibt das oberste Ziel, aber wenn der Betroffene dazu noch nicht bereit ist, dann zielt die Beratung oder Behandlung zunächst einmal auf eine Reduktion ab.

Kontakt- und Motivationsphase

Die Betroffenen nehmen ersten Kontakt zu einer Beratungsstelle oder einem Arzt auf. Die Erkrankten - und im Idealfall auch ihre Angehörigen - sollten ausführliche Informationen erhalten.

Im besten Fall schlägt die Motivation zum Trinken in eine Motivation zur Abstinenz um. Der Arzt kann versuchen, diese Motivation zu festigen. Er schlägt dem Patienten eine individuelle Therapie vor und legt die weiteren Behandlungsschritte fest. Nur wenn die Patienten selbst zur Therapie bereit sind, kann sie Erfolg haben.

Entzugsphase

Während der Entzugsphase steht die körperliche Entwöhnung im Vordergrund. Ziel ist, dass die Betroffenen ihren Alkoholkonsum vollständig einstellen. Neben körperlichen und medikamentösen Maßnahmen spielen in der Entzugsphase auch Motivationsförderung und Aufklärung eine Rolle.

Eine medikamentengestützte Alkoholentzugsbehandlung ist einer Nichtbehandlung überlegen in Bezug auf die Schwere der vorkommenden Entzugssymptome und die Häufigkeit von Komplikationen. Eine medikamentöse Therapie des Alkoholentzugssyndroms soll daher unter Berücksichtigung von Entzugsschwere und Entzugskomplikationen erfolgen. Leichte Alkoholentzugssyndrome können mit Medikamenten behandelt werden. Schwere und mittelschwere Alkoholentzugssyndrome sollen pharmakologisch behandelt werden.

Benzodiazepine reduzieren zum Beispiel wirksam die Schwere und Häufigkeit von Alkoholentzugssymptomen sowie die Häufigkeit schwerer Komplikationen wie Delirien und Entzugskrampfanfälle. Sind keine schweren Entzugssymptome zu erwarten, kann die Behandlung ambulant erfolgen. Beim Auftreten von Entzugserscheinungen und drohendem Delirium ist die Möglichkeit des schnellen ärztlichen Eingreifens jedoch sehr wichtig. Deshalb ist bei Patienten mit hohem Risiko für Entzugserscheinungen ein stationärer Aufenthalt in einer suchtmedizinischen Abteilung einer Klinik notwendig.

Entwöhnungsphase

Der körperlichen Entgiftung folgt die psychische Entwöhnung, da die alleinige Entgiftung meist nicht zur Behandlung der Alkoholabhängigkeit ausreicht. Die Entwöhnungsbehandlung können Betroffene in einer Fachklinik oder auch ambulant über einen Zeitraum von mehreren Wochen bis Monaten durchführen.

Ziel ist es, den Abstinenzwunsch zu festigen und das Leben ohne Alkohol wieder zu erlernen. Um dies zu erreichen, sind verschiedene psychotherapeutische Methoden, Sporttherapie, Arbeitstherapie, soziale Betreuung und vieles mehr erfolgversprechend.

Nachsorge- und Rehabilitationsphase

Ein hohes Rückfallrisiko besteht beim Übergang von der stationären Behandlung in den Alltag nach der Klinikentlassung. "Alte" Probleme und Verhaltensweisen können Betroffene schnell wieder einholen.

In dieser Phase ist deshalb eine konsequente und engmaschige ambulante Nachbetreuung besonders wichtig, die Suchtambulanzen, Suchtberatungsstellen oder Fachärzte übernehmen. Ein weiterer wichtiger Baustein ist die regelmäßige Teilnahme an Selbsthilfegruppen (zum Beispiel Anonyme Alkoholiker, Blaukreuzler, Guttempler).

Zur Unterstützung der Abstinenzbemühungen der Patienten gibt es außerdem Medikamente, die: das Verlangen nach Alkohol mindern (Acamprosat), bei Alkoholzufuhr unangenehme körperliche Reaktionen auslösen (Disulfiram).

Die Medikamente können eine Behandlung und Therapie durch Fachkliniken sowie den Kontakt zu Selbsthilfegruppen und Suchtberatungsstellen jedoch nicht ersetzen, sondern nur ergänzen. Verschiedene Lebenssituationen sind mit einem besonders hohen Rückfallrisiko für die Betroffenen verbunden. Die Patienten sollten solche Versuchungen während ihrer Behandlung erkennen lernen und sich auf sie vorbereiten. Dazu gehören:

Umwelt

Die Verfügbarkeit von Alkohol (Vorräte, Hausbar) oder Gaststättenatmosphäre erhöhen das Rückfallrisiko.

Gewohnheit

Alte Verhaltensweisen brechen durch und verführen dazu, zu bestimmten Zeiten oder Anlässen beziehungsweise an bestimmten Orten etwas zu trinken.

Beziehungsprobleme

Stress und Konflikte in der Beziehung können zum Trinken verführen.

Psychische Faktoren

Hoffnungen, Sorgen, soziale Ängste, Depression oder Freude bergen ebenfalls ein Rückfallrisiko.

Selbstüberschätzung

Insbesondere wenn sie sich gut und geheilt fühlen, können Patienten einen Rückfall erleiden, weil sie zur Fehleinschätzung neigen, sie hätten ihre Krankheit überwunden und wären in der Lage, Alkohol wieder kontrolliert zu trinken.

Was bedeutet Co-Abhängigkeit?

Mit dem Begriff der Co-Abhängigkeit wird zum Ausdruck gebracht, dass Alkoholabhängigkeit sich immer in einem sozialen Umfeld abspielt. Das Umfeld ist Teil des Erkrankungskomplexes. Oft bestehen enge Wechselwirkungen zwischen den Betroffenen und ihren Bezugspersonen. Daraus entsteht ein bestimmtes Rollenverhalten.

Obwohl Angehörige wünschen, dass die Abhängigen ihren Alkoholkonsum aufgeben, entwickeln sie gelegentlich ein Verhalten, das den Weg in die Abhängigkeit fördert und die Krankheit verlängert. Das kann zum Beispiel der Fall sein, wenn Angehörige versuchen, Probleme des Erkrankten zu lösen, Verantwortung für ihn übernehmen beziehungsweise sein Verhalten entschuldigen, decken oder versuchen, es vor der Außenwelt zu verbergen.

Die Medizin spricht in solchen Fällen von Co-Abhängigkeit. Diese muss überwunden werden. Der Weg aus der Sucht kann nur dann beginnen, wenn der Kranke mit den negativen Auswirkungen seiner Krankheit konfrontiert wird und selbst die Verantwortung für sein Handeln und dessen Konsequenzen übernimmt.

Wie ist die Prognose von Alkoholabhängigkeit?

Eine exakte Prognose der Alkoholkrankheit ist zum Zeitpunkt des Therapiebeginns nur sehr eingeschränkt möglich. Sie ist sehr stark von individuellen Faktoren abhängig, insbesondere von bereits eingetretenen körperlichen und psychischen Schäden.

Voraussetzung für die Heilung ist in jedem Fall eine ausreichende Eigenmotivation, ohne die eine Therapie nicht erfolgreich verlaufen kann.

Eine mittel- und längerfristige stabile Besserung der Erkrankung (abstinente Alkoholabhängigkeit) über mindestens ein Jahr nach einer Entwöhnungsbehandlung erreichen 40 bis 50 Prozent der Betroffenen. Bei denjenigen, die regelmäßig eine Selbsthilfegruppe besuchen, ist die Erfolgsquote mit über 70 Prozent noch höher. Wegen des enormen Rückfallrisikos dauert die Behandlung der Alkoholkrankheit streng genommen jedoch ein Leben lang an.

Was kann man selbst tun?

Alkohol kann grundsätzlich für jeden Menschen zu einem Problem werden. Gerade weil Alkohol in Deutschland zum gesellschaftlichen Leben dazugehört, ist es oft schwierig, den Beginn einer Abhängigkeitsentwicklung zu erkennen.

Sobald Bedenken aufkommen, dass der persönliche Konsum zu hoch ist, beziehungsweise der Verzicht auf Alkohol schwerfällt, sollten Betroffene eine qualifizierte Beratungsstelle oder einen Arzt aufsuchen. Auch das Ansprechen der Alkoholabhängigkeit durch Angehörige oder Freunde kann Anlass sein, den eigenen Alkoholkonsum zu hinterfragen.

Oft sind Angehörige in besonderem Maße auf Rückhalt und Unterstützung angewiesen, um den Belastungen des Zusammenlebens mit einem Alkoholkranken gewachsen zu sein. Neben den Betroffenen selbst können deshalb auch Angehörige sich an Beratungsstellen wenden. Außerdem existieren spezielle Selbsthilfegruppen für Angehörige.

Denkmal Affentaler Wein

Besenwirtschaft „Durst"

10

Ein Massenphänomen

Unbändiges exzessives „Ballermannsaufen" ist nicht nur auf deutsche und englische Urlaubsgäste, auch nicht auf die Baleareninsel Mallorca beschränkt. Städte wie Freiburg sind vor Gericht gescheitert, im Innenstadtbereich zu verbieten. Sie wollten erreichen, dass abends und in der Nacht auf öffentlichen Plätzen Alkohol getrunken wird. Mir kommt es vor, wenn ich solche Geschichten höre, als ob manche den Alkohol intravenös brauchen.

Wenn der KSC am Samstag oder Sonntag ein Spiel in der 2. Bundesliga austrägt, stehen morgens um 10 Uhr am Bahnhof in Bühl schon mindestens 20 Personen und meist noch mehr, die mit der Bahn nach Karlsruhe ins Wildparkstadion anreisen wollen. In der Wartezeit leeren sie Dutzende Bierflaschen oder überwiegend sind es Bierdosen und heizen sich damit an. Wird das tatsächlich gebraucht um sich als Fun in die richtige Stimmung zu bringen, in der Lage zu sein, später nach dem Anpfiff im Stadion den Lieblingsverein richtig anfeuern zu können? Es sieht ganz danach aus.

Die Stadt Karlsruhe kämpft seit Jahren vergeblich am Werderplatz gegen das Phänomen einer Gettobildung. Der einst gutbürgerliche Stadtteil ist längst durch Junkies, Alkoholiker und andere gescheiterte Existenzen heruntergekommen. Im Bereich dieses einst dörfliche Idylle ausstrahlenden Wohnbereiches gibt es eine öffentliche Toilettenanlage, die nach und nach zum Treffpunkt der oben beschriebenen Szene wurde. Schlägereien und offenes fixen waren an der Tagesordnung und die städtischen Mitarbeiter trauten sich nicht mehr dorthin um dem Übel Einhalt zu gebieten und einzugreifen. Dadurch geriet das ganze Viertel nach und nach in Verruf, was in der Folge erhebliche Auswirkungen auf den Verkehrswert der Häuser hatte und niemand dort mehr eine Wohnung suchen wollte.

Diese beiden Städte sind sicher nicht die Einzigen in der Bundesrepublik, die gleiche Probleme haben.

Es ist ein allgegenwärtiges Phänomen dieser Tage: das offensichtliche Verlangen nach unbegrenztem, hemmungslosem Trinken innerhalb größerer Menschenmassen. Ich erinnere nur an: „Public Viewing". Bei der Übertragung von Sportereignissen treffen sich unübersehbare Menschenmassen, obwohl das sportliche Ereignis zu Hause am Bildschirm entspannter, näher und deutlich sichtbarer, zumindest aber ungestörter, zu verfolgen wäre.

In der Masse ist jeder anonym und befindet sich doch inmitten vieler Gleichgesinnter, ist unter Menschen, statt sich einsam zu Hause innerhalb der eigenen vier Wände zu langweilen. In diesem Umfeld darf sich der Einzelne gehen lassen, lauthals schreien und grölen, dem engen Korsett der Gesellschaft entweichen, ohne unangenehm aufzufallen oder Gefahr zu laufen, bloßgestellt zu sein.

Einer meiner Enkel war 9 Jahre alt und schwärmte gerade für Fußball. Sein heißer Wunsch war: Ein Fußballspiel in einem Stadion zu erleben und am liebsten wäre es ihm beim FC Bayern in München gewesen. „Alle waren schon in München – damit meinte er seine Schulkameraden – ich aber noch nie, nie nie… ", klagte er. München war mir dafür zu weit, stattdessen besorgte ich uns Karten und besuchte mit ihm ein Spiel im Wildparkstadion des Karlsruher SC in der badischen Metropole.

Wegen möglichem Stau und den allseits bekannten Parkplatzproblemen war es ratsam, sehr früh anzufahren und mindestens eine Stunde oder besser noch früher im Stadion auf dem gebuchten Platz zu sitzen.

Kurz vor Spielbeginn musste der Enkel aber noch zur Toilette und ich begleitete ihn zu der Anlage. Zu seinem Entsetzen trafen wir dort auf total betrunkene Funs. Sie grölten lauthals unverständliches Zeug und waren schon erkennbar eingenässt. „Die sind ja schon so besoffen, dass sie vom Spiel nichts mehr mitbekommen", wunderte sich der Bub. Er hatte vollkommen recht, und mir schien es auch nicht einleuchtend, warum man für Tickets viel Geld auf den Tisch legt, und dann in diesem Zustand vom Spiel absolut nichts mehr mitbekommt.

Typisch für dieses mir unerklärliche Phänomen ist ein Beispiel, wiederum einer aus dem Kreis meiner ehemaligen Kollegen. Dieser war im mittleren Alter, wohnte im Ruhrgebiet und war an sich gut gesittet. Allgemein konnte man ihn nicht zu den Rabauken zählen oder ihn „Bruder Leichtfuß" nennen, im Gegenteil. Er verfügte über eine gute Bildung, hatte ein gewisses Niveau und beruflich zählte er zu den sehr erfolgreichen Verkäufern unseres Kreises. Doch einmal im Jahr drängte es ihn aus diesem Korsett auszubrechen und er flog mit Freunden seines Kegelclubs auf die „17. deutsches Bundesland" genannte Insel und verbrachte fünf Tage auf Mallorca.

Schwärmerisch berichtete er uns hinterher: „Wir haben die ganze Nacht über durchgezecht. Tagsüber lagen wir am hoteleigenen Strand und schliefen unseren Rausch aus, abends landeten wir wieder alle an der Bar."

Über Jahre hatte er in jeweils fünf Tagen nichts von der Insel gesehen, nichts von der landschaftlichen Schönheit, nichts von den bedeutenden Sehenswürdigkeiten und der Jahrhunderte zurückreichenden Kultur. Was er sah, beschränkte sich auf Hotel, Bar, Strand und Zimmer. Das war offensichtlich für ihn und seine Freunde der ultimative Kick. Wieder zu Hause, brauchte er Tage, um sich von diesen Eskapaden zu erholen.

Mir hat sich nie erschlossen, was der Reiz an einer solchen Unternehmung sein sollte. Wenn wir uns über diesen „Kegelausflug" unterhielten, erwiderte ich gerne etwas sarkastisch: „Da hättet ihr doch einfach im «Sauerland-Stern» in Willingen oder in dessen Zwilling, dem «Allgäu-Stern» in Sonthofen buchen können. Das wäre näher gewesen und ihr hättet diese Ziele billiger und schneller erreicht. Zudem hättet ihr noch einige Stunden mehr Zeit zur Verfügung gehabt, um länger zu saufen und gehörig auf den Putz zu hauen."

Die beiden genannten Häuser zählten in den 1980er Jahren zu den Hochburgen ultimativer Ausschweifungen und waren bekannte, beliebte Destinationen für Kegelklubs und vergleichbare Freizeitvereine. Wem es nach anonymem Sex zumute war, fand ohne Mühe reichlich willige Opfer.

In der „Zwetschgenstadt" Bühl hat das jährlich stattfindende Zwetschgenfest schon eine lange Tradition. Zum Beginn oder bei der Eröffnung ist der Fassanstich durch den Oberbürgermeister obligatorisch und damit wird auch die Festzeltparty der Extraklasse eingeläutet. Die „Blech-blosn" aus München oder die Band „Alpenstarkstrom" heizten in den letzten Jahren dem Publikum tüchtig ein. Sämtliche Plätze im 1000 Personen fassenden Zelt waren ein Jahr im Voraus schon ausgebucht und dabei ist das Erscheinen in Dirndl und Lederhosen Pflicht.

Abends treffen sich tausende Besucher in kleinen Zelten, scharen sich um Bier- und Weinstände oder finden sich an dutzenden Plätzen im Innenstadtbereich und rund um den Vergnügungspark ein. Die Stände bieten neben Speisen ein reichhaltiges Sortiment an Getränken aller Art. Für viele Menschen aus Nah und Fern ist das ein Highlight im Jahr; man trifft sich, unterhält sich, trinkt ungehemmt und genießt den Flair eines ausgelassenen Freizeitvergnügens. „Himmel, was will man mehr, was kostet die Welt?"

Nicht weit von Bühl entfernt in Renchen-Ulm gibt es die alteingesessene Familienbrauerei Bauhöfer, bekannt für Ulmer Bier, oder heute umbenannt in „Bauhöfer's Schwarzwaldmarie". Neben diversen Spezialitäten kreierte die Brauerei vor Jahren ein „Mondscheinbier". In der Vollmondnacht vom 22. auf den 23. April 1997 wurde erstmals dieses Vollmond-Bier eingebraut, und seither wurde der Ausschank während der Sommermonate im eigenen Biergarten zum Renner.

„Inwieweit die Mystik der Vollmondnacht und die geheimnisvollen, magischen Kräfte des Mondes dabei eine gewisse Wirkung entfalten, bleibt das Geheimnis des Mondes. Versprechen können wir Ihnen aber eine garantiert frische Bierspezialität in gewohnter Ulmer Qualität, die nicht nur beim Genuss in einer romantischen Vollmondnacht ihre Freunde und Fans finden wird. Lassen sie sich doch auch einmal einfach verzaubern", wirbt die Brauerei, und wie zu hören und zu lesen ist, folgen an solchen Abende über 2000 Besucher der Einladung, die dicht an dicht gedrängt an den Tischen sitzen und dem launigen Vergnügen Folge leisteten.

Oder denken wir an die Millionen Besucher, die Jahr für Jahr aus aller Welt zum Oktoberfest nach München strömten oder den Cannstatter Wasen in Stuttgart bevölkerten. Selbst der stolze Preis von 10 Euro und inzwischen noch mehr für eine Maß Bier schreckte keinen vom Besuch ab. Die Sanitäter und Ärzte sämtlicher Krankenhäuser hatten dann jeweils Hochsaison bei der Behandlung von Alkoholleichen.

[9])

Doch auch diese Paradebeispiele stehen nicht für sich. Sie sind saisonal auf eine kurze Zeit im Jahr begrenzt. Bemerkenswerter

---

[9]) Quelle: Facebook

finde ich dagegen die vielen ausgedehnten Biergärten, wie es sie in München und anderswo gibt und wohin – zumindest an schönen Tagen – zigtausende mit „Kind und Kegel" strömen. Sie kommen zu Fuß, mit dem Fahrrad oder gemächlich mit der Kutsche. Ich nenne nur den „Im Hirschgarten" und den „Am Chinesischen Turm im Englischen Garten" als bekannteste Adressen der Metropole München.

Unter überregional bekannten 19 Adressen für „Feiern unter freiem Himmel" sind die „Rheinterrassen in Düsseldorf" zu nennen oder – oder ein Exot unter den Event-Plätzen und das ist kein Scherz – das Plateau auf der Zugspitze beim Münchner Haus. Wer zweifelt, der sollte einmal an einem schönen Sommertag auf Deutschlands höchsten Berg kommen. Der atemberaubende Andrang sprengt das Vorstellungsvermögen eines „Flachlandtirolers" und wem solche Massen ein Gräuel sind, tritt unverzüglich die Flucht an.

Das Münchner Hofbräuhaus ist eines der ältesten Brauhäuser. Mit den Sälen Schwemme, Bürgerstüberl, Festsaal und Biergarten fasst das Haus große Massen, ist legendär und bräuchte in diesem Zusammenhang eigentlich nicht erwähnt werden.

Mehrere tausend Besucher finden gleichzeitig einen Platz, und das Hofbräuhaus ist weltweit – von Japan bis Amerika – ein Synonym für „Deutsche Gemütlichkeit". Ihm ist sogar eigens ein Lied gewidmet und wer kennt es nicht, hat den Gassenhauer nicht schon in Feierlaune mitgesungen?: „In München steht ein Hofbräuhaus, eins, zwei, gsuffa…". Besungen wird die Bierseligkeit, wie sie auch im Lied: „Ein Prosit der Gemütlichkeit" leutselig zum Ausdruck kommt. Letzteres ist das bekannteste Lied der „Wies'n".

Geradezu Kult ist die humoristische Satire von Ludwig Thoma und seinem gesprochenen: „Ein Münchner im Himmel". Da kimmt d'Alois Hingerl, Dienstmann Nr. 172 am Münchner Hauptbahnhof als Engel Aloisius in den Himmel, ist dort aber mit Manna und entgeistigt Hosianna singen rein gar und überhaupt nicht zufrieden und stört die himmlische Ruhe durch Lärm. Sein wütendes „sakiziment-Halleluja" erschreckte und entsetzte die himmlischen Engel. Um endlich wieder Ruhe und Frieden im Himmel herzustellen, schickt ihn der Herrgott auf die Erde zurück, mit dem Auftrag, der Bayrischen Regierung eine Botschaft zu überbringen. Sein erster Weg führte den glücklichen Aloisius ins Hofbräuhaus, und da soll er noch heute sitzen. Die wichtige Botschaft ist bei der Regierung nie angekommen. Das erklärt heute sicher so manches.

Für die ausländischen Gäste mag es vielleicht ein Déjà-vu-Erlebnis sein, sich einmal an einem ganz gewöhnlichen Tag durch die Menschenmassen der Hallen des Biertempels zu schieben, vorbei an vollbesetzten Tischen. Geradezu exotisch muten ein paar einheimische Bajuwaren an, die in Tracht und mit kunstvoll gepflegtem Bart an einem der vielen reservierten Stammtische sitzen und ein begehrtes Fotomotiv darstellen. Wie unter der Hand verraten wurde, werden solche Originale extra dafür bezahlt, dass sie dort stundenlang an ihrem Tisch sitzen. Sie sind Werbeträger und gelebte Nostalgie zugleich.

Oft werden die staunenden Besucher erwachsene Menschen erblicken, die volltrunken mit dem Kopf auf dem Tisch liegen, die Hose durchnässt bis zu den Schuhen. Im Festsaal dagegen sitzen die Gäste dicht an dicht gedrängt an endlos langen Tischreihen und genießen das einmalige bayerische Flair. Dabei schrecken die stolzen Preise für Getränke und Essen niemand ab. Das muss man einfach erlebt haben und solche Vergnügen sind nicht billig. Flair und Ambiente bezahlt man ohne Protest einfach mit.

Die Augustiner Bräustuben, die auch den „Hirschgarten" betreiben, stehen mit dem Hofbräuhaus nur unwesentlich nach. Sie haben überdies den Vorteil großer Flächen im Außenbereich haben, die in vielfältiger Weise genützt werden können. Bedeutende Veranstaltungen, wie Fastnacht und das Starkbier-Fest wechseln sich im Monatszyklus ab.

Vielleicht ist München als Hauptstadt des Bieres ein wenig eine Ausnahme. In ähnlicher Form kenne ich solche Gärten in vielen Großstädten der Bundesrepublik, wenn sie auch nicht unbedingt die Dimensionen der geschilderten erreichen; beliebt sind sie trotzdem.

Wer kennt die „Kölsch-Konvention"? Im März 1986 wurde sie von 24 Brauereien unterzeichnet und ist für alle Kölsch-Brauer verbindlich. Mit „Kölsch" wird ein helles, hochvergorenes, obergäriges

Vollbier bezeichnet und ist als geschützte geografische Herkunftsbezeichnung festgeschrieben.

Die Reeperbahn in Hamburg glänzt mit anderen Attributen, wenngleich sie auch nicht mehr das ist, was Hans Albers einst romantisch verklärt besungen hat. Aus meiner Marinezeit ist mir dort das Bierhaus „Zillertal" noch in guter Erinnerung. Das Maß war deutlich billiger als ein „Herrengedeck" zu 17 Mark in einer der Stripteasebars und das war noch das Billigste. Eine Flasche Schampus kostete damals schon 90 Mark und das war jenseits meiner finanziellen Möglichkeiten.

Das Münchner Vorbild wurde immer wieder kopiert. Nicht selten zieren der Bayerische Löwe und die blau-weißen Farben bundesweit die Lokalitäten. Damit soll es die „Münchner Gemütlichkeit" dokumentieren. Die Duisburger Hausbrauereien und Biertempel erwähnte ich schon. Sie ziehen täglich gleichfalls wie ein Magnet Scharen von Menschen an, die abends aus den Großraumbüros strömen, und wo man sich nach Feierabend noch auf ein „Bierchen" trifft. Oder sie sind am Wochenende für „Kind und Kegel" eine willkommene Anlaufstelle, um am Samstag oder Sonntag gemütliche Stunden dort zu verbringen.

Solche Biertempel und Biergärten sind straff organisiert. In München fiel mir auf und ich staunte nicht schlecht, wie die geleerten Bierkrüge im Akkord eingesammelt und per elektrischem Pritschenfahrzeug abtransportiert werden. Gespült werden sie nonstop oder am laufenden Band in industriellen Großgeschirrspülern.

An warmen, lauen Sommer- oder Sonntagabenden ist kaum ein Tisch zu bekommen. Der Ort ist ein allseits beliebter Treffpunkt für Jung und Alt und für Kind und Kegel, dazu ein idealer Kommunikationsplatz. Sicher bietet er dem gestressten Menschen Abwechslung und ist somit ein Erholungsort pur.

Erklärbar ist das Massenphänomen einerseits mit dem gegenwärtig unstillbaren Trend nach ununterbrochenen, anhaltenden Vergnügungen, einem Event nach dem anderen. Für unsere voll auf Konsum ausgerichtete Gesellschaft ist Stillstand, Ruhe, Einsamkeit schwer erträglich und im Grunde Rückschritt. „Nur nichts versäumen, heute will ich leben, denn morgen bin ich tot", ist die Urangst und zur Lebensphilosophie oder Ersatzreligion mutiert; „Stillstand ist Rückschritt". Dafür werden andererseits teure Seminare gebucht, die dem Gestressten oder die sich in Depressionen und im Bornout befindlichen Hilfe zur Entschleunigung verhelfen sollen. Fernöstliche Lehren wie Feng Shui oder Yin und Yang haben eine hohe Zeit.

Ein gut situierter Bekannter von uns, der kaum einmal Alkohol trinkt und wenn dann sehr mäßig, klagte einmal in unserem Kreis: „Wisst ihr was mir letzthin passiert ist? Ich war gerade abgespannt vom Geschäft nach Hause gekommen und hatte im Esszimmer am Tisch Platz genommen, da klingelte es an der Türe und mein 12-jähriger Sohn geht hin und öffnet. Irgendjemand hat nach mir gefragt und da antwortete mein Sohn, der malefiz Filou: ‚Der liegt im Wohnzimmer auf der Couch und ist total besoffen.' Der verflixte Bengel, der Mistkerl hat sich einen Scherz erlaubt und bis ich reagieren konnte und an der Tür war, war der Besucher schon verschwunden. Das ist mir so was von peinlich, denn ich weiß überhaupt nicht wer es war. Was soll denn diese Person von mir denken?"

Dazu fällt mir noch ein Witz ein, der geht so: Der Familienvater will seine vierjährige Tochter zu Weihnachten überraschen. Er leiht sich ein Weihnachtsmannkostüm, zieht es sich im Schlafzimmer an, bewaffnet sich mit Sack und Rute und geht in das Wohnzimmer, wo seine Tochter und seine Frau sind und sagt sein Sprüchlein auf: „Vom Walde draußen komm ich her. Ich muss euch sagen, es Weihnachtet sehr, und überall auf den Tannenspitzen, sah ich die goldenen Lichtlein blitzen." Darauf flötet die kleine Tochter: „Mama, ist Papa wieder einmal besoffen?"

Eine ungewollte Zäsur im Massensaufen der vergangenen Jahre brachte die Corona-Pandemie, die Ende 2919 in China ihren Ausgang nahm und im Frühjahr 2020 auch Deutschland erreichte und voll in den Griff nahm. Plötzlich war Lockdown angeordnet, alle Geschäfte und Lokale mussten schließen und es dauerte bis in den Sommer, bis wieder Restaurants und Gasthäuser besucht werden durften. Nach einem erneuten Lockdown in 2021 dauerten die

Schließungen dann noch länger. Alle traditionellen und auch genannten Feste und Veranstaltungen mussten abgesagt werden, Weihnachten, der Jahreswechsel war nur im engeren familiären Kreise möglich und sogar alle Fastnachtsveranstaltungen fielen flach. So etwas hatte es seit Menschengedenken nicht mehr gegeben. Sogar Zoos und die beliebten Freizeitparkt blieben dem Publikum verschlossen, dazu Kinos und Theater. Noch schmerzhafter empfanden die Fans, dass alle Fußballspiele ohne Zuschauer ausgetragen und die Saison zu Ende gebracht werden musste. Last but not least, wurden die Olympischen Spiele – die vom Jahr 2020 ins Jahr 2021 verschoben wurden – in Japan auch noch ohne Zuschauer ausgetragen.

Viele Ziele für Urlauber wurden zu Hochrisikogebieten erklärt und durften nicht angeflogen werden, nachdem in der ersten Welle zigtausende aus ihren Urlaubsgebieten nach Hause geholt werden mussten. Schon in 2020 suchten danach die Urlaubswilligen – oder Urlaubssüchtigen – Alternativen im eigenen Land und strömten an die Nord- und Ostsee, aber auch in den Schwarzwald und andere einheimische Urlausregionen. Der Urlaub im eigenen Land war plötzlich wieder gefragt.

Erst nach der im Frühjahr 2021 angelaufenen Impfkampagne gab es nach und nach Lockerungen und die Cafés, Restaurants und Gaststätten durften unter Einschränkungen wieder Gäste bewirten.

Wieweit diese Corona-Pandemie auf die zuvor ungebremste Entwicklung des ungehemmten Freizeitkonsums noch eine dämpfende Wirkung entfalten kann und in der Lage sein wird, die vergnügungssüchtige Menschheit wieder etwas zu Entschleunigen, mag dahingestellt sein und die Zukunft wird es zeigen. Voraussichtlich geht es aber genauso weiter, wenn die Pandemie vielleicht im Frühjahr 2022 hinter uns liegt und sich nach und nach wieder Normalität eingestellt hat.

Fassboden-Galerie und das deutsche Weintor in Schweigen (Südpfalz)

11

Ultimative Nachbetrachtung

Wehmütig denken unsere Altvorderen an die alten Zeiten zurück, in denen sie sich noch regelmäßig an den Stammtischen treffen konnten (durften). Sie saßen täglich in ihrem Lieblingslokal und diskutierten im Kreis der Honoratioren des Ortes oder einfach mit denen, die anwesend waren und in dieser Runde Platz nehmen durften. Man kannte, schätzte oder verachtete sich. Da wurden die aktuellsten Neuigkeiten ausgetauscht, Skat oder Cego gespielt oder ist einfach ungezwungen zusammengesessen.

Im Gasthaus hatte der Mann seine Ruhe vor der Frau, die selbstverständlich zu Hause zu bleiben hatte und für Kinder, Küche und Herd zuständig war. Nebenbei wurde mit angespannten Lippen und gefletschten Zähnen hohe Politik gemacht und nicht selten gute Geschäfte angebahnt und vermittelt. Den Begriff „Netzwerke" kannte keiner, hat es aber schon immer intuitiv und erfolgreich praktiziert.

In meiner Kinderzeit kamen die Vertreter, Hausierer oder Reisende überwiegend nicht mit dem eigenen Auto ins Dorf. Stattdessen reisten sie mit dem Zug an und kamen zu Fuß oder mit dem Bus in die Städte und Dörfer. Privilegierte übernachteten in einem der Gasthäuser im Ort, andere auch schon einmal irgendwo bei Privatleuten zum kleinen Geld. Bei uns daheim übernachteten gelegentlich Vertreter, die auf ihren Reisen nach Nordrach gekommen waren. Bei solchen Anlässen kam auch ich als Bub in den Genuss von einigen kleinen Geschäftstätigkeiten, mit denen ich mir etwas Geld verdienen konnte.

An den Stammtischen bot die reisende Zunft ihre Waren feil und stellten Neuigkeiten des Marktes vor. Hier rekrutierten sie Untervertreter im Dorf oder für einen Bezirk. Die Wirtschaft war ihnen nicht nur für ein paar Tage ein Domizil, sie war eine wichtige Umschlagbörse.

Sehr gut kann ich mich noch an verkäuferische Urgesteine erinnern, mit den, der damaligen Zeit angepassten erfolgreichen Verkaufsstrategien. Im Nachkriegsdeutschland herrschte bis weit in die 1960er Jahre ein idealer Verkäufermarkt – wie es die Volkswirtschaftler beschreiben –, das heißt, die Nachfrage nach Gütern war größer als das vorhandene Angebot. Da wurde gekauft, was zu bekommen war.

Die Besuche der Hausierer oder Reisenden – wie die fahrenden Verkäufer genannt wurden – waren in der Bevölkerung höchst willkommen und gerne gesehen. Sie demonstrierte den Hauch der Weltgewandtheit, brachten neueste Nachrichten ins Dorf, nebst allerhand Klatsch und Tratsch.

Viele von ihnen waren Meister im Witze erzählen und konnten die Zuhörer stundenlang fesselnd unterhalten. Gekonnt sorgten sie so für immer gut gefüllten Gasthäuser. Daher waren sie natürlich den Wirten willkommene Umsatzträger und bekamen dafür nicht selten die Übernachtungen, Speisen und Getränke kostenlos.

Denkbar ist, dieses Ventil fehlt unbewusst heute den Generationen. Stattdessen sitzt der Normalbürger alleine oder mit der Familie abends vor dem Fernseher oder am Computer. Notgedrungen – oder weil man es nicht anders kennt – sucht man dann nach anderen willkommenen Möglichkeiten der Geselligkeit und stürzt sich bei jeder passenden Gelegenheiten ins Gewühl. Gut ist, der Einzelne geht dabei in der Anonymität unter und muss nicht um seinen guten Ruf fürchten.

Ein kräftiger Schluck aus der Flasche oder ein Glas frisch gezapftes Bier nach einem langen heißen Tag, das bedeutet für viele in der Bevölkerung ein höchstes Glücksgefühl. Zahlreich sind die unterschiedlichsten Bierspezialitäten für jeden Geschmack, die kleine, dafür regional etablierte Brauereien bieten. Oder bleiben wir bei den aromatischen Destillationen aus heimischem ungespritzten und noch natürlich gewachsenem Kernobst, Steinobst und Früchten. Es darf durchaus auch ein gehaltvoller Wein aus der bevorzugten Region sein, denn der Wein gilt heute in unserer Gesellschaft als Kulturgut. Das wäre alles überhaupt nicht zu kritisieren, wenn es sich rein auf den Genuss der Getränke, das bedeutet eine adäquate und für den Körper verträgliche Menge, beschränken würde. Es ist wie beim Gift – und Alkohol kann nicht nur, es ist ein Gift – rein die Menge macht es, so besagte es schon Paracelsus: „Alle Dinge sind Gift, und nichts ist ohne Gift; allein die Dosis macht's, dass ein Ding kein Gift sei. "

Wir wissen doch zu gut, alles, was zu viel ist, ist bekanntermaßen von Übel. Der reine Genuss eines Produktes sollte im Vordergrund stehen und das heißt: in Maßen und mit Verstand qualitativ hochwertige Produkte genießen. Das gilt für ein gutes Essen, ebenso für die begleitenden alkoholischen Getränke, die ein feines Gericht passend abrunden dürfen.

Als Digestif darf es ruhig einmal ein edler Brand sein, mit guten Produkten, Fachwissen und Kompetenz erzeugt, oder ein reifer Cognac, ein rauchiger Whisky. Die konsumierte Menge sollte dem Anlass angemessen sein, ihn unterstreichen oder einen krönenden Abschluss darstellen. Dann sind die uns von Gott und der Natur gegebenen Gaben eine Bereicherung des menschlichen Daseins.

Welcher Unterschied stellt es dar, statt aus innerem Zwang unbegrenzt große Mengen in sich hineinzuschütten oder stattdessen mit Verstand ein edles Getränk bewusst und mit Genuss aufzunehmen. Welche Freude kann es dann sein, die vielfältigen Aromen auf Gaumen und Nase einwirken zu lassen, entspannte Stunden mit allen Sinnen und guten Freunden beiderlei Geschlechts zu durchleben. Das kann Entschleunigung pur sein, wie sie uns die zahlreichen und selbsternannten Entspannungs-Gurus predigen, es ist gewünschte und angestrebte Lebensqualität.

Wenn dabei dann auch noch regionale Spezialitäten eine Chance finden und nicht nur altbekannte, herkömmliche Geschmäcker bedient werden sollen, lohnt es sich im doppelten Sinne. Neben dem Genuss hilft es alte Traditionen zu bewahrten, hilft die Landschaft in der wir leben pflegen und fördern. Nachhaltigkeit sollte auch bei den Getränken das oberste Gebot sein. Das nützt dann auch noch nachfolgenden Generationen, die etwas von den reichen Genüssen haben sollen, die uns die vielfältige Natur bietet.

Sollte dann trotz allem Maßhalten einmal ein Autofahrer in eine Polizeikontrolle geraten – so riet mir ein ehemaliger Werksarzt – ist es ratsam, unbedingt vor dem Pusten den Mund mit Mineralwasser ordentlich ausspülen. Darauf darf man bestehen. Darum sollte der Autofahrer immer eine Flasche Wasser dabei haben. Das neutralisiert die Atemluft im Mund etwas. Wenn dann auch noch eine Blutprobe fällig wird, darauf bestehen, dass die Einstichstelle nicht mit Alkohol desinfiziert wird. „Viele Ergebnisse wurden so schon verfälscht", verriet einer, der es wissen musste.

Noch zwei Zitate:

„Wenn ein Mensch beginnt Essen und Trinken mit Vernunft zu steuern, dann nimmt er Abschied von der Herrlichkeit tierischer Selbstregulation seines Organismus." Rudolf Kiefert

„Mit der Freiheit ist es nicht anders als mit derben und saftigen Speisen oder starken Weinen. Für gesunde und starke Naturen sind sie nahrhaft und stärkend. Sie überladen, verderben und berauschen jedoch schwache und zarte Menschen." Jacques Rousseau

Abschließend etwas zum Schmunzeln:

„Ja, trinken sie denn überhaupt nichts?" erkundigt sich ein Partygast bei einem anderen. „Nein", schüttelt dieser den Kopf, „ich bekomme immer so leicht Nasenbluten, wenn ich Alkohol trinke". „Ja, ja, das kenn ich, bei mir endet es auch meistens mit einer Prügelei."

Oder der: Drei Jugendliche, etwa 16 Jahre alt, betreten eine Kneipe. Sie setzen sich an einen Tisch und rufen dem Wirt zu: „Drei

Halbe." Daraufhin sagt der Wirt: „Das sehe ich, aber was wollt ihr trinken?“

Und so könnte es auch gewesen sein:

Eine alte Dame trinkt zum ersten Mal Bier. Sie stutzt und sagt überrascht: „Hmm, das schmeckt genau wie die Medizin, die mein Mann 20 Jahre lang jeden Abend zu sich nehmen musste.“

Ein sonniger, lauer Sommerabend im Münchner Hirschpark

Leser-Information zu Walter W. Braun

Der Autor Jahrgang 1944, ist Kaufmann mit abgeschlossenem betriebswirtschaftlichem Studium. Bis zum Ruhestand war er als Handelsvertreter aktiv. Um dem Tag Sinn und Struktur zu geben, begann er Bücher zur eigenen Biografie oder Fiktionen zu unterschiedlichen Themen – teils mit realem Hintergrund – zu schreiben. Es ist ein Zeitvertreib und spannend, wie sich von einer Idee, der Bogen zwischen fiktiver Geschichte hin zur schlüssigen Story entwickelt. Wichtig ist es dem Autor, dem Leser ohne große Schnörkel, langatmige Umschreibungen und literatursprachlichen Raffinessen, spannende Unterhaltung zu bieten, oft gestützt mit seiner subjektiven Meinung. Er will durch seine Erzählungen zudem Hintergrundwissen vermitteln, Hinweise auf landschaftliche, historische und geschichtlich bedeutsam Besonderheiten geben und mit informativ bildhafter Darstellung an reale Plätze führen, wo sich die dargestellte Handlung abgespielt hatte. Wenn es den Leser anregt sich selbst vom Handlungsort, den Schauplätzen, ein Bild zu machen, ist das von ihm gewünschte Ziel erreicht.

www.schwarzwaldautor.de

Weiterlesen? Im Handel erhältliche Titel des Autors:

Alle Bücher sind kurzfristig bei BoD, Buecher.de (versandkostenfrei), Amazon und anderen im Internethandel erhältlich, ebenso im örtlichen Buchhandel, sowie als E-Books.
Mehr: **www.schwarzwaldautor.de**

Leben ist Glück genug - Vom Schwarzwald zur Seefahrt bei der Marine
Paperback, 280 Seiten, 8 Farbbilder, ISBN 9-783-735-743-411
Aufwärts ist längst nicht oben
Paperback, 356 Seiten, 35 Farbseiten, ISBN 9-783-735-739-056
Top-Touren im Südwesten - für geübte und konditionsstarke Wanderer
Paperback, 160 Seiten, 45 Farbseiten, ISBN: 9-783-750-431-430
Zu Fuß dem Südwesten hautnah 111 Tipps und mehr - ein etwas anderer Wanderführer
Paperback, 260 Seiten, 46 Farbbilder, ISBN 9-783-738-628-814
Deutsch-Französische Liaison - C'est la vie
Paperback 132 Seiten, 9 Farbbilder, ISBN **978-3-739-223-629**
Zwei ungleiche Brüder im Fadenkreuz des Schicksals
Paperback, 140 Seiten, 9 Farbseite, ISBN 978-375-266-046-3
Drama am Breithorn
Paperback, 108 Seiten, 6 Farbbilder, ISBN 9-783-734-765-131
Mord in Hintertux - Tatort Zillertal
Paperback 104 Seiten, 18 Farbbilder, ISBN 9-783-739-215-136
Der Spieler - Ein ungewöhnlicher Kriminalfall
Paperback, 132 Seite und 6 Farbbilder, ISBN 9-783-734-776-199
Zu fit für den Ruhestand - zu alt für einen Job
Paperback, 108 Seiten, 11 Farbbilder, ISBN 9-783-735-743-213
Im Banne des Moospfaff - Nordracher Unternehmer-Saga
Paperback, 120 Seiten, 10 Farbseiten, ISBN 9-783-751-923-866
Dunkel überm Eulenstein - Tragödie auf der Bühlerhöhe
Paperback, 144 Seiten, 12 Farbseiten, ISBN 9-783-741-299-490

Neues aus Resi's Gedichte-Werkstatt - Poesie in Dur und Moll
Paperback 292 Seiten, 17 Farbseiten, ISBN 978-373-574-005-2
Reflexion des Lebens in Lyrik und Prosa
Paperback, 140 Seiten, 23 Farbseiten, ISBN 9-783-741-276-576
Glauben ist einfach - oder einfach glauben
Paperback, 340 Seiten, 25 Farbseiten, ISBN 9-783-735-722-829
Lach mal wieder - Eine Sammlung von 163 Liedern, Vorträgen und Sketchen
Paperback, 292 Seiten, 17 Farbbilder, ISBN 9-783-741-228-766
Über Grenzen gehen Go beyond borders - oder wenn einer eine Reise tut...
Paperback, 380 Seiten, 25 Farbseiten, ISBN 13: 978-375-433-406-5
Sabotage im Weinberg - Tatort Durbach
Paperback, 124 Seiten, 12 Farbseiten, ISBN 9-783-741-297-250
Mein Freund der Alkohol -
Kritische Betrachtung eines ambivalenten Genussmittels
Paperback, 244 Seiten, 18 Farbseiten, ISBN 9-783-743-138-612
Der Eremit vom Wilden See - Ein entschlossener Aussteiger
Paperback, 288 Seiten, 24 Farbseiten, ISBN 9-783-753-464-275
Der Seppe-Michel vom Michaelishof - Eine Schwarzwald-Saga
Paperback, 304 Seiten, 23 Farbseiten, ISBN 9-783-746-026-308
Michaelishof - Eine Tochter muss sich behaupten
Schwarzwald-Saga Teil 2
Paperback, 336 Seiten, 23 Farbseiten, ISBN 9-783-744-840-392
Glauben ist einfach - oder einfach glauben
Paperback, 420 Seiten, 24 Farbseiten, ISBN: 9-783-754-309-322
Gottes Wesen verstehen
Paperback, 256 Seiten, 12 Farbseiten, ISBN 9-783-751-972-734
Der Selfmademan - Eine Unternehmer-Saga
Paperback, 348 Seiten, 18 Farbseiten, ISBN 13: - 9-783-754-325-667
Leben im Corona-Nebel
Paperback, 220 Seiten, 9 Farbbilder, ISBN: 9-783-752-610-161